阅读之前 没有真相

午夜文库

阿加莎·克里斯蒂
马普尔小姐系列

阿加莎·克里斯蒂
Agatha Christie（1890—1976）

无可争议的侦探小说女王，侦探文学史上最伟大的作家之一。

阿加莎·克里斯蒂原名为阿加莎·玛丽·克拉丽莎·米勒，一八九〇年九月十五日生于英国德文郡托基的阿什菲尔德宅邸。她几乎没有接受过正规的教育，但酷爱阅读，尤其痴迷于歇洛克·福尔摩斯的故事。

第一次世界大战期间，阿加莎·克里斯蒂成了一名志愿者。战争结束后，她创作了自己的第一部侦探小说《斯泰尔斯庄园奇案》。几经周折，作品于一九二〇年正式出版，由此开启了克里斯蒂辉煌的创作生涯。一九二六年，《罗杰疑案》由哈珀柯林斯出版公司出版。这部作品一举奠定了阿加莎·克里斯蒂在侦探文学领域不可撼动的地位。之后，她又陆续出版了《东方快车谋杀案》《ABC谋杀案》《尼罗河上的惨案》《无人生还》《阳光下的罪恶》等脍炙人口的作品。时至今日，这些作品依然是世界侦探文学宝库里最宝贵的财富。根据她的小说改编而成的舞台剧《捕鼠器》，已经成为世界上公演场次最多的剧目；而在影视改编方面，《东方快车谋杀案》为英格丽·褒曼斩获奥斯卡大奖，《尼罗河上的惨案》更是成为几代人心目中的经典。

阿加莎·克里斯蒂的创作生涯持续了五十余年，总共创作了八十余部侦探小说。她的作品畅销全世界一百多个国家和地区，累计销量已经突破二十亿册。她创造的小胡子侦探波洛和老处女侦探马普尔小姐为读者津津乐道。阿加莎·克里斯蒂是柯南·道尔之后最伟大的侦探小说作家，是侦探文学黄金时代的开创者和集大成者。一九七一年，英国女王授予克里斯蒂爵士称号，以表彰其不朽的贡献。

一九七六年一月十二日，阿加莎·克里斯蒂逝世于英国牛津郡沃灵福德家中，被安葬于牛津郡的圣玛丽教堂墓园，享年八十五岁。

阿加莎·克里斯蒂 侦探作品年表

波洛系列

1920　The Mysterious Affair at Styles《斯泰尔斯庄园奇案》
1923　Murder on the Links《高尔夫球场命案》
1924　Poirot Investigates《首相绑架案》
1926　The Murder of Roger Ackroyd《罗杰疑案》
1927　The Big Four《四魔头》
1928　The Mystery of the Blue Train《蓝色列车之谜》
1932　Peril at End House《悬崖山庄奇案》
1933　Lord Edgware Dies《人性记录》
1934　Murder on the Orient Express《东方快车谋杀案》
1935　Three—Act Tragedy《三幕悲剧》
1935　Death in the Clouds《云中命案》
1936　The ABC Murders《ABC谋杀案》
1936　Murder in Mesopotamia《古墓之谜》
1936　Cards on the Table《底牌》
1937　Dumb Witness《沉默的证人》
1937　Death on the Nile《尼罗河上的惨案》
1937　Murder in the Mews《幽巷谋杀案》
1938　Appointment with Death《死亡约会》
1938　Hercule Poirot´s Christmas《波洛圣诞探案记》
1940　Sad Cypress《H庄园的午餐》
1940　One, Two, Buckle My Shoe《牙医谋杀案》
1941　Evil Under the Sun《阳光下的罪恶》
1943　Five Little Pigs《五只小猪》
1946　The Hollow《空幻之屋》
1947　The Labours of Hercules《赫尔克里·波洛的丰功伟绩》
1948　Taken at the Flood《顺水推舟》
1952　Mrs. McGinty´s Dead《清洁女工之死》
1953　After the Funeral《葬礼之后》
1955　Hickory Dickory Dock《山核桃大街谋杀案》
1956　Dead Man´s Folly《弄假成真》
1959　Cat Among the Pigeons《鸽群中的猫》
1960　The Adventure of the Christmas Pudding《雪地上的女尸》

阿加莎·克里斯蒂 侦探作品年表

1963	The Clocks《怪钟疑案》
1966	Third Girl《第三个女郎》
1969	Hallowe'en Party《万圣节前夜的谋杀》
1972	Elephants Can Remember《大象的证词》
1974	Poirot's Early Stories《蒙面女人》
1975	Curtain—Poirot's Last Case《帷幕》

马普尔小姐系列

1930	The Murder at the Vicarage《寓所谜案》
1932	The Thirteen Problems《死亡草》
1942	The Body in the Library《藏书室女尸之谜》
1943	The Moving Finger《魔手》
1950	A Murder Is Announced《谋杀启事》
1952	They Do It with Mirrors《借镜杀人》
1953	A Pocket Full of Rye《黑麦奇案》
1957	4.50 from Paddington《命案目睹记》
1962	The Mirror Crack'd from Side to side《破镜谋杀案》
1964	A Caribbean Mystery《加勒比海之谜》
1965	At Bertram's Hotel《伯特伦旅馆》
1971	Nemesis《复仇女神》
1976	Sleeping Murder《沉睡谋杀案》
1979	Miss Marple's Final Cases《马普尔小姐最后的案件》

其他系列及非系列

1922	The Secret Adversary《暗藏杀机》
1924	The Man in the Brown Suit《褐衣男子》
1925	The Secret of Chimneys《烟囱别墅之谜》
1929	Partners in Crime《犯罪团伙》
1929	The Seven Dials Mystery《七面钟之谜》
1930	The Mysterious Mr. Quin《神秘的奎因先生》
1931	The Sittaford Mystery《斯塔福特疑案》
1933	The Witness for the Prosecution and Other Stories《控方证人》
1934	Why Didn't They Ask Evans?《悬崖上的谋杀》

阿加莎·克里斯蒂 侦探作品年表

1934	The Listerdale Mystery《金色的机遇》
1934	Parker Pyne Investigates《惊险的浪漫》
1939	Murder Is Easy《逆我者亡》
1939	And Then There Were None《无人生还》
1941	N or M?《桑苏西来客》
1944	Towards Zero《零点》
1945	Sparkling Cyanide《闪光的氰化物》
1945	Death Comes as the End《死亡终局》
1949	Crooked House《怪屋》
1950	Three Blind Mice and Other Stories《三只瞎老鼠》
1951	They Came to Baghdad《他们来到巴格达》
1954	Destination Unknown《地狱之旅》
1958	Ordeal by Innocence《奉命谋杀》
1961	The Pale Horse《灰马酒店》
1967	Endless Night《长夜》
1968	By the Pricking of My Thumbs《煦阳岭的疑云》
1970	Passenger to Frankfurt《天涯过客》
1973	Postern of Fate《命运之门》
1991	Problem at Pollensa Bay《神秘的第三者》
1997	While the Light Lasts《灯火阑珊》

出版前言

纵观世界侦探文学一百七十余年的历史，如果说有谁已经超脱了这一类型文学的类型化束缚，恐怕我们只能想起两个名字——一个是虚构的人物歇洛克·福尔摩斯，而另一个便是真实的作家阿加莎·克里斯蒂。

阿加莎·克里斯蒂以她个人独特的魅力创造着侦探文学史上无数的传奇：她的创作生涯长达五十余年，一生撰写了八十余部侦探小说；她开创了侦探小说史上最著名的"黄金时代"；她让阅读从贵族走入家庭，渗透到每个人的生活中；她的作品被翻译成一百多种文字，畅销全球一百五十余个国家，作品销量与《圣经》《莎士比亚戏剧集》同列世界畅销书前三名；她的《罗杰疑案》《无人生还》《东方快车谋杀案》《尼罗河上的惨案》都是侦探小说史上的经典，她是侦探小说女王，因在侦探小说领域的独特贡献而被册封为爵士，她是侦探小说的符号和象征。她本身就是传奇。沏一杯红茶，配一张躺椅，在暖暖的阳光下读阿加莎的小说是一种生活方式，是惬意的享受，也是一种态度。

午夜文库成立之初就试图引进阿加莎的作品，但几次都与版权擦肩而过。随着午夜文库的专业化和影响力日益增强，阿加莎·克里斯蒂的版权继承人和哈珀柯林斯出版公司主动要求将版权独家授予新星出版社,并将阿加莎系列侦探小说并入午夜文库。这是对我们长期以来执着于侦探小说出版的褒奖,是对我们的信任与鼓励,更是一种压力和责任。

新版阿加莎·克里斯蒂作品由专业的侦探小说翻译家以最权威的英文版本为底本,全新翻译,并加入双语作品年表和阿加莎·克里斯蒂家族独家授权的照片、手稿等资料,力求全景展现"侦探女王"的风采与魅力。使读者不仅欣赏到作家的巧妙构思、离奇桥段和睿智语言,而且能体味到浓郁的英伦风情。

阿加莎作品的出版是一项系统工程,规模庞大,我们将努力使之臻于完美。或存在疏漏之处,欢迎方家指正。

新星出版社
午夜文库编辑部

Agatha Christie

Over the next few years, we plan to celebrate two very important Agatha Christie anniversaries. In 2015, it is the 125th anniversary of her birth in Torquay, South Devon, England, and in 2020 it will be 100 years after her first book, THE MYSTERIOUS AFFAIR AT STYLES, featuring her famous detective, Hercule Poirot, was published. This is therefore a very appropriate moment to publish a new edition of her works, and I am delighted that HarperCollins has chosen to work with New Star on these new editions. New Star is China's top crime publisher, and has a strong and dedicated editorial staff and a continued passion for Agatha Christie, making them the ideal partner. It is the right time to make these classic books available in modern translations and so to bring Agatha Christie's books anew to her many fans in China, giving them a new reason to re-read these much-loved stories, as well as introducing them to a whole new audience. How delighted Agatha Christie would have been that her stories (as she called them) are still giving so much pleasure to so many people all over the world!

I think there are two very remarkable things about Agatha Christie's stories. The first is that they are so adaptable. It doesn't really matter which language they appear in, the stories and the plots still give the same thrill, still provide the same puzzles, and the characters still have the same attraction. Readers in China will I am sure enjoy Hercule Poirot and Miss Marple just as much as we do in England, and readers in China will still be transfixed by the surprises and horrors of AND THEN THERE WERE NONE, one of the great classics of 20th century detective fiction, as we are here.

Agatha Christie

The second is that the stories give a wonderful picture of England, particularly rural England, at the time Agatha Christie lived. She wrote books from 1920 until 1970 but it is sometimes hard to tell which part of her life each book was written in. Her characters and the life they lived were very much the same. The life we all live is changing very quickly these days but "the Agatha Christie world" stays the same. Perhaps the Miss Marple stories provide the best example of this, and in some ways THE BODY IN THE LIBRARY and NEMESIS are quite similar, despite the fact that thirty years elapsed between the time they were written.

Perhaps I might end by mentioning three Agatha Christies (other than the ones mentioned above) which I think demonstrate why she is so popular, even in the twenty-first century. The first is MURDER ON THE ORIENT EXPRESS, one of the most famous with one of the most ingenious and human plots. Read this on one of your long train journeys in China! Next is A MURDER IS ANNOUNCED, a Miss Marple which was her 50th book. It has my favourite murderer in it! And last is ENDLESS NIGHT a story about evil and how it affects three young people, written at the time when I knew her best, and understood how deeply she cared and sympathised with young people and the world they lived in.

Whichever are your favourites I hope you enjoy these stories that New Star are introducing to you again. I think it is a great publishing event.

Mathew Prichard
Grandson of Agatha Christie
Chairman of Agatha Christie Ltd

致中国读者

(午夜文库版阿加莎·克里斯蒂作品集序)

在未来的几年中,我们将要筹备两个非常重要的关于阿加莎·克里斯蒂的纪念日。二〇一五年是她的一百二十五岁生日——她于一八九〇年出生于英国的托基市;二〇二〇年则是她的处女作《斯泰尔斯庄园奇案》问世一百周年的日子,她笔下最著名的侦探赫尔克里·波洛就是在这本书中首次登场。因此,新星出版社为中国读者们推出全新版本的克里斯蒂作品正是恰逢其时,而且我很高兴哈珀柯林斯选择了新星来出版这一全新版本。新星出版社是中国最好的侦探小说出版机构,拥有强大而且专业的编辑团队,并且对阿加莎·克里斯蒂的作品极有热情,这使得他们成为我们最理想的合作伙伴。如今正是一个良机,可以将这些经典作品重新翻译为更现代、更权威的版本,带给她的中国书迷,让大家有理由重温这些备受喜爱的故事,同时也可以将它们介绍给新的读者。如果阿加莎·克里斯蒂知道她的小故事们(她这样称呼自己的这些作品)仍然能给世界上这么多人带来如此巨大的阅读享受,该有多么高兴啊!

我认为阿加莎·克里斯蒂的作品有两个非常重要的特征。首先它们是非常易于理解的。无论以哪种语言呈现,故事和情节都同样惊险刺激,呈现给读者的谜团都同样精彩,而书中人物的魅力也丝毫不受影响。我完全可以肯定,中国的读者能够像我们英国人一样充分享受赫尔克里·波洛和马普尔小姐带来的乐趣;中国读者也会和我们一样，读到二十世纪最伟大的侦探经典作品——比如《无人生还》——的时候，被震惊和恐惧牢牢钉在原地。

第二个特征是这些故事给我们展开了一幅英格兰的精彩画卷，特别是阿加莎·克里斯蒂那个年代的英国乡村。她的作品写于二十世纪二十年代至七十年代间，不过有时候很难说清楚每一本书是在她人生中的哪一段日子里写下的。她笔下的人物，以及他们的生活，多多少少都有些相似。如今，我们的生活瞬息万变，但"阿加莎·克里斯蒂的世界"依旧永恒。也许马普尔小姐的故事提供了最好的范例：《藏书室女尸之谜》与《复仇女神》看起来颇为相似，但实际上它们的创作年代竟然相差了三十年。

最后，我想提三本书，在我心目中（除了上面提过的几本之外）这几本最能说明克里斯蒂为什么能够一直受到大家的喜爱。首先是《东方快车谋杀案》，最著名，也是最机智巧妙、最有人性的一本。当你在中国乘火车长途旅行时，不妨拿出来读读吧！第二本是《谋杀启事》，一个马普尔小姐系列的故事，也是克里斯蒂的第五十本著作。这本书里的诡计是我个人最喜欢的。最后是《长夜》，一个关于邪恶如何影响三个年轻人生活的故事。这本书的写作时间正是我最了解她的时候。我能体会到她对年轻人以及他们生活的世界关心至深。

现在新星出版社重新将这些故事奉献给了读者。无论你最爱的是哪一本，我都希望你能感受到这份快乐。我相信这是出版界的一件盛事。

阿加莎·克里斯蒂外孙

阿加莎·克里斯蒂有限责任公司董事长

马修·普理查德

二〇一三年二月二十日

阿加莎·克里斯蒂侦探小说全集③

寓所谜案
The Murder at the Vicarage

[英] 阿加莎·克里斯蒂 著
赵文伟 译

新星出版社　NEW STAR PRESS

献给罗莎琳德

1

这个故事，我真不知该从何说起。但我还是选定了一个日子作为开头，即某个星期三，地点是牧师寓所，这里的人正在吃午餐。席间交谈的内容大体与眼下之事无关，不过其中提到的一两件事颇具启发性，而且会影响后来的事态发展。

我切了一块煮牛肉（顺便说一句，牛肉硬邦邦的），然后回到座位上。我说，无论是谁杀了普罗瑟罗上校，他都为整个世界做出了贡献。说这番话时的情绪与我的牧师身份极不相符。

我年轻的侄子丹尼斯立即接话道：

"如果那个家伙真被发现躺在血泊里，就会有人用这句话指控你。玛丽会作证的，对不对，玛丽？她会描述你是如何挥舞着切肉的餐刀，摆出一副发誓要报仇雪恨的架势。"

玛丽是我家的女佣，但这份差事对她而言只是垫脚石，她真正的目标是获得更好的职位，赚取更高的薪水。她没理会丹尼斯的话，只是严肃地大喊："青菜！"接着将一只有裂纹的盘子恶狠狠地推到丹尼斯面前。

我妻子用同情的口吻说："他这个人是不是很讨厌？"

我没有立刻回答，因为玛丽"砰"的一声把青菜放在餐桌上，又把一盘湿乎乎的、令人食欲全无的水果布丁丢到我鼻子底下。我说："不用了，谢谢。"但她还是把盘子"哗啦"一声放在桌子上，转身离开了房间。

"真可惜，我是一个糟糕的主妇。"妻子的话中有一丝诚恳的遗憾。

我同意她的说法。我妻子名叫格里塞尔达①，这个名字对于一个牧师的妻子来说再合适不过了。但所谓的合适仅此而已，她的性格一点儿也不温顺。

我一向认为，神职人员就不该结婚。但我为什么会在认识格里塞尔达二十四小时之后就催着她嫁给我呢？这对我来说始终是个谜。我一直认为，婚姻是件非常严肃的事，在步入婚姻殿堂之前，双方都必须经过长时间的深思熟虑，而需要考虑的因素中最重要的是：两个人的品位和爱好是否合适。

格里塞尔达比我小差不多二十岁。她是个漂亮的女人，美得令人目眩神迷。她好像从不认真对待任何事。说实在的，她在任何方面都不适合我，尤其不适合一起生活。她把教区当成一个供她取乐的玩笑。我曾试图改造她的思想，结果失败了，于是，我愈发坚信，牧师适合独身。我屡次向她暗示类似的想法，但她听了只是笑。

"亲爱的，"我说，"如果你稍微用心——"

"有时候我确实很用心，"格里塞尔达说，"但结果总是适得其反。显然，我生来就不是做家庭主妇的料。还是把家务交给玛丽吧，我只要打定主意过一种不那么舒适的生活，愿意吃腌渍食品就行了。"

"那你丈夫怎么办，亲爱的？"我用责备的口吻说，为了

---

①格里塞尔达（Griselda），意为顺从而有耐心的女人。

更有说服力,又效仿魔鬼引述《圣经》里的箴言:"她观察家务……①"

"你已经够幸运了,想一想吧,"格里塞尔达立刻打断我的话,"没被狮子撕成碎片,也没被烧死在火刑柱上。吃得不太好,家里的灰尘多一点儿,看见几只死黄蜂……这些事真的不值得这么大惊小怪。再跟我说说普罗瑟罗上校的事吧。无论如何,早年间的基督徒真幸运,没有教会执事管着他们。"

"傲慢自大、人面兽心的老东西!"丹尼斯说,"怪不得他前妻离家出走了呢。"

"她不这样,又能怎么办?"我妻子说。

"格里塞尔达,"我厉声道,"我不允许你这么说。"

"亲爱的,"我妻子温情脉脉地说,"给我讲讲这个人吧!到底出了什么事?是不是因为那个霍伊斯先生每隔一分钟就招手、点头、在胸前画十字?"

霍伊斯是我们这儿新来的副牧师,刚来了三个多星期。他秉持高教会派的观点,每逢星期五必斋戒。而普罗瑟罗上校极力反对任何形式化的宗教仪式。

"这次不是,虽然他确实顺口提到过这一点。不过,这件麻烦事是由普赖斯·里德雷夫人那张一英镑的纸币引起的。"

普赖斯·里德雷夫人是一名虔诚的信徒。参加她儿子忌日的早祷时,她将一英镑的钞票投入了捐款袋。后来,在看张贴出来的捐款数额时,她难过地发现,其中提到的最大的面额是十先令。

她向我抱怨这件事,我很讲道理地指出,一定是她搞错了。

---

① 后半句是:并不吃闲饭。引自《圣经·箴言》31:27。

"我们已经不再年轻了，"我试图巧妙地转换谈话的方向，"我们不得不接受年迈带来的惩罚。"

没想到这句话竟然激怒了她。她说，这件事很蹊跷，她很惊讶，我的看法居然和她不一样。说完，她拂袖而去。我猜她是找普罗瑟罗上校诉苦去了。普罗瑟罗上校是一个逮着机会就小题大做的人。他确实小题大做了一番。遗憾的是，那天是星期三。我星期三上午正好在教会学校授课，结果这件事搞得我神经高度紧张，整日不得安宁。

"我想他一定很开心，"我妻子试图用一种公平的口吻概括她的观点，"没有人围着他转、叫他亲爱的牧师，没有人给他绣难看的拖鞋，送他圣诞袜子。连他妻子和女儿都对他厌烦透顶。我想，他很高兴能找到一件感觉自己很重要的事。"

"他大可不必如此粗暴无礼，"我的情绪有点儿激动，"我想，他可能没意识到他的话到底意味着什么。他想查阅教堂的所有账目，他说，万一有挪用公款的迹象呢——挪用公款，他竟然用了这个词。难道他怀疑我挪用教堂的基金？"

"没有人会怀疑你做了什么，亲爱的。"格里塞尔达说，"你为人光明正大，无可非议，你恰好可以利用这个绝好的机会证明这一点。我倒是希望你能挪用福音传播会的钱款呢。我讨厌传教士，一直都很讨厌他们。"

我本想指责她这种想法，但就在这时，玛丽端着半生不熟的大米布丁进来了。我无力地抗议了一下，但格里塞尔达说，日本人就喜欢吃夹生的米饭，结果他们智力惊人。

"我敢说，"她说，"如果你每天吃一个这样的大米布丁，一直坚持吃到星期日，那天你的布道一定会很精彩。"

"但愿别这样。"说这话时，我打了一个冷战。

"普罗瑟罗明天晚上过来和我一起查账,"我继续说,"我要去英国教会男教友会演讲,今天必须把稿子准备好。我在查阅资料的时候,卡农·雪莉的那本《现实》把我吸引住了,结果把该准备的演讲稿耽搁了。今天下午你打算做什么,格里塞尔达?"

"尽我的职责,"格里塞尔达说,"一个牧师太太的职责。四点半的下午茶,听听丑闻。"

"有谁会来?"

格里塞尔达掰着指头说出一串名字,脸上闪耀着美德的光辉。

"普赖斯·里德雷太太、韦瑟比小姐、哈特内尔小姐,还有那个可怕的马普尔小姐。"

"我恰恰很喜欢马普尔小姐,"我说,"至少她有幽默感。"

"她是村子里最可怕的老太婆。"格里塞尔达说,"她了解每件事的每一个细节,还由此做出最坏的推断。"

我说过,格里塞尔达比我小许多岁。活到我这个岁数的人都知道,最坏的往往才是真实的。

"哎呀,别等我一起喝茶了,格里塞尔达。"丹尼斯说。

"讨厌!"格里塞尔达说。

"是啊,不过,你们听我说,普罗瑟罗夫妇真的约了我今天去打网球。"

"讨厌!"格里塞尔达又骂了他一句。

丹尼斯明智地离开了,格里塞尔达和我一同走进书房。

"喝茶的时候吃点儿什么好呢,"格里塞尔达说着,坐在我的写字台上,"我想,斯通先生和克拉姆小姐也会来,可能还有莱斯特朗兹太太。对了,昨天我去她家里找过她,可是她出去了。对,我们应该邀请莱斯特朗兹太太来家里喝茶。想一想,她就这么莫名其妙地来了,租了一幢房子住下,几乎不出门,这也太神秘了吧？真令人禁不住想起侦探故事。你知道，就是那种'那个面色苍白、容貌美丽的女人到底是谁呢？她有着怎样的过去？无人知晓。她身上带着一种淡淡的'不祥之感'。海多克医生可能对她有所了解。"

"我看你是侦探小说读多了，格里塞尔达。"我温和地说。

"那你呢？"她反驳道，"有一天，你在这儿写布道词，我到处找那本《楼梯上的血迹》。最后，我进来问你见过那本书没有，结果怎么样？"

我的脸红了。

"我不过是随手拿起来翻翻，偶然有句话吸引了我的注意，所以……"

"我知道那些偶然翻到的句子是什么，"格里塞尔达说了一段惊人的话，"'接下来，发生了一件很奇怪的事——格里塞尔达站起身，走过房间，深情地吻了一下她上了年纪的丈夫。'"她用行动配合了台词。

"这件事很奇怪吗？"我问道。

"当然，"格里塞尔达说，"伦，你难道不明白吗，我本可以嫁给一个内阁部长、或是一位男爵、一位富有的公司创始人，候选人还有三个中尉和一个迷人的废物。相反，我却选择了你。你难道不惊讶吗？"

"确实很惊讶，"我回答道，"我始终不明白你为什么会嫁给我！"

格里塞尔达哈哈大笑。

"嫁给你让我感觉自己很强大，"她喃喃说道，"其他人只认为我美貌动人，当然，拥有我也是一件美事；而你就不一样了，我是那种你最不喜欢、最不赞同的人，你却没能抵挡住我的诱惑。我的虚荣心令我无法抗拒这种事。成为一个人隐秘、快乐的罪孽比成为帽子上的一根羽毛强多了。我一直表现得如此可怕，总是令你恼怒，惹得你心烦意乱，但你依然疯狂地爱着我。你疯狂地爱着我，难道不是吗？"

"当然，我的确非常喜欢你，亲爱的。"

"哦！伦，你是爱慕我。还记得那天吗？我留在镇子上，给你拍了封电报，你没收到，因为女邮政局长的妹妹要生双胞胎，她忘了把电报发出去了。哎呀，那次真把你吓坏了，你甚至向苏格兰场报了案，闹出好一场慌乱。"

那是我不愿回想的一件事。那次，我简直愚蠢到家了。我说："如果你不介意的话，亲爱的，我想继续把演讲稿写完。"

格里塞尔达不高兴地叹了口气，把我的头发弄乱又抚平，说道：

"你配不上我。你真的配不上我。我要和艺术家私通。我肯定会这么做的，千真万确。你想想到了那时教区会传出什么流言蜚语。"

"已经够多了。"我温和地说。

格里塞尔达开怀大笑，给了我一个飞吻，然后穿过落地窗，离开了书房。

2

格里塞尔达这个女人真气人。离开餐桌时,我的心情还不错,本以为能为英国教会男教友会准备一篇精彩绝伦的讲演稿。此刻我却焦虑不安、心烦意乱。

我正要安下心来写稿,莱蒂斯·普罗瑟罗飘然而至。

我是特意用"飘然"这个词的。我读过一些小说,小说中的年轻人个个精力充沛,尽情享受生活的乐趣,充满青春活力……就我个人而言,我偶遇的所有年轻人都有着动物精灵的神态。

今天下午,莱蒂斯尤其像个幽灵。她是个漂亮的姑娘,个子高高的,皮肤白皙,面无表情。她从落地窗飘进来,心不在焉地摘掉黄色贝雷帽,精神似乎很恍惚。发现我后,她略显惊讶地喃喃道:"哦,是你呀!"

从教堂旧翼出来,有一条穿过树林的小路,路的尽头就是花园大门。所以,从那里来的人大部分都会穿过花园门,径直来到书房的窗前,而不会绕一大圈,从前门进来。莱蒂斯从这里进来,并没有让我吃惊,但我有点儿讨厌她的态度。

要来牧师寓所就该做好与牧师见面的准备。

她一进门就缩成一团,瘫坐在扶手椅上,漫无目的地拉扯着自己的头发,眼睛直勾勾地盯着天花板。

"丹尼斯在吗？"

"午饭后就没见过他。听说他要去你家打网球。"

"哦，"莱蒂斯说，"希望他没去。那儿一个人都没有。"

"他说是你发出的邀请。"

"我确实邀请过他。不过，我说的是星期五。今天是星期二。"

"今天是星期三。"我说。

"哦，真糟糕！"莱蒂斯说，"我又忘了，本来和人约好吃午饭的，这是第三次了。"

幸好她似乎不太担心。

"格里塞尔达在吗？"

"你能在花园的画室里找到她——劳伦斯·雷丁正在给她画像。"

"听说他和我父亲闹得不可开交。"莱蒂斯说，"父亲真讨厌。"

"闹什么——到底是怎么回事？"我问。

"就是他给我画画的事。被我父亲知道了。为什么我就不能穿游泳衣让他画呢？如果我可以穿游泳衣去海边，为什么不能穿着它让人画呢？"

莱蒂斯顿了顿，接着说：

"太荒唐了……父亲居然禁止一个小伙子到家里来。当然，我和劳伦斯冲他大吼了一通。我要去画室让他把那张画画完。"

"不行，亲爱的，如果你父亲不允许，就不能这么做。"

"哦！天哪，"莱蒂斯说着，叹了口气，"怎么每个人都这么无聊呢。真烦，真是烦死我了。如果有钱，我早就走了，可是我没钱，走不了。要是我父亲死了该有多好，那我就不用这么心烦了。"

"你不能这么说话,莱蒂斯。"

"哦,如果他不希望我咒他死,就不该这么吝啬。难怪母亲离开了他。你知道吗?这么多年来,我一直以为她死了。和她一起私奔的那个小伙子是什么样的人?是好人吗?"

"那是你父亲搬到这儿之前的事。"

"我也不知道她后来怎么样了。我盼望安妮快点儿找个情夫。安妮恨我——其实,她对我不错,但她恨我。她开始变老了,她不喜欢自己这样。你知道,到了那个年纪,脾气会变得很古怪。"

我不禁怀疑莱蒂斯整个下午都会待在我的书房里。

"你没看见我的唱片吧?"她问道。

"没有。"

"太烦人了。忘了放在哪儿了。我把狗也弄丢了。手表也不见了,不过没关系,反正表针也不走了。哦!天哪,我太困了。怎么搞的,我十一点钟才起床。生活真是令人筋疲力尽,你不觉得吗?哦!天哪,我该走了。三点钟我要去看斯通博士挖古墓。"

我瞥了一眼时钟,告诉她,现在是差二十五分四点。

"哦!是吗?糟糕。不知道他们会不会等我,还是撇下我先走了。我还是快点儿走吧,看看能不能赶上他们。"

她站起身,准备再次飘然而去。与此同时,她扭过头来低声说:

"你会告诉丹尼斯的,对不对?"

我随口答应了一声,后来才意识到,我根本不知道要告诉丹尼斯什么。我想了一下,觉得他知道与否都没太大关系。斯通博士这个名字令我陷入了沉思。斯通博士是著名的考古学家,最近住进了"蓝野猪旅店"。他负责监督挖掘一座古墓,这座古墓正好位于普罗瑟罗上校的田产上。他和上校有过几次口角，没想到他会邀请莱蒂斯去看掘墓，这倒是很有趣。

我忽然想起来，莱蒂斯·普罗瑟罗有几分疯狂。我怀疑她怎么能和考古学家以及他那个秘书小姐克拉姆相处。克拉姆小姐二十五岁，身体健康、精力充沛、面色红润、吵闹聒噪，那张嘴似乎包不住她满口的牙。

村里人对她看法不一：有人认为她行为不端，也有人认为这个年轻女子恪守妇德，打算早日成为斯通太太。她在各个方面都与莱蒂斯截然相反。

我想象得到，教堂旧翼的情况可能不太令人愉快。大约在五年前，普罗瑟罗上校又娶了一个太太。第二任普罗瑟罗太太容貌出众，做派与众不同。我一直猜测她和继女的关系不太融洽。

又有人来打扰了。这次是我的副牧师霍伊斯。他想了解一下我和普罗瑟罗见面的详情。我告诉他，上校谴责了他的"天主教倾向"，但他的来访其实另有目的；同时，我也提出了抗议，坦率地告诉他必须听从我的命令。总而言之，他愉快地接受了我的建议。

副牧师离开了，当我发现自己对他的好感没有增加时，我颇感懊悔。我确信，这些非理性的好恶与基督教精神极为不符。

看到写字台上时钟的指针指向五点差一刻，我叹了一口气，这表明正确的时间是四点半。于是，我站起身向客厅走去。

四位教民端着茶杯聚在客厅里。格里塞尔达坐在咖啡桌后面，她为了融入环境而极力想表现得自然，却越发显得格格不入。

和女士们一一握手之后，我在马普尔小姐和韦瑟比小姐之间坐下。

马普尔小姐白发苍苍，举止温和迷人，韦瑟比小姐则是酸醋和急流的混合物。这两个人比较起来,马普尔小姐要危险得多。

"我们正在谈斯通先生和克拉姆小姐的事。"格里塞尔达的嗓音甜如蜜糖。

我的脑子里突然冒出丹尼斯编的一句粗话,听起来还挺押韵的。"小姐克拉姆,才他妈不在乎。"

我突然有一种冲动,想把这句话说出来,看在场的人有什么反应,幸好我忍住了。韦瑟比小姐言简意赅地说:

"好姑娘才不会做这种事。"说完,她不以为然地闭上了薄嘴唇。

"做什么事?"我问。

"做一个未婚男子的秘书。"韦瑟比小姐语气中流露出惊骇。

"哦!亲爱的,"马普尔小姐说,"已婚的男人才坏呢。你还记得那个可怜的莫利·卡特吧?"

"当然啦,和妻子分居的已婚男人臭名昭著。"韦瑟比小姐说。

"有一些和妻子住在一起的男人也不是什么好东西,"马普尔小姐喃喃说道,"我记得……"

我打断了这些讨厌的回忆。

"其实,"我说,"现在的姑娘也可以像男人一样选择工作。"

"跑到乡下来?住在同一家旅店里?"普赖斯·里德雷夫人的语气非常严厉。

韦瑟比小姐在马普尔小姐耳边低声道:

"所有的卧室都在同一个楼层……"

她们默契地交换了一个眼神。

那位饱经沧桑、性格活泼、穷人们都害怕的哈特内尔小姐也诚恳地大声说:

"这个可怜的男人在没弄清楚情况之前就会被抓住。他像一个未出生的婴儿一般纯洁无瑕,你们等着瞧吧。"

真奇怪,她竟然会这么说。在场的女士根本没想到她会用一个真正的婴儿来打比方,就好像他被安全地放进摇篮里,出现在了所有人面前似的。

"我称之为,恶心,"哈特内尔小姐继续说,她向来不懂圆滑,"那个男人至少比她大二十五岁。"

三个女人同时抬高嗓门,七嘴八舌地议论起唱诗班男孩郊游的事、上次母亲聚会上发生的那件令人遗憾的事,还谈起了教堂的穿堂风。马普尔小姐向格里塞尔达使了个眼色。

"难道你们不认为,"我妻子说,"克拉姆小姐只是找到了一份有趣的工作,她只是把斯通先生当成雇主来看待吗?"

大家陷入了沉默。显然,四位女士中没有一个赞同她的说法。马普尔小姐轻轻拍了拍格里塞尔达的胳膊,首先开口打破沉默。

"亲爱的,"她说,"你还年轻。年轻人才会有这么天真的想法。"

格里塞尔达气愤地说,她才不天真。

"当然,"马普尔小姐没有理会她的抗议,"你总是看到每个人的优点。"

"你真的认为她会嫁给那个乏味的秃老头儿吗?"

"我听说他很富有,"马普尔小姐说,"不过,性情很暴躁。那天,他和普罗瑟罗上校大吵了一番。"

每个人都很感兴趣,纷纷把身子探过来。

"普罗瑟罗上校指责他不学无术。"

"很像普罗瑟罗上校会说的话,荒唐至极。"普赖斯·里德雷太太说。

"普罗瑟罗上校的确如此，但我没看出有何荒唐之处。"马普尔小姐说，"你们还记得吗？曾经有个女人来过这里，说她代表福利机构，但把捐赠品收走后就再也没消息了。结果她和福利机构一点儿关系都没有。我们总是轻信他人，按照自己的判断来决定是否接纳一个人。"

我可从来没想过用"轻信他人"这个词来形容马普尔小姐。

"大家都在谈论那个年轻的画家，雷丁先生，是不是？"韦瑟比小姐问。

马普尔小姐点了点头。

"普罗瑟罗上校把他撵出了家门。好像是因为莱蒂斯穿游泳衣让他画像。"

绝妙的轰动事件！

"我一直认为他们俩之间有事，"普赖斯·里德雷太太说，"那个小伙子总往那儿跑。可怜这个姑娘没有母亲。继母永远比不上妈妈。"

"我觉得，普罗瑟罗太太已经尽力了。"哈特内尔小姐说。

"姑娘们太狡猾了。"普赖斯·里德雷太太谴责道。

"多浪漫啊！"心肠软的韦瑟比小姐说，"他可是个帅小伙。"

"可惜，放荡不羁，"哈特内尔小姐说，"肯定的。画家！巴黎！模特！裸体！"

"画她穿游泳衣的样子，"普赖斯·里德雷太太说，"成何体统！"

"他也在给我画像。"格里塞尔达说。

"但不是你穿游泳衣的样子，亲爱的。"马普尔小姐说。

"也许更糟。"格里塞尔达严肃地说。

"顽皮的姑娘。"心胸宽广的哈特内尔小姐把这句话当成了玩笑。其他人则略显吃惊。

"莱蒂斯把他的麻烦事告诉你了吗?"马普尔小姐问我。

"告诉我?"

"是啊。我看见她走过花园,绕到书房窗前。"

马普尔小姐向来明察秋毫。园艺工作几乎等同于障眼法,举着高倍望远镜观鸟的习惯也可以派上用场。

"是,她提了一句。"我承认。

"霍伊斯先生看上去忧心忡忡的,"马普尔小姐说,"希望他不要工作得太卖力。"

"对了!"韦瑟比小姐激动地喊起来,"我差一点儿忘了。我有新闻要告诉你们。我看见海多克医生从莱斯特朗兹太太的小屋里出来。"

大家面面相觑。

"也许她生病了。"普赖斯·里德雷太太猜测道。

"如果真是这样,她的病也来得太突然了,"哈特内尔小姐说,"今天下午三点,我还看见她在自己家的花园里溜达,身体好着呢。"

"她和海多克医生一定是老相识,"普赖斯·里德雷太太说,"他一直对此守口如瓶。"

"真奇怪,"韦瑟比小姐说,"他竟然只字不提。"

"其实……"格里塞尔达的声音很低,语气很神秘,欲言又止。

大家兴奋地围拢过来。

"我也是偶然听来的,"格里塞尔达绘声绘色地说,"听说,她丈夫是个传教士。真可怕,他被吃掉了,真的被吃掉了。她被迫做了酋长夫人。海多克医生当时和远征军在一起,把她救了下来。"

大家激动了片刻,接着,马普尔小姐面带微笑,用责备的口吻说:"顽皮的姑娘!"

她轻轻地拍了拍格里塞尔达的胳膊以表责怪。

"亲爱的,这么做很不明智。有人会相信你编的故事。这样会把事情弄得很复杂。"

聚会的气氛顿时冷了下来。两位女士起身告辞。

"不知道劳伦斯·雷丁和莱蒂斯·普罗瑟罗之间到底有没有事,"韦瑟比小姐说,"看样子有。你怎么看,马普尔小姐?"

马普尔小姐若有所思。

"我不该这么说。不过,我认为不是莱蒂斯,而是另有其人。"

"可是,普罗瑟罗上校一定以为……"

"他一直让我觉得他是个蠢货,"马普尔小姐说,"就是那种一旦某个错误的观念进到脑子里就死抓着不放的人。你还记得蓝野猪旅店的前老板乔·巴克内尔吗?他怀疑女儿和年轻的贝利调情,闹得鸡飞狗跳,结果是他妻子出轨。"

说这话时,她的眼睛一直盯着格里塞尔达,我突然怒火中烧。

"马普尔小姐,你难道不认为,"我说,"我们是在信口开河吗?'爱是不计算人的恶',你知道。愚蠢的摇唇鼓舌和恶意的闲言碎语将会造成无法估量的伤害。"

"亲爱的牧师,"马普尔小姐说,"你未免太不谙世事了。以我对人性的观察,恐怕最好不要对它抱有太高的期望。无所事事的闲谈是错误的、不仁的,但也常常是真实的,你不这么认为吗?"

最后这支帕提亚回马箭①正中靶心。

---

①帕提亚回马箭（Parthian shot），古代帕提亚骑兵佯作退却时返身发射的回马箭。现通常指临走时说的刻薄话。

3

"坏脾气的老太婆!"门一关上,格里塞尔达就说。她朝客人们的背影做了一个鬼脸,然后看着我笑了。

"伦,你真的怀疑我和劳伦斯·雷丁有私情吗?"

"亲爱的,当然没有。"

"但你以为马普尔小姐是在暗示这一点,于是奋起维护我,太棒了,你就像,就像一只愤怒的老虎。"

不安瞬间向我袭来。英国圣公会的神职人员绝不能允许自己被人形容为一只愤怒的老虎。

"我觉得,如果不站出来说两句,那件事就过不去。"我说,"不过,格里塞尔达,我还是希望你说话谨慎一些。"

"你指的是那个人吃人的故事?"她问,"还是暗示劳伦斯给我画裸体像?他给我画像的时候,我穿的是厚斗篷,毛领子竖得很高——就是圣洁的教皇穿的那种衣服——罪恶深重的肉体一点儿也没露在外面!事实上,一切都是纯洁的。劳伦斯从未试图与我做爱,我也想不明白为什么。"

"当然,他知道你已经结婚了——"

"别装老古董了,伦。你清楚得很,一个嫁给老丈夫的迷人的年轻女人是上天赐给年轻男子的礼物。一定有别的原因,不是我不迷人，我很迷人。"

"你真的不愿意让他和你做爱吗？"

"不，不愿意。"格里塞尔达的语气中的犹豫出乎我的意料。

"如果他爱上了莱蒂斯·普罗瑟罗——"

"马普尔小姐似乎不这么认为。"

"马普尔小姐也许弄错了。"

"她从来不会弄错。那种老悍妇永远是对的。"她沉默了一会儿，然后斜了我一眼，又说，"你不相信我，是吗？我的意思是说，我和劳伦斯之间真的没有什么。"

"我亲爱的格里塞尔达，"我吃惊地说，"我当然相信你。"

妻子走过来吻了我一下。

"我希望你不要这么好骗，伦。无论我说什么，你都相信。"

"但愿如此。不过，亲爱的，就算我求你了，管好自己的舌头，说话时谨慎一些。记住，这些女人缺乏幽默感，什么事都会当真。"

格里塞尔达说："她们的生活需要一些伤风败俗的事。这样她们就不用忙着在别人身上找了。"

说完，她离开了房间。我扫了一眼手表，急忙出门拜客，这是早就该做的事。

如往常一样，没有几个人参加星期三的晚祷。然而，我在法衣室换完衣服出来时，却见空荡荡的教堂里有一个女人，她正站在那里凝视一扇窗户。这座教堂里有古老精致的彩色玻璃窗，教堂本身也值得观赏。听到我的脚步声，她转过身来，我才发现原来是莱斯特朗兹太太。

我们俩都迟疑了片刻，我先开了口：

"希望你喜欢我们的小教堂。"

"我在欣赏祭坛围屏。"她说。

她的声音低沉悦耳、音色独特,口齿清晰。她又说:

"很遗憾,昨天没有见到你的妻子。"

我们又谈了一会儿教堂的事。显然,她是一个有教养的女人,对教堂的历史和建筑都有所了解。我们一起离开教堂,沿小路散步,有一条通往牧师寓所的路正好经过她家。走到她家门口时,她亲切地说:

"进来坐坐吧?看看我把家里布置得怎么样。"

我接受了她的邀请。这幢房子原先属于一个侨居印度的英国上校。发现黄铜餐桌和缅甸圣像不见了,我禁不住松了一口气。房间布置得十分简单,但显示了主人精致的品位,整体给人一种和谐宁静的感觉。

然而,我愈发困惑不解,莱斯特朗兹太太这样的女人怎么会到圣玛丽米德来呢?显然,这是一个善于交际、精通世故的女人,怎么会选择在乡村隐居呢?这种喜好未免太奇怪了。

客厅里光线充足,我第一次有机会细细地打量她。

这个女人个子很高。金色的头发略带淡淡的红色。她的眉毛和睫毛是黑色的,这种颜色究竟是人工的,还是天生的,我无从得知。如果真如我所想的那样,是打扮出来的,那她的手法真的很巧妙。安静下来时,她的面孔犹如一个谜。她有一双最奇妙的眼睛——隐在暗处时,她的眼珠几乎是金色的。

她衣着考究,举止优雅,毫不做作,这个女人显然受过良好的教育。然而,她身上却有某种变幻不定、令人困惑的东西。你会感觉她是一个谜。我突然想起格里塞尔达用过的那个词——不祥。当然,这种说法很荒唐,但真有那么荒唐吗?我脑子里出现了一个不请自来的想法:"这个女人什么都做得出来。"

我们谈论的都是一些普通的话题,比如绘画、书籍、古老的教堂。然而,不知为何,我有一种强烈的感觉,莱斯特朗兹太太还想跟我说点儿别的、性质完全不同的东西。

有那么一两次,我偶然捕捉到她的眼神,她的目光中充满了好奇和踌躇,仿佛打不定主意。她继续说着,我发现她的谈话内容完全与个人生活无关。她对丈夫、朋友、亲戚之类的事绝口不提。

然而,她的目光始终像在传递一个奇怪的、急迫的请求,仿佛在说:"我可以告诉你吗?我想告诉你,你能帮帮我吗?"

最终,这种神情渐渐消失了,也许一切只是我的幻想罢了。我感觉她想撵我走,便起身告辞。即将走出房间时,我回头看了一眼,正好瞥见她用迷惘而充满疑虑的目光看着我。我一时冲动,又回来了:

"如果你有什么事需要我帮忙的话——"

她含糊地说:"你真是个好人——"

我们俩都沉默了。然后,她说:"我多么希望我知道。太难了。不,任何人都帮不了我。不过,我还是要谢谢你的好意。"

会面似乎到此为止了,于是,我走了。但离开时心里仍在纳闷。圣玛丽米德这个地方的人不太习惯神秘事件。

同样让我不习惯的是,我从门里走出来时,有个人突然向我扑过来。哈特内尔小姐善于以一种沉重笨拙的方式向人发起突袭。

"我看见你了!"她的幽默沉闷乏味,我听她大叫道,"太激动了。现在你能把一切都告诉我们了吧。"

"告诉你们什么?"

"那位神秘的女士!她是个寡妇,还是她丈夫在别的什么地方?"

"我真的说不出来。她没告诉我。"

"太奇怪了!我以为她肯定会顺便提到些什么。虽然她有理由不说,但好像总是一副要说些什么的样子,不是吗?"

"我没看出来。"

"哎呀!亲爱的马普尔小姐说得对,你太不谙世事了,亲爱的牧师。告诉我,她是不是早就认识海多克医生了?"

"她没有提到他,所以,我不知道。"

"真的吗?那你们都谈了什么?"

"绘画、音乐、书籍。"我如实回答她。

哈特内尔小姐只谈私人话题,此刻,她一脸的怀疑和不相信。趁她一时没想好接下来说什么,我向她道了晚安,便溜之大吉。

我去拜会了住在村边的一家人,然后穿过花园门,回到牧师寓所。途中,我经过了马普尔小姐的花园,那儿可是个"危险地点"。不过,我拜访莱斯特朗兹太太的消息不可能这么快就传到她耳朵里,所以,我感觉我现在应该是安全的。

给大门上锁时,我突然有了一个念头,想去一趟花园小屋。现在那里是劳伦斯·雷丁的画室,我想亲眼看看格里塞尔达的画像画得怎么样了。

在此我要附上一张草图,如果后面发生什么事,可以用作参照,而且,我只在图中画出了必要的细节。(见图一)

我根本不知道画室里有人。里面也没有说话声提醒我,我的脚踩在草地上可能也没弄出什么动静。

我推开门,便尴尬地愣在那儿。画室里有两个人:一个男人正搂着一个女人热吻。

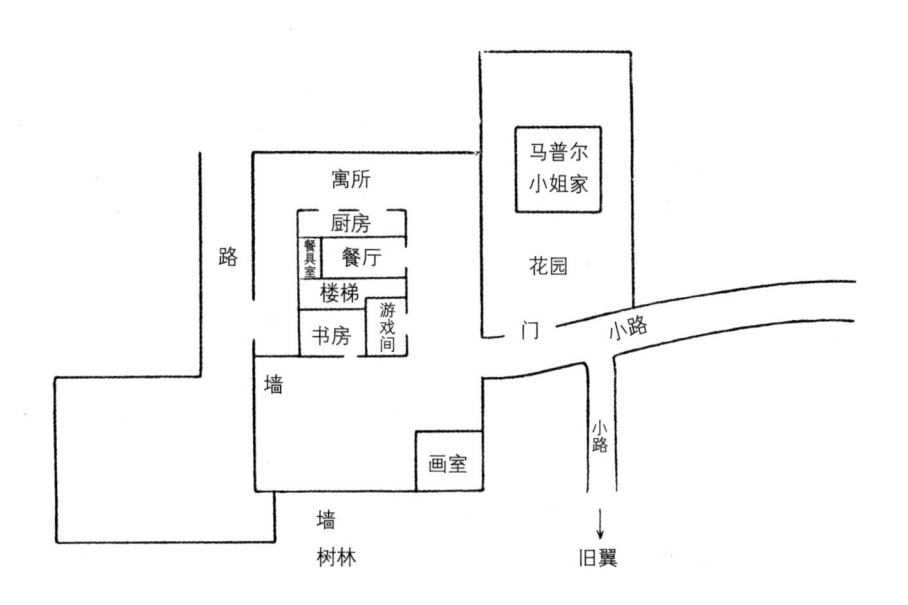

图一

是画家劳伦斯·雷丁和普罗瑟罗太太。

我慌忙退出来,回到书房。我坐在椅子上,取出烟斗,将这件事细细思量一番。这个发现令我大为震惊。尤其是那天下午和莱蒂斯谈过以后,我相当肯定,她和这位年轻人之间达成了某种默契。此外,我确信她自己也是这么认为的,她肯定不知道这个画家对她的继母有感觉。

下流的混乱关系。虽然不太情愿,但我还是要对马普尔小姐表示敬意。她没有被蒙骗,显然,她猜测真相的准确程度相当高。我误解了她对格里塞尔达那意味深长的一瞥。

我完全想不到普罗瑟罗太太会卷入这种事。普罗瑟罗太太总是令人想起不容置疑的恺撒之妻——一个沉默寡言的女人,没有人相信她会有深沉的感情。

沉思至此,敲书房落地窗的声音唤醒了我。我起身走到窗前。站在外面的是普罗瑟罗太太。我打开落地窗,她不等我邀请便走了进来。她气喘吁吁地穿过房间,一屁股坐在沙发上。

我好像从来没见过她。我所知道的那个安静的、沉默寡言的女人不见了,取而代之的是一个呼吸急促、不顾一切的女人。我第一次意识到安妮·普罗瑟罗是个美人。

她一头褐发、面容苍白,深深的眼窝里有一双灰色的眼睛。她此刻面色绯红,胸脯上下起伏,仿佛一尊复活的雕像。我眨着眼睛看她变形。

"我想,还是来一下比较好。"她说,"你……你刚才看见……"

我低下头。

她平静地说:"我们是相爱的……"

即使心情烦乱不安,她嘴角依然挂着淡淡的微笑,是女人在看到美好奇妙之物时才会有的微笑。

我依旧一言不发。她立即补充道：

"我想，在你看来，这样是大错特错的吧？"

"你指望我说什么呢，普罗瑟罗太太？"

"啊，不，不是这样。"

我继续说下去，尽量让语气显得温和：

"你是一位已婚女人——"

她打断了我。

"哦！我知道……我知道。你以为我没有反复想过这个问题吗？我不是一个坏女人，真的……我不是。事情不是……不是你想的那样。"

我严肃地说："这让我很高兴。"

她胆怯地问："你会告诉我丈夫吗？"

我冷漠地说："世上似乎存在一种普遍的看法，认为牧师无法表现得像个绅士。这是不对的。"

她感激地看着我。

"我很不幸福。哦！我太不幸福了。我不能再这样活下去了。我真的受不了了。可是，我不知道该怎么办。"她抬高嗓门，声音带着一丝歇斯底里，"你不知道我过的是什么日子。和卢修斯在一起的生活从一开始就很凄惨。哪个女人和他一起生活都不会快乐的。我盼着他死……太可怕了，但我确实是这么想的……我绝望了。我跟你说，我真的绝望了。"她突然吓了一跳，将目光投向窗外。

"怎么回事？好像有人来了？可能是劳伦斯。"

我向落地窗走去，窗子没关，这在我意料之中。我走到落地窗外，朝花园里张望，一个人也没有。但我刚才似乎也听见了什么动静。或许是她肯定的语气说服了我。

我又回到书房里,只见她身子前倾,低垂着头,看起来非常绝望。

她重复道:

"我不知道怎么办。我不知道怎么办。"

我走过去坐在她身旁,说了些自认为有责任要说的话,说话时力求语气坚定。然而,在这个过程中,我不安地意识到,就在那天上午,我曾经吐露心声,说没有普罗瑟罗上校的世界将会更加美好。

首先,我请求她切莫鲁莽从事。离开她的家庭和丈夫是非常严肃的决定。

我不认为自己说服了她。我的阅历告诉我,与一个坠入情网的人争论几乎等于说废话。但我确实认为,她从我的话中得到了些许安慰。

她起身告辞,对我表示了感谢,并答应认真考虑我说的话。

尽管如此,她走后,我依旧很不安。我感觉,迄今为止,我错误判断了安妮·普罗瑟罗的性格。她现在给我的印象是个不顾一切的女人,一旦情绪受了什么刺激,激动起来,她会不择手段。她不顾一切,鲁莽又疯狂地爱上了劳伦斯·雷丁,这个比她小好几岁的男人。

我不喜欢这种事。

4

我把那天请劳伦斯·雷丁来家里吃晚饭的事忘得一干二净。当格里塞尔达冲进来训斥我,告诉我差两分钟就要开饭时,我大吃一惊。

"希望一切都好。"跟在我身后上楼的格里塞尔达大声说,"我认真考虑了你在午餐时说的话,我确实想出了一些好吃的东西。"

顺便说一句,我们的晚餐充分证实了格里塞尔达的断言:如果她努力了,反倒会适得其反。菜谱在理念上是野心勃勃的,玛丽证明自己能在半生不熟和煮过头方面做得更好,获得了任性的乐趣。格里塞尔达点了牡蛎,这似乎不在无法处理的范畴内。可惜的是,我们没有这个口福,因为家里没有开牡蛎壳的工具——这是一个临吃前才发现的疏漏。

我极度怀疑劳伦斯·雷丁能否露面。他要想找个借口非常容易。

然而,他准时到了,我们四人走进餐厅用餐。

不可否认,劳伦斯·雷丁的个性很迷人。我猜,他三十来岁。他的头发是黑色的,有一双明亮的、蓝得惊人的眼睛。他是那种样样精通的年轻人。他擅长运动,是一名出色的射手和业余演员，讲故事也是一流。只要有他在，任何聚会都会热闹。我想，他的静脉里大概流淌着爱尔兰人的血。他不是一般人概念里的那种典型的艺术家；然而，我相信，他是位聪明的现代派画家。不过我对绘画所知甚少。

在这个特别的夜晚，他自然显得有些心不在焉。总体说来，他应付裕如。我不认为格里塞尔达和丹尼斯发现有什么地方不对劲。如果不是事先知情，我也不会发现什么。

格里塞尔达和丹尼斯的心情格外好，言谈间不断拿斯通医生和克拉姆小姐开玩笑——本地的丑闻！我突然感到微微的痛苦，因为意识到丹尼斯的年龄与格里塞尔达更接近。他称呼我伦叔叔，对格里塞尔达则直呼其名。这不禁令我心生孤独之感。

我想，一定是普罗瑟罗太太把我搞得心烦意乱。通常我是不会陷入这种无益的思考的。

格里塞尔达和丹尼斯时有过分之举，但我无心制止他们。我一直认为，牧师在场就会使气氛变得压抑，这不免令人遗憾。

劳伦斯谈兴甚高，我意识到他的眼睛不时朝我坐的位置瞟。晚饭后，他巧妙地将我引入书房也不足为怪了。

剩下我们两个人后，他的态度变了。

"你撞见了我们的秘密，先生，"他说，"你打算怎么办？"

面对雷丁，可以比面对普罗瑟罗太太时讲得更直白，我也是这么做的。他坦然接受。

"当然，"听我说完，他开口了，"你必然会讲这样一番话。你是牧师。我无意冒犯你。实际上，我认为你说得对。但我和安妮之间并非一般的男女私情。"

我告诉他，自古以来人们都这么说。他的嘴角浮现一丝古怪的微笑。

"你的意思是,每个人都认为自己的恋情是独一无二的?也许是这样。但有一点你必须相信。"

他向我保证,"迄今为止,还没做什么错事"。他说,安妮是这个世界上最真实,也是最忠诚的女人。将来会发生什么,他也不知道。

"如果这是一本书,"他忧郁地说,"那个老头儿将会死去——这对每个人来说都是可喜的解脱。"

我责备了他。

"哦!我不是要在背后捅他一刀,不过,如果有人这么做,我会对他表示真心的感谢。这个世上没有一个人说他的好话。我很纳闷,第一任普罗瑟罗太太为什么没有杀了他。几年前,我见过她一次,她看样子干得出那种事。她是那种冷静但很危险的女人。普罗瑟罗咋咋呼呼的,四处兴风作浪,如魔鬼一般卑劣,脾气也暴躁得很。你不知道安妮怎么躲着他。哪怕我有一点儿钱,我都会立刻带她走,不再惹任何麻烦。"

我对他说了一番非常诚恳的话。请求他离开圣玛丽米德。安妮·普罗瑟罗的命运已经很不幸了,如果他留下来,只会给她带来更大的不幸。人们会议论纷纷,这件事会传到普罗瑟罗上校的耳朵里。到那时,她的处境会更糟。

劳伦斯反驳道:"除了你,其他人对此一无所知,牧师。"

"亲爱的年轻人,你低估了乡下人做侦探的本能。在圣玛丽米德,每个人都知道你最私密的事。英格兰没有哪个侦探敌得过一个年龄不明、手里有大把时间的老小姐。"

他轻松地说,这没关系。所有人都以为是莱蒂斯。

"你有没有想过,"我问他,"莱蒂斯可能也是这么认为的。"

这个说法似乎令他相当吃惊。他说,莱蒂斯根本不在乎他。

这一点他是肯定的。

"她是个古怪的女孩,"他说,"总是像在做梦,但我相信,她骨子里是个很现实的人。我认为,那些暧昧不清不过是摆出一种姿态。莱蒂斯非常清楚她在做什么。她还有一种可笑的复仇心理。奇怪的是,她恨安妮。简直是憎恨她!而安妮一直像一个完美的天使一样待她。"

当然,我不会相信最后这句话。在痴情的年轻人眼中,他们的恋人就是天使。尽管如此,据我认真的观察,安妮一直以仁慈和公平的态度对待她的继女。那天下午,听到莱蒂斯尖刻的语气,我自己也很吃惊。

我们俩只能谈到这儿了,因为格里塞尔达和丹尼斯突然闯了进来,还说不能让我把劳伦斯变成老古董。

"哦,天哪!"格里塞尔达说着,跌入一张扶手椅的怀抱,"真想来点儿刺激的!谋杀,或是做夜贼也好。"

"我想这里没有什么可偷的人,"劳伦斯极力迎合她的情绪,"除非我去偷哈特内尔小姐的假牙。"

"那些假牙发出的'咔嗒'声真可怕。"格里塞尔达说,"不过,你说得不对,怎么没有可偷的东西。教堂旧翼就有精致的老银器——敞口矮盐瓶、查理二世时期的浅口碗——各种各样的东西,应有尽有。值好几千英镑呢。"

"那个老头儿可能会拿军用左轮手枪打你,"丹尼斯说,"他就喜欢干这种事。"

"哦!那我们最好一进去就先抢他。"格里塞尔达说,"谁有左轮手枪?"

"我有一把毛瑟枪。"劳伦斯说。

"是吗?太令人激动了!你怎么会有枪呢?"

"战争纪念品。"劳伦斯的回答很简短。

"今天,老普罗瑟罗拿银器给斯通看,"丹尼斯主动提供信息,"老斯通装出毫不感兴趣的样子。"

"我以为他们因为古墓的事吵了一架。"格里塞尔达说。

"哦,他们俩已经和解了!"丹尼斯说,"反正我搞不清为什么有人会四处挖坟掘墓。"

"斯通这个人挺令人费解的,"劳伦斯说,"我觉得他心神恍惚。有时候你甚至可以肯定地说,他对自己研究的学科一无所知。"

"那是因为爱情,"丹尼斯说,"温柔的格拉迪斯·克拉姆,你不是赝品。你一口皓齿,让我的内心充满愉悦。来,和我一起飞翔吧,我未来的新娘。在蓝野猪旅店,在卧室的地板上——"

"够了,丹尼斯。"我说。

"哦,"劳伦斯·雷丁说,"我得走了。克莱蒙特太太,非常感谢你让我度过了一个愉快的夜晚。"

格里塞尔达和丹尼斯出去送客。之后,丹尼斯独自回到书房。一定出了什么事让这个男孩很生气。他在房间里漫无目的地踱来踱去,皱着眉头,踢着家具。

我们的家具已经够破旧了,经不起再被破坏,我觉得有必要温和地发出抗议。

"对不起。"丹尼斯说。

他沉默了片刻,然后破口大骂:

"传播流言蜚语是一件多么恶毒的事!"

我有点儿吃惊。"怎么回事?"我问。

"不知道该不该告诉你。"

我愈发惊讶了。

"太恶毒了,"丹尼斯又说,"四处乱说。不是说,而是暗示。不,如果我告诉你,我会下地狱的,对不起。恶毒至极!"

我好奇地看着他,但没有追问下去。我心里也很纳闷。这也太不像丹尼斯了,他从不把任何事放在心上。

这时,格里塞尔达走了进来。

"韦瑟比小姐刚刚打来电话,莱斯特朗兹太太八点一刻出了门,现在还没回来。没有人知道她去哪儿了。"

"为什么应该有人知道她去哪儿了?"

"她没去海多克医生那儿。韦瑟比小姐知道,因为她给哈特内尔小姐打过电话,哈特内尔小姐就住在海多克医生家隔壁,如果莱斯特朗兹太太去了他那里,哈特内尔小姐一定会看见她。"

"有件事对我来说一直是个谜,"我说,"这个地方的人是怎么从食物中获取营养的。他们肯定是站在窗前吃饭,才能保证不错过任何东西。"

"不仅如此,"格里塞尔达兴高采烈地说,"他们还勘察了蓝野猪旅店。斯通先生就住在克拉姆小姐隔壁,但——是……"她用力晃着食指,"两个卧室之间没有连通的门!"

"那么,"我说,"大家知道了一定会很失望吧。"

听我这么说,格里塞尔达大笑起来。

星期四一大早就很不顺。教区的两位女士因为教堂的装饰吵了起来,我被叫去为两个中年女人做仲裁。她们俩都气得浑身发抖。如果不是那么痛苦的话,这倒是一种有趣的生理现象。

然后,我又数落了唱诗班的两个男孩,做礼拜的时候,他们嘴里含着糖块。我一直觉得不安,所以也没有全心全意尽职尽责。

还有那个动不动就生气的风琴师，不知道谁又惹他发脾气了，我还得安抚他。

接着，四个贫穷的教区居民公开反抗哈特内尔小姐，她又气冲冲地跑来找我。

我正要回家，却碰上了普罗瑟罗上校。身为法官的他审判了三个偷猎者，看来心情大好。

"坚决！"他的嗓音很洪亮。他有点儿耳背，所以，说起话来像聋子一样嗓门很大，"如今我们需要的就是坚决！以儆效尤！阿彻那个流氓昨天出狱了，发誓要找我报仇，我听见了。放肆的无赖！常言道，生于忧患，死于安乐。下次他再敢偷猎我的野鸡，一旦让我抓住了，我就让他瞧瞧，他的复仇一钱不值！松懈！我们现在太松懈了！我相信，一个男人的行为才能说明他是什么样的人。人们总是要求你为他的妻小考虑一下。可恶的鬼话！胡说八道！为什么一个男人只要哭诉家有妻小就可以不必为他造成的后果负责呢？在我看来全都一样，无论他是干什么的——医生、律师、牧师、偷猎者、醉醺醺的流浪汉——如果抓到他做违法的事，就要让法律来惩罚他。我相信你同意我的观点。"

"你忘了，"我说，"我的职业要求我格外尊重一种品质，那就是慈悲。"

"哦，我是个公正的人。没有人能否认这一点。"

我没有回答。他厉声问道：

"你为什么不回答？告诉我，你愣着想什么呢，老兄？"

我迟疑了一下，才决定开口：

"我在想，"我说，"在我大限将至之时，如果我唯一的辩护词是公正，我会感到十分遗憾。因为这可能意味着只能给予我公正。"

"哼！我们需要一点儿好斗的基督精神。我向来尽职尽责，我希望是这样。算了，不说啦。我说过今晚要去你那儿。如果你不介意的话，我们可以把时间从六点改成六点一刻吗？我得去村子里见一个人。"

"这个安排对我来说很合适。"

他挥舞着手杖，大踏步走开了。转过身时，我又碰见了霍伊斯。今天早上他一脸病容。我本想温和地斥责他几句，在他管辖范围内的许多事要么乱糟糟的，要么被搁置一边，但看到他那张苍白而紧张的脸，我觉得这个人生病了。

我把这种想法告诉了他，他否认了，但语气并不强烈。最后，他承认自己不太舒服，似乎准备听劝，回家睡觉。

我匆匆吃完午饭，出门走访一些人。格里塞尔达乘坐便宜的星期四火车去伦敦了。

四点差一刻左右，我回到家，想为星期天的布道列一个大纲，但玛丽告诉我，雷丁先生正在书房里等我。

我发现他在屋里来回踱步，一副闷闷不乐的样子，面色苍白，形容憔悴。

我进屋时，他突然转过身。

"听着，先生。我认真考虑了你昨天说的话。为了这事我彻夜未眠。你说得对。我必须尽快离开。"

"我亲爱的孩子。"我说。

"你讲的有关安妮的话是对的。我留下来只会给她添麻烦。她，她太好了，不该受委屈。我明白了，我必须走。其实，我已经让她受了很多苦。愿上帝保佑我。"

"我想你已经别无选择了。"我说,"我知道做这个决定很艰难,但请你相信我,到头来,这是最好的选择。"

我看得出来,他肯定认为我不知道自己在说什么,所以说起这种事来很轻松。

"你会照顾安妮吗?她需要朋友。"

"你放心吧,我会尽力的。"

"谢谢你,先生,"他握紧我的手,"你是个好人,牧师。今晚我去见她,向她道别,然后收拾行李,明天就走。拖延痛苦没什么好处。谢谢你让我在小屋里作画。很遗憾没能完成克莱蒙特太太的画像。"

"别为那事操心,我亲爱的孩子。再见,愿上帝保佑你。"

他走后,我努力静下心来准备布道词,但满脑子都是劳伦斯和安妮·普罗瑟罗的事。

我喝了一杯没加奶的红茶,凉的,难喝极了。五点半,电话铃响了,是通知我低地农场的阿博特先生快死了,叫我马上过去。

我随即给教堂旧翼挂了个电话,因为低地农场离这儿有两英里远,在六点一刻赶不回来——我一直没学会骑自行车。

但是,我从电话里得知,普罗瑟罗上校刚刚开车出去了。我只得出发,并交代玛丽,万一有人来找我,就说我被叫走了,但我会尽量在六点半或稍晚的时候赶回来。

5

当我走近牧师寓所大门时,时间早过了六点半,已近七点。还没到门口,门猛地开了,劳伦斯·雷丁从里面走了出来。看见我,他突然停住脚步,我也被他的样子吓了一跳。他的精神似乎濒临崩溃,眼神直勾勾的,面如死灰,浑身颤抖抽搐。

那一瞬间,我怀疑他是喝醉了,但随即否定了这个想法。

"哦,"我说,"你是来见我的吗?很抱歉,我出去了。现在才回来。我得先见一下普罗瑟罗,谈谈账目的事,我想时间不会太长。"

"普罗瑟罗,"他说着大笑起来,"普罗瑟罗?你要见普罗瑟罗?哦,好吧,你会见到普罗瑟罗的!哦!我的上帝,去见他吧!"

我盯着他,本能地向他伸出一只手。他突然闪到一边。

"不,"他几乎是大喊道,"我必须离开这里,去思考。我必须思考。我必须思考。"

他拔腿就跑,很快消失在通向村子的那条路的尽头。我盯着他的背影,起初认为他喝醉了的念头又冒了出来。

最后,我摇了摇头,继续向牧师寓所走去。前门总是开着的,但我还是按了门铃。玛丽用围裙擦着手,过来开门。

"你终于回来了。"她说。

"普罗瑟罗上校在吗?"我问。

"在书房呢。六点一刻就到了。"

"雷丁先生来过吗?"我问。

"刚到几分钟。问你在不在。我告诉他,你随时会回来,普罗瑟罗上校正在书房等你,他说他也一起等,就去书房了。他也在书房呢。"

"不,他不在书房。"我说,"刚才我在路上遇到他了。"

"哦,我没听见他离开。他就待了几分钟。夫人还没从城里回来。"

我心不在焉地点了点头。玛丽回了厨房,我穿过走廊,打开了书房的门。

刚从幽暗的走廊里出来,倾泻进房间的晚霞迫使我眨了几下眼睛。我走了一两步,突然停了下来。

有那么一会儿,我几乎无法理解眼前的场景到底意味着什么!

普罗瑟罗上校趴在我的写字台上,姿势很可怕,也很反常。就在写字台上,他的脑袋旁边,有一摊深色液体,那种液体正一滴、一滴、一滴,缓缓滴落在地板上。

我振作精神向他走去。他的皮肤摸起来是凉的。我抬起他的手又放开,那只手毫无生气地垂下去。这个人死了,子弹射穿了他的脑壳。

我走到门边喊玛丽。命令她以最快的速度把海多克医生请来,他就住在这条路的拐角处。我告诉她发生了意外。

然后,我回到书房里,关上门,等医生来。

幸好,医生在家。海多克是个好人,身材高大魁梧,有一张诚实坚毅的脸。

我默默地指了一下房间的另一头,他挑了一下眉毛,但他是一个真正的医生,没有流露任何情绪。他俯下身看着死者,迅速检查了一下。然后直起身看着我。

"怎么样?"我问他。

"他已经死了,死了半个小时了,我认为。"

"自杀?"

"绝对不可能。你看伤口的位置。此外,如果是自杀,武器在哪儿?"

的确,屋子里根本没有这类东西。

"什么都不要碰,"海多克说,"我最好打电话报警。"

他拿起电话,对着话筒尽可能简要地陈述了事实,然后挂上电话,走到我坐的地方。

"这事儿真糟糕。你是怎么发现他的?"

我向他解释了一遍。

"糟透了。"他重复道。

"这属于——谋杀吗?"我忐忑地问。

"看样子是。我是说,除此之外,还能是什么呢?这件事挺离奇的。我很纳闷是谁这么恨这个可怜的老家伙。当然,我知道他人缘不好,但也不至于为此丢掉性命吧。可真够倒霉的!"

"还有一件蹊跷的事,"我说,"今天下午有人给我打电话,要我去看一个濒死的教民。可等我到那儿的时候,见到我的每个人都很惊讶。这些天,病人的病情好转了许多,他妻子矢口否认给我打过电话。"

海多克的眉头拧在一起。

"这暗示了什么,真的,有人把你支走了。你妻子在哪儿?"

"今天去伦敦了。"

"女佣呢？"

"在厨房里，房子的另一头。"

"她在那边不可能听到这边的响动。这事麻烦了。有谁知道普罗瑟罗今晚要到你这儿来吗？"

"今天早晨，他在村子的街上像往常一样扯着嗓子说这件事。"

"这意味着全村人都知道了！总之，他们什么都知道。你知道谁和他有仇吗？"

我的脑海中浮现出劳伦斯·雷丁那张苍白的脸和灼灼的目光。这时，外面的走廊里传来嘈杂的脚步声，省却了我回答的麻烦。

"警察。"我的朋友说着站了起来。

代表警方来的是赫斯特警官，他看上去非常自大，但面带忧虑。

"晚上好，先生们，"他和我们打了招呼，"警督马上就到。现在我要执行他的指示。听说普罗瑟罗上校被人枪杀了——在牧师寓所里。"

他停顿了一下，向我投来冰冷而怀疑的目光，我则用得体的举止回应他，试图表明自己的清白。

他移步到写字台前，宣告道："警督到来之前不许碰任何东西。"

为了方便读者，我附了一张房间的示意图。（见图二）

他掏出笔记本，润湿了铅笔，用期待的眼神看着我们俩。

我又将发现尸体的过程讲了一遍。他花了些时间全部记下来，接着转向医生。"海多克医生，在你看来，死因是什么？"

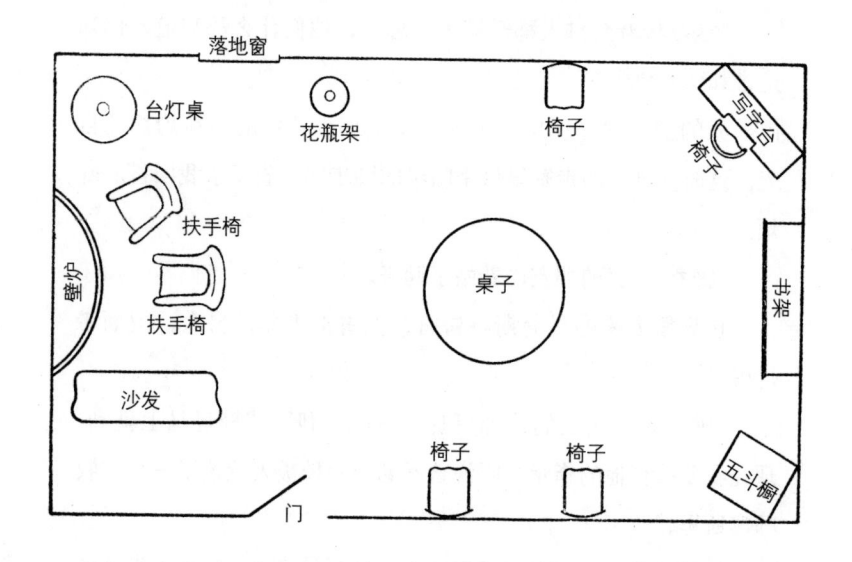

落地窗　　　　　　　　
台灯桌　　花瓶架　　椅子　　写字台
　　　　　　　　　　　　　　椅子
扶手椅
壁炉　扶手椅　　　桌子　　　书架
沙发
　　　　　椅子　椅子　　五斗橱
门

图二

"近距离射穿头部。"

"那武器是什么呢?"

"在取出子弹之前,我无法断言。但子弹很有可能是从一支小口径手枪里射出来的,比如,零点二五英寸口径的毛瑟枪。"

我心里一惊,记起头一天晚上的谈话,那时劳伦斯·雷丁承认自己有一把毛瑟枪。警察那双冰冷的、鱼一般的眼睛又在打量我。

"你要说什么吗,先生?"

我摇了摇头。无论有什么怀疑,也只是怀疑罢了,我要保守秘密。

"在你看来,这场悲剧是什么时候发生的?"

医生在回答前犹豫了片刻。接着,他说:

"这个人是在半小时前死的。肯定不会早于这个时间。"

赫斯特转向我,问道:"女佣听见什么动静了吗?"

"据我所知,她什么也没听见,"我说,"但你最好去问问她。"

就在这时,斯莱克警督到了,他是乘车从两英里外的马奇贝纳姆赶来的。

我想说的是,没有一个人会像他这么毅然决然地抵触自己的名字[①]。他肤色黝黑、精力充沛、一刻不闲,一双黑眼睛不停地扫来扫去,举止粗鲁骄横到了极点。

我们跟他打招呼,他只以微微点头回应。他抓过下属的笔记本,浏览了一下,低声与之交谈了几句,然后大步向尸体走去。

"看来,现场弄得一团糟。"他说。

---

①斯莱克(Slack),原意是松懈、懒散。

"我什么都没碰。"海多克说。

"我也没动过什么。"我说。

有那么一会儿，警督忙着察看桌子上的东西和那摊血。

"啊！"他用胜利的口吻宣布，"这就是我们想要的东西。他向前倒下时弄翻了时钟。这给我们提供了作案时间。六点二十二分。你刚才说死亡时间是几点，医生？"

"大约半个小时前，可是——"

警督看了一眼手表。

"七点过五分。我是大约十分钟前得知这个消息的，那时是七点差五分。发现尸体的时间大约在七点差一刻。我听说你是被马上叫来的。假如你检查尸体的时间是差十分钟……哎呀，几乎分秒不差！"

"我不能保证就是这个时间，"海多克说，"这只是大概的估计。"

"已经很不错了，先生，很不错了。"

我一直想插话。"至于时钟嘛——"

"不好意思，先生，有问题的时候我会问你的。时间紧迫。我需要绝对的安静。"

"好，不过，我想告诉你——"

"绝对安静。"警督凶巴巴地看着我。我只好照他的要求做了。

他仍在仔细察看那张写字台。

"他为什么坐在这儿呢？"他咕哝着，"他是想写张便条吗——哎——这是什么？"

他得意地举起一张便笺纸。这个发现让他很是高兴，于是，他允许我们到他身边去，和他一起细看那张便条。

那是一张牧师寓所的便笺纸，信头标记的时间是六点二十分。

"亲爱的克莱蒙特"——便条是这样开头的——"很抱歉，我不能再等下去了，但我必须……"

从这儿开始，字体变得潦草凌乱。

"再清楚不过了，"斯莱克警督沾沾自喜地说，"他坐在这里写这张便条，他的仇人悄悄从落地窗进来，趁他写字的时候枪杀了他。不就是这样吗？"

"我想说的是——"我开口道。

"请不要挡路，先生，如果你同意的话。我想看看有没有脚印。"

他趴在地上向敞开的落地窗爬去。

"我想你应该知道——"我固执地说。

警督站了起来。他并不激动，但语气坚定。

"过会儿再说那些事吧。先生们，如果你们能离开这里，我将十分感激。现在就出去，请吧！"

我们像孩子一样被他哄了出去。

时间似乎过去了几个小时，其实才七点一刻。

"唉，"海多克医生说，"就这样吧。如果那个自以为是的蠢驴找我，你就叫他到诊所来。再见！"

"夫人回来了。"玛丽从厨房里露了一下头，她兴奋地双目圆睁，"大概是五分钟前回来的。"

我在客厅里找到了格里塞尔达。她看起来既害怕又兴奋。

我把一切告诉了她，她听得聚精会神。

"开始写信的时间是六点二十分。"我最后说道，"时钟倒了，停在六点二十二分。"

"是的，"格里塞尔达说，"你没告诉他那只钟总是快一刻钟吗？"

"没有，"我说，"我没有告诉他。他不让我说。我已经尽力了。"

格里塞尔达困惑地皱起了眉头。

"可是，伦，"她说，"如果是这样，整件事就太奇怪了。因为，那只钟指向六点二十的时候，真正的时间是六点过五分，而我想，六点过五分的时候，普罗瑟罗上校还没到呢。"

6

我们为时钟的事困惑了一会儿,但实在没有头绪。格里塞尔达劝我再试一次,去把真相告诉斯莱克警督,但在这一点上,我认为只能把他形容为"倔骡子"。

斯莱克警督粗鲁得可恶,我觉得他完全没有必要这样。我期待着那个时刻,做出我宝贵的贡献并成功令他尴尬。到那时,我会用温和的口吻责备他:

"斯莱克警督,如果你听了我的话——"

我还指望他在离开前至少和我说句话,但我们惊讶地从玛丽口中得知,他已经离开了,还锁上了书房的门,并且下令任何人不得入内。

格里塞尔达提议去教堂旧翼。

"安妮·普罗瑟罗的状况一定很糟糕——警察,还有发生的一切,"她说,"也许我能为她做点儿什么。"

我衷心赞同这个计划。于是,格里塞尔达出发了。走之前,她交待说,如果她认为那两位女士需要我,或者我能给她们带去什么安慰,她会给我打电话。

接下来,我给主日学校的老师们打了电话,他们原定七点四十五分来备课。这是每周一次,雷打不动的安排。我想,在这种情况下,最好将此事推迟。

丹尼斯也来了,他刚参加完网球聚会。牧师寓所成了杀人现场,这似乎给他带来了强烈的满足感。

"我真喜欢出现在谋杀现场!"他大叫道,"我一直都想身处其中。警察为什么把书房的门锁上了?其他钥匙打不开吗?"

我拒绝了他的任何此类企图。丹尼斯屈服了,但风度不佳。在从我这里榨出每一个可能的细节后,他去花园里找脚印了。他高兴地说,幸亏被杀的只是大家都不喜欢的老普罗瑟罗。

他的麻木不仁和幸灾乐祸激怒了我,但经过一番反思,我觉得自己可能对这个孩子太苛刻了。在丹尼斯这个年龄,侦探故事是生活中最美好的东西之一,发现一个真正的侦探故事和尸体一起出现在自家门口,注定会将一个心智健全的男孩送上七重天的极乐世界。对于一个十六岁的孩子而言,死亡几乎没有任何意义。

大约一个小时后,格里塞尔达回来了。她见到了安妮·普罗瑟罗,警督刚把坏消息告诉安妮,她就到了。

普罗瑟罗太太告诉警督,她在村子里最后一次见到丈夫是在六点差一刻的时候,此外就给不出任何有用的信息了。于是,他起身告辞,说第二天会来展开更全面的问询。

"他的态度还算不错。"格里塞尔达不情愿地说。

"普罗瑟罗太太有什么反应?"我问道。

"非常平静,不过,她一直都这样。"

"是啊,"我说,"我无法想象安妮·普罗瑟罗歇斯底里的样子。"

"当然,这件事带给她的震动不小。你也明白。她感谢我去看她,说她感激不尽,但除此之外我也爱莫能助。"

"那莱蒂斯呢?"

"她去打网球了,还没回家。"格里塞尔达停顿了一下,又说:"伦,你知道吗,她真的很古怪,太古怪了。"

"是震惊。"我提醒道。

"是啊,我猜也是。可是……"格里塞尔达迷惑不解地皱起眉头,"又好像不是。似乎不是震惊,而是,受到了惊吓。"

"惊吓?"

"对,没表现出来,你知道,至少不想表现出来。但她的目光很奇怪,似乎很警觉。我怀疑她可能知道是谁干的。她问了一遍又一遍,想知道警方是否怀疑什么人。"

"是吗?"我若有所思地问。

"是的。当然,安妮有惊人的自控力,但我还是能看出她非常难过。比我预想的更难过,毕竟她不是全心全意地爱着他。其实,我应该说她很讨厌他。"

"死亡有时会改变一个人的情感。"我说。

"是,我想也是。"

丹尼斯兴高采烈地进来了,他在花坛里发现了一个脚印。他确信,警察忽略了这只脚印,还说这将成为破案的转折点。

我整夜不得安宁。还没到吃早饭的时间,丹尼斯就起床了,四处走动,然后便出门去"研究最新进展"了——他是这么说的。

尽管如此,早晨给我们带来爆炸消息的不是他,而是玛丽。

我们刚坐下来准备吃早餐,她突然闯进来,脸颊通红,两眼冒光,以她惯有的不拘礼节的方式对我们说:

"你们能相信吗?面包师刚刚告诉我。他们逮捕了雷丁先生。"

"劳伦斯被捕了？"格里塞尔达不敢相信自己的耳朵，"不可能。他们肯定犯了一个低级错误。"

"没错，太太，"玛丽扬扬得意地说，"是雷丁先生自己去警察局自首的。这是昨天晚上发生的最后一件事。他径直走进警察局，把手枪扔在桌子上，说：'是我干的。'就是这样。"

她看着我们俩，使劲点头，非常满意她的话制造的效果，然后便退下去了。格里塞尔达和我愣愣地看着对方。

"哦！这不是真的，"格里塞尔达说，"这不可能是真的。"

她注意到了我的沉默，于是说："伦，你不会认为是真的吧？"

这个问题很难回答。我默默地坐着，各种思绪在脑子里不停地打转。

"他肯定是疯了，"格里塞尔达说，"绝对是疯了。会不会是他们一起在看那支枪，枪突然走火了？"

"绝不可能发生这种事。"

"肯定是出了意外。完全没有任何动机嘛。劳伦斯有什么理由杀死普罗瑟罗上校呢？"

我本可以坚定地回答这个问题，但我想尽量不伤害安妮·普罗瑟罗。最好不把她牵扯进来。

"别忘了，他们吵过一架。"我说。

"就是为了莱蒂斯和游泳衣的事。是啊，但那件事太荒唐了。就算他和莱蒂斯秘密订婚了，那也不会因为这个就杀了她父亲吧。"

"我们不了解案件的真相，格里塞尔达。"

"你居然相信，伦！天哪！你怎么会这么想呢！我告诉你，我相信劳伦斯根本没有碰过他一根头发。"

"记住,我在家门口见过他。他看上去像个疯子。"

"是,可是——哦!不可能。"

"还有时钟,"我说,"这说明了时钟的问题。劳伦斯肯定把表针拨到了六点二十分,想制造不在现场的假象。你看斯莱克警督就落入圈套了吧。"

"你错了,伦。劳伦斯知道那只钟走得快。'叫牧师准时到!'他常这么说。劳伦斯绝不会出把表针拨回到六点二十分这种错的。他倒是有可能把表针指向差一刻七点。"

"他也许不知道普罗瑟罗是几点到的。或者他干脆把钟走得快这件事给忘了。"

格里塞尔达不同意。

"不可能,如果你要杀人,一定会对这类事非常注意。"

"你不知道,亲爱的,"我温和地说,"你从来没杀过人。"

格里塞尔达还没来得及回答,只见早餐桌边闪过一个人影,接着,一个非常温柔的声音响起来:

"希望没有打扰你们。请你们原谅。但是,在这种悲伤的场合——十分悲伤的场合下——"

原来是我们的邻居马普尔小姐。我们客气地表示不责怪她,她接受了我们的声明,从落地窗跨进来。我给她拉了把椅子。她面色微红,心情激动。

"太可怕了,不是吗?可怜的普罗瑟罗上校。或许,他不太讨人喜欢,也不太受欢迎,但这仍然是件伤心的事。我听说他是在牧师的书房里被枪杀的?"

我说情况确实如此。

"但亲爱的牧师当时不在场吗?"马普尔小姐问格里塞尔达。我向她解释我当时在哪里。

"今天早上丹尼斯先生没和你们在一起吗？"马普尔小姐说着，环顾四周。

"丹尼斯啊，"格里塞尔达说，"他想象自己是业余侦探。他在花坛里发现了一个脚印，兴奋坏了。我想，他可能报告警察去了。"

"哎呀，哎呀，"马普尔小姐说，"真够忙乱的，不是吗？丹尼斯先生认为自己知道凶手是谁。我猜，我们都认为自己知道。"

"你的意思是，凶手是谁显而易见？"格里塞尔达问道。

"不，亲爱的，我根本不是这个意思。我想每个人认定的凶手都不一样。这样才显出证据的重要性。比如说，我确信我知道是谁干的。但我必须承认，我一点儿证据都没有。我知道，在这种时候，说话必须小心——刑事诽谤罪，是不是这个罪名？我打定主意了，面对斯莱克警督时要十分小心。他派人传话来说今天早晨要来看我，但刚才又打电话来说没有必要来了。"

"我想，既然凶手已经抓到了，就没这个必要了。"我说。

"抓到了？"马普尔小姐探过身子来，双颊因为兴奋而变得粉扑扑的，"我怎么不知道这事。"

马普尔小姐这么消息灵通的人居然比我们晚知道，这可太少见了，我想当然地以为她会了解案件的最新进展。

"看来，我们刚才谈得南辕北辙，"我说，"是的，凶手抓到了，是劳伦斯·雷丁。"

"劳伦斯·雷丁？"马普尔小姐似乎很吃惊，"我可没想到——"

格里塞尔达打断了她的话，言辞激烈地说：

"到现在我也不相信。不信，别看他供认了，我就是不信。"

"供认？"马普尔小姐说，"你说他供认了？哦！天哪，我现在才明白，我完全不知情——是的，完全不知情。"

"我认为这就是一起意外。"格里塞尔达说，"伦，你不这样认为吗？我是说，他主动去警察局自首就说明了这一点。"

马普尔小姐急切地把身子探过来。

"你是说，他是主动交代的？"

"是的。"

"哦！"马普尔小姐说着，长叹一声，"我很高兴——非常高兴。"

我有些惊异地看着她。

"我想，他是真心懊悔。"我说。

"懊悔？"马普尔小姐表情错愕，"哦！不过，当然了，亲爱的，亲爱的牧师，你不认为他有罪？"

这回轮到我盯着她看了。

"既然他已经供认了——"

"是啊，但这恰好说明了，不是吗？我的意思是，说明他与此事无关。"

"不，"我说，"我可能有些愚钝，但我不明白这能证明什么。假如他没杀过人，为什么要假装杀了人呢？"

"哦，当然是有原因的！"马普尔小姐说，"凡事都有原因，不是吗？年轻人心情急躁，容易把事情往坏处想。"

她转向格里塞尔达。

"难道你不同意我的说法吗，亲爱的？"

"我，我不知道，"格里塞尔达说，"我的脑子很乱。我不明白为什么劳伦斯要表现得像个十足的白痴。"

"如果你昨天晚上看到他那张脸——"我开口道。

"跟我说说。"马普尔小姐说。

我把回家路上的事讲给她，她听得很专注。

我讲完后,她说:

"我知道,我这个人很愚笨,该理解的理解不了,但我真的没明白你的意思。"

"在我看来,如果一个年轻人打定主意作恶,要夺去一个同类的生命,那么,事后他不会表现得如此惊慌失措。这是一次有预谋的、冷血的行动,虽然凶手可能有点儿慌张,难免犯点儿小错,但我并不认为他会表现出你所讲述的那种焦躁不安。的确,很难做到设身处地,但我无法想象自己陷入那种境地。"

"我们不了解当时的情况,"我争辩道,"如果他们之间发生了争吵,劳伦斯可能因为一时冲动开了枪,事后想起来很害怕。确实,我宁愿相信这就是当时的真相。"

"我知道,亲爱的克莱蒙特先生,我们每个人看待事物的方式不同。但是,我们必须接受事实本来的面目,难道不是吗?在我看来,事实不容许你强加的诠释。你们的女佣明确表示,雷丁先生只在家里待了几分钟,显然,这点儿时间是不够用来吵架的。另外,我还听说,凶手趁上校在写信,从他脑后开了枪——至少我的女佣告诉我的情况是这样。"

"完全正确,"格里塞尔达说,"他好像是在写一张便条,说他不能再等了。便条上的时间是六点二十分,桌上的钟打翻了,时间停在六点二十二分,让我和伦困惑的正是这一点。"

她解释了我们家有把时钟拨快一刻钟的习惯。

"非常有趣,"马普尔小姐说,"确实非常有趣。但我认为那张便条更有趣。我是说……"

她停下来,看了一圈。莱蒂斯·普罗瑟罗正站在窗外。她走进来,对我们点了点头,嘴里喃喃着:"早。"

她倒在椅子上,用比平时更有活力的语调说:

"我听说,他们逮捕了劳伦斯。"

"是啊,"格里塞尔达说,"我们很震惊。"

"我从来没想过有人会谋杀父亲。"莱蒂斯说。她没有流露出一丝一毫的悲痛,也没表露出任何其他情绪,显然她为这份自制力感到非常自豪。"我相信,很多人想这样做。我甚至想过亲自动手。"

"你想吃点儿或喝点儿什么吗,莱蒂斯?"格里塞尔达问。

"不用了,谢谢。我只是溜达过来,看我是不是把贝雷帽落在你们这里了——是一顶奇怪的小黄帽。我想,那天我把它留在书房里了。"

"如果是这样,帽子肯定还在这儿,"格里塞尔达说,"玛丽从不收拾东西。"

"我去看看,"莱蒂斯说着站了起来,"抱歉打扰你们,但别的帽子都不见了。"

"恐怕现在拿不了,"我说,"斯莱克警督把书房锁起来了。"

"啊,真讨厌!不能从落地窗进去吗?"

"恐怕不行。门从里面锁上了。当然啦,莱蒂斯,黄色的贝雷帽暂时对你也没什么用吧?"

"你是说服丧那些玩意吗?我才不会费那个麻烦呢。这种观念太陈旧了。劳伦斯这个人真讨厌——对,讨厌的人!"

她起身,皱眉,心神恍惚。

"我猜,都是为了我,还有我那件游泳衣。太蠢了,整件事……"

格里塞尔达张开嘴想说什么,但不知为什么,她又把嘴闭上了。

莱蒂斯露出一个诡异的微笑。

"我想,"她轻声说,"我要回家,把劳伦斯被捕的消息告诉安妮。"

她又从落地窗出去了。格里塞尔达转向马普尔小姐。"你为什么踩我的脚?"

老太太微微一笑。

"亲爱的,我以为你想说什么。让事情顺其自然比较好。你知道吗,我想那个孩子是在装糊涂,其实她根本不糊涂。她脑子很清楚,而且她遵照自己的想法行事。"

玛丽大声敲餐厅的门,然后撞门而入。

"怎么回事?"格里塞尔达问,"玛丽,记住别再敲门了。我以前跟你说过。"

"我以为你们正忙着,"玛丽说,"梅尔切特上校来了。要求见主人。"

梅尔切特上校是本郡的警长。我立刻起身相迎。

"我想你不愿意让他在门厅里等,我就把他请进客厅里了。"玛丽接着说,"需要我收拾一下餐桌吗?"

"暂时不用,"格里塞尔达说,"我会拉铃叫你的。"

她转向马普尔小姐,我离开了房间。

7

梅尔切特上校短小精悍、衣冠楚楚，他有一个习惯，总是冷不丁地哼一下鼻子。他有一头红发和一双明亮的蓝眼睛，目光极其锐利。

"早上好，牧师，"他说，"这事挺让人心烦，哈？可怜的老普罗瑟罗。并不是说我喜欢他。我不喜欢他，没人喜欢他。你也算是摊上了一桩倒霉事。但愿没让你太太心烦。"

我说格里塞尔达心平气和地接受了。

"这也算幸运。不过，家里发生这种倒霉事。我得说，年轻的雷丁着实令我吃惊——他竟然做出这种事来，完全不考虑其他人的感受。"

我突然很想放声大笑，但显然，梅尔切特上校并不觉得体贴的杀人犯这个想法有何稀奇，于是我只好保持沉默。

"我听说那个家伙去警察局自首时，大吃一惊。"梅尔切特上校说着，一屁股坐在椅子上。

"到底是怎么回事？"

"昨天晚上大约十点钟，那个家伙走进来，丢下一把枪，说：'我来了。我干的。'就是这样。"

"他是怎么解释这件事的？"

"几乎没说什么。当然，我们警告他必须招供。但他只是大笑。说他来这里看你，发现普罗瑟罗在这儿。他们争吵起来，他就向他开了枪。他不想说为什么争吵。听着，克莱蒙特，这是你和我之间的秘密，你还知道什么情况吗？我听到一些传言，说普罗瑟罗禁止他进家门之类的。到底是怎么回事，他勾引了上校的女儿，还是别的什么事？为了大家好，我们会尽量不把这个姑娘牵扯进来。是因为这个问题吗？"

"不是，"我说，"你一定要相信我，是为了完全无关的事，但现在我不能多说。"

他点了点头，站起身。

"我很高兴你能告诉我。流言蜚语满天飞。这个地方的女人太多了。我得走了，还要去见海多克医生。他出诊了，但现在该回来了。我不介意告诉你，我为雷丁感到惋惜。他给我的印象是个正派的小伙子。也许，他们会找出理由为他辩护。战争后遗症、弹震症或是别的什么——尤其是在找不到充分动机的情况下。我必须走了。想和我一起去吗？"

我说我非常乐意，于是，我们一起出了门。

海多克就住在我家隔壁。他的仆人说，医生刚进门。于是，我们被领进餐厅，海多克面前摆着一盘热气腾腾的培根鸡蛋。他向我亲切地点了点头，以示欢迎。

"抱歉刚才必须出去一趟。给人接生。我大半个晚上都在忙你那件事。我把子弹取出来了。"

他把一只小盒子放在桌面上推过来。梅尔切特仔细地看着。

"零点二五英寸的？"

海多克点了点头。

"我会保留技术细节以供讯问，"他说，"你要知道的是，死者是当场死亡。小傻瓜,他这么做是为了什么呢?对了,令人惊奇的是,没有人听到枪声。"

"是啊,"梅尔切特说,"我也很吃惊。"

"厨房窗户朝向房子另一面,"我说,"书房的门、食品储藏室的门和厨房的门全关着,听不到声音也是正常的,并且,房子里只有女佣一个人。"

"哼,"梅尔切特说,"即使这样也很奇怪。不知道那位老太太——她叫什么名字来着,马普尔,听到什么没有?书房的落地窗是开着的。"

"她也许听到什么了。"海多克说。

"我不认为她听见了,"我说,"她刚才来过寓所,没有提过这样的事,我相信,如果有值得讲的事,她早就讲了。"

"也许听到了,但没在意,以为是汽车回火。"

我突然意识到,今天上午,海多克的兴致很高,人也活泼了许多。他似乎一直试图得体地抑制罕见的愉快情绪。

"也许用了消音器?"他补充道,"很有可能。这样就没人能听见什么了。"

梅尔切特摇了摇头。

"斯莱克没找到类似的东西,他也问过雷丁,一开始雷丁好像不知道他在说什么,后来又断然否认使用过这类东西。我想,他的话是可信的。"

"是的,确实,可怜的家伙。"

"该死的小傻瓜,"梅尔切特上校说,"对不起,克莱蒙特。但他真的很傻!我怎么也无法把杀人犯和他联系在一起。"

"有什么动机吗?"海多克说着,喝完最后一口咖啡,推开椅子。

"他说他们吵起来了,他一怒之下向他开了枪。"

"想把此案说成过失杀人?"医生摇了摇头,"这种说法站不住脚。上校写字时,他从后面偷袭他,开枪射穿了他的脑袋。这种'争吵'也太奇特了。"

"总之,没有时间争吵,"我想起了马普尔小姐说的话,"偷偷溜进去,向他开枪,把表针拨回到六点二十分,然后离开,做这些事要花掉他所有的时间。我永远也忘不了我在门口碰到他时他的那张脸,还有他说话的方式,'普罗瑟罗?你要见普罗瑟罗?哦,好吧,你会见到普罗瑟罗的!'这话足以使我怀疑几分钟前刚发生的事。"

海多克目不转睛地看着我。

"你是什么意思,刚发生了什么事?你认为雷丁是什么时候杀了他?"

"我到家前几分钟。"

医生摇了摇头。

"不可能。绝对不可能,这之前他早就死了。"

"但是,我亲爱的老兄,"梅尔切特上校喊道,"你亲口说过,半个小时只是个大概的时间。"

"半小时,三十五分钟,二十五分钟,二十分钟——约莫是这个数,但更少就不可能了。否则,我到的时候,尸体应该是暖的。"

我们对视了一眼。海多克的脸色变了,突然变得灰白苍老。他的变化令我困惑。

"但是,听着,海多克,"上校又开口了,"如果雷丁承认他是在七点差一刻开枪杀死——"

海多克一跃而起。

"我告诉你不可能！"他咆哮道，"如果雷丁说他是在七点差一刻杀死了普罗瑟罗，那雷丁是在撒谎。真该死！我告诉你，我是医生，我清楚。血液已经开始凝固了。"

"如果雷丁是在撒谎……"梅尔切特欲言又止，摇了摇头。

"我们最好去警察局见见他。"他说。

8

去警察局的路上,我们沉默不语。海多克在我身后走着,小声对我说:

"你知道吗,我觉得什么地方有些不对劲。真的。有什么东西我们没搞明白。"

他看上去非常忧虑不安。

斯莱克警督就在警察局。不一会儿,我们就与劳伦斯·雷丁面对面了。

他脸色苍白,紧绷着脸,但相当镇静——鉴于此种情形,我认为他的镇静不可思议。梅尔切特哼着鼻子,低声咕哝着,显然紧张得很。

"听着,雷丁,"他说,"听说你在斯莱克警督这里供述了自己的罪行。你说你大约七点差一刻到牧师寓所,见普罗瑟罗在那里,与之争吵,枪杀了他,而后离开。我不打算把你的供词复述一遍,但大致意思如此。"

"是。"

"我要问你几个问题。你已被告知,不愿意回答的问题可以不回答。你的律师……"

劳伦斯打断了他的话。

"我没有什么可以隐瞒的。是我杀死了普罗瑟罗。"

"啊!好吧……"梅尔切特又哼了一下鼻子,"你身上怎么会有枪呢?"

劳伦斯犹豫了一下。"枪放在我的口袋里。"

"你带着枪去了牧师寓所?"

"是。"

"为什么?"

"我一直把枪带在身上。"

回答这个问题之前,他又犹豫了一下,我有十足的把握,他没讲真话。

"你为什么把钟上的表针往回拨?"

"钟?"他似乎很困惑。

"对,表针指向六点二十二分。"

他脸上现出惧色。

"哦!是那个啊,对。我,我改了时间。"

海多克突然开口了。

"你在哪儿向普罗瑟罗上校开的枪?"

"在牧师寓所的书房。"

"我是说射中了身体的哪个部位?"

"哦!我——射穿了头部,我想是的。对,射穿了头部。"

"你不确定吗?"

"既然你知道了,我不明白还有什么必要问我。"

这是虚张声势。外面传来一阵骚动。一个没戴头盔的警察拿进来一张便条。

"给牧师的。上面写着:特急件。"

我撕开信封,读道:

求你，求你，来我这里。我不知如何是好。实在太可怕了。我想说给人听。请立刻就来，带上你想带的人。

安妮·普罗瑟罗

我给梅尔切特使了一个意味深长的眼色。他心领神会。我们便一起向外走。我扭过头，瞥见劳伦斯·雷丁的脸。他的目光死死地盯着我手中的便条，我从未在任何人的脸上见过如此痛苦和绝望的表情。

我想起安妮·普罗瑟罗坐在我家的沙发上，说："我是一个绝望的女人。"我的心猛地一沉。现在我大概明白劳伦斯·雷丁为何会做出自首这种英雄之举了。梅尔切特正与斯莱克交谈。

"关于雷丁那天早些时候的活动，你有什么消息吗？有理由认为他枪杀普罗瑟罗的时间比他所说的早。你愿意去了解一下这方面的线索吗？"

他转向我，我则一言不发地把安妮·普罗瑟罗的信递给他。读过信，他惊讶地撅起嘴。然后用探询的目光看着我。

"这就是你今天早上暗示的东西吗？"

"是。当时我还不确定该不该由我来说。现在我非常肯定。"于是，我将那晚在画室里见到的情景告诉了他。

上校和警督简单地说了几句，然后我们朝教堂旧翼走去。海多克医生也和我们一起去了。

一个举止得体的管家开了门，一举一动流露出恰到好处的哀伤。

"早上好，"梅尔切特说，"请你让普罗瑟罗太太的女仆转告她，我们来了，想见她，然后你再回来回答我们几个问题。"

管家匆匆离去，不一会儿便回来说，他已经把话传到了。

"我们想听听昨天的情况，"梅尔切特上校说，"你的主人是在家里吃的午饭吗？"

"是的，先生。"

"他和平日里一样吗？"

"在我看来是一样的，先生。"

"那之后发生了什么事？"

"吃完午餐，普罗瑟罗太太去房间里躺着，上校去了书房。莱蒂斯小姐乘坐双座汽车去参加网球聚会。四点半，普罗瑟罗上校和太太在客厅里喝茶。他们让司机五点半送他们去村子里。他们刚一离开，克莱蒙特先生就打来电话。"他向我欠了一下身，"我告诉他，他们已经走了。"

"哦，"梅尔切特上校问，"雷丁先生上一次来是在什么时候？"

"星期二下午，先生。"

"我听说，他们之间有过分歧，是吗？"

"我想是的，先生。上校吩咐我，今后不许雷丁先生再入家门。"

"你是否偷听到他们吵什么？"梅尔切特上校直截了当地问。

"先生，普罗瑟罗上校嗓门大，发脾气的时候尤其如此。我断断续续地听到了几句。"

"那些话足以让你知道争吵的原因吗？"

"先生，大概是与雷丁先生画的一幅画有关——莱蒂斯小姐的画像。"

梅尔切特哼了一声。

"雷丁先生离开时，你看见了吗？"

"是的,先生,我送他出门的。"

"他很气愤吗?"

"不,先生,要让我说的话,他似乎很开心。"

"啊!他昨天没来?"

"没有,先生。"

"有其他人来过吗?"

"昨天没有,先生。"

"哦,那前天呢?"

"丹尼斯·克莱蒙特先生下午来过。斯通博士来过,坐了一会儿。晚上来过一位夫人。"

"一位夫人?"梅尔切特惊讶地问,"谁?"

管家想不起她的名字。他以前没见过这位太太。是的,她报了姓名。他告诉她上校一家人正在吃饭,她说她愿意等。于是,他就把她请进了小晨室①。

她要见的是普罗瑟罗上校,不是普罗瑟罗太太。他向上校通报。晚餐结束后,上校径直去了晨室。

这位太太待了多久?他说,约莫半个小时。上校亲自送她出的门。啊!对了,他记起她叫什么了。是莱斯特朗兹太太。

大家惊讶不已。

"奇怪,"梅尔切特说,"真的很奇怪。"

但我们没有继续追问此事,因为这时仆人传话说,普罗瑟罗太太要见我们。

安妮躺在床上。她面色苍白,眼睛明亮,脸上有种令我困惑的神情——一种可怕的坚定。她对我说:"谢谢你能立即赶来,

---

① 大宅中用来做上午客厅的房间,以便住户沐浴阳光。

看来你明白了我的用意,带来了你愿意带来的人。"她顿了顿,转向梅尔切特,"最好赶紧了结这件事,不是吗?"说着,她露出一个古怪的、带着些许感伤的微笑,"我想我应当把实话告诉你,梅尔切特上校。你瞧,是我杀死了我丈夫。"

梅尔切特轻声说:

"我亲爱的普罗瑟罗太太——"

"哦!这是真的。我想我说得够坦率了,但我遇事从不歇斯底里。我恨他很久了,昨天,我开枪杀死了他。"

她向后仰下去,躺在枕头上,闭上了眼睛。

"就是这样。我想你会逮捕我,把我带走。我会尽快起床穿衣的。但此刻我很难受。"

"你知道吗,普罗瑟罗太太?雷丁先生已经承认他是凶手了。"

安妮睁开眼睛,幸福地点了点头。

"我知道。真是个傻孩子。你知道,他深爱着我。他这样做很高尚,但是很傻。"

"他知道是你干的?"

"对。"

"他怎么知道的?"

她犹豫了。

"你告诉他的?"

她仍在犹豫。终于,她似乎下了决心。

"是的;是我告诉他的……"

她恼了,肩膀抖动了几下。

"你们可以走了吗?我已经告诉你们了。我再也不想谈这件事了。"

"你是从哪儿弄到的手枪,普罗瑟罗太太?"

"手枪!哦!是我丈夫的。我从他的抽屉里取出来的。"

"我明白了。然后你就带着枪去了牧师寓所?"

"是的。我知道他在那儿——"

"那是几点钟?"

"六点多,六点过一刻钟或二十分钟——大约是那个时间。"

"你带着手枪是为了杀你丈夫?"

"不,我,是为我自己准备的。"

"明白了。你去了牧师寓所?"

"是的。我走到窗前。里面没有声音。我向内望去,看见我丈夫。忽然,脑子里冒出一个念头,我就开枪了。"

"后来呢?"

"后来?哦,后来我就离开了。"

"你把这件事告诉了雷丁先生?"

我再次注意到她声音中的迟疑。"是。"

"有人见你进入或离开牧师寓所吗?"

"没——至少……对了,马普尔小姐。我和她聊了几分钟。她在她家花园里。"

她的头在枕头上不安地挪动着。

"难道这些还不够吗?我已经告诉你了。你为什么还要继续纠缠不放呢?"

海多克医生走到她身边,摸了摸她的脉搏。

他向梅尔切特招了一下手。

"我要留在她身边,"他轻声说,"你们去做必要的安排。不能把她一个人留下。她可能会伤害自己。"

梅尔切特点了点头。

我们离开房间,下楼。我看见一个形容枯槁的男人从隔壁房间出来,由于一时心血来潮,我又上了楼。

"你是普罗瑟罗上校的贴身男仆吗?"

此人一惊。"是的,先生。"

"你已故的主人是否在什么地方放了一把手枪?"

"据我所知,没有,先生。"

"他的抽屉里也没有吗?好好想想,伙计。"

男仆断然地摇了摇头。

"我可以肯定地说,没有枪,先生。如果有,我肯定见过。绝对没有。"

我跟在其他人后面急忙下了楼。

普罗瑟罗太太在手枪这个问题上撒了谎。

为什么?

9

在警察局留下口信后,上校宣布要去拜访马普尔小姐。

"你最好和我一起去,牧师,"他说,"我可不想让你的教徒发疯,所以劳你赏个脸起个安抚作用。"

我笑而不语。马普尔小姐看似羸弱,实则能应付任何一个警察或警长。

"她是什么样的人?"按门铃时,上校问,"说的话可靠吗,还是正相反?"

我思考了一下。

"我认为很可靠,"我慎重地说,"也就是说,谈到她亲眼见过的事时是可靠的。当然,除此之外,如果你想了解她的思维方式,那就是另外一码事了。她拥有超强的想象力,而且能逻辑严谨地把每个人往最坏处想。"

"事实上,她是个典型的老小姐,"梅尔切特大笑道,"哦,我应该了解这种人。天哪,这儿在开茶会啊!"

一个娇小的女仆让我们进门,把我们领进一个小客厅。

"有些拥挤,"梅尔切特上校环视四周,说,"不过有不少好玩意儿。女士的房间,你说呢,克莱蒙特?"

我表示同意。这时,门开了,马普尔小姐出现了。

"很抱歉打扰你,马普尔小姐。"上校说。听我介绍了他,随即摆出一副粗鲁的军人做派,他认为这样会吸引上了年纪的女人。"执行公务,你知道。"

"当然啦,当然啦,"马普尔小姐说,"我非常理解。你请坐。我可以请你们喝一小杯樱桃白兰地吗?我自己酿的酒。祖母传给我的手艺。"

"非常感谢,马普尔小姐。你太好了。我想,我还是不喝为好。午饭前什么也不喝,这是我的规矩。现在,我想和你谈谈那件令人伤心的事——确实非常令人伤心。我相信,让我们大家都很不安。哦,鉴于你的房子和花园所处的位置,你或许能告诉我们昨天晚上发生了什么事,我们很想知道。"

"事实上,昨天从下午五点起我就在小花园里,当然啦,从那儿看到邻居家发生的事也是不可避免的。"

"马普尔小姐,我听说,普罗瑟罗太太昨晚从这条路经过?"

"是啊。我喊了她,她还夸了我的玫瑰呢。"

"你能告诉我们大约是几点吗?"

"应该是六点一刻刚过一两分钟。对,教堂的钟刚敲过一刻。"

"很好。接下来发生了什么事?"

"哦,普罗瑟罗太太说她去牧师寓所叫她丈夫一起回家。她是从小路上过来的,你知道,从后门进入牧师寓所,穿过花园。"

"从小路过来的?"

"对,我指给你们看。"

马普尔小姐热心地把我们领到外面的花园里,指着花园尽头的那条小路。(见图三)

"对面那条有梯磴的小路通向教堂旧翼,"她解释道,"那就

图三

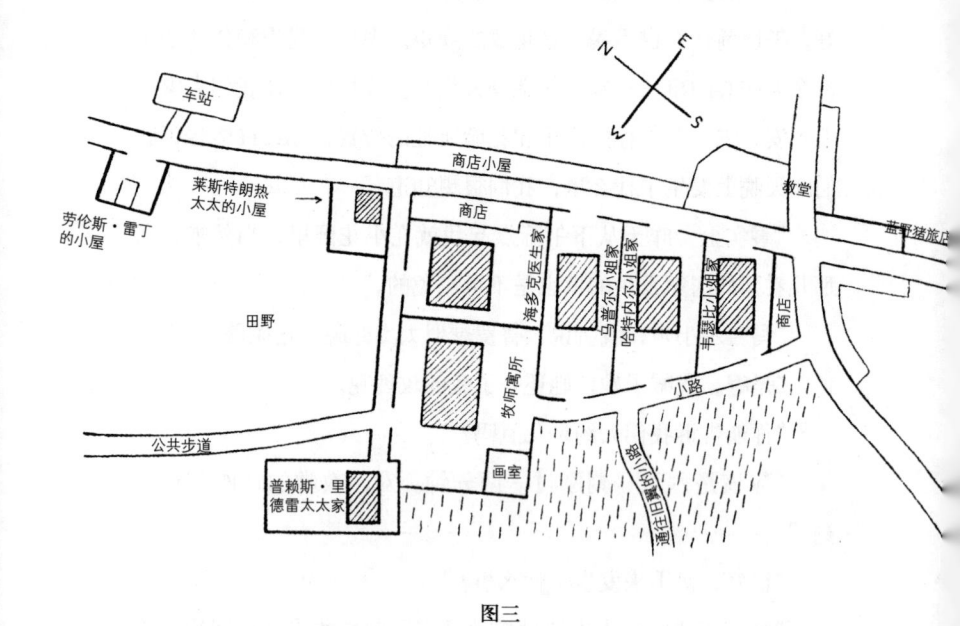

是他们一起回家要走的路。普罗瑟罗太太是从村子里来的。"

"好极了,好极了,"梅尔切特上校说,"你说,她经过这里去了牧师寓所?"

"是的。我见她转过墙角。我猜上校不在,因为她立刻就回来了,然后穿过草坪,去了画室——就是那幢房子。牧师让雷丁先生把那幢房子当画室用。"

"我明白了。你没听到枪响吗,马普尔小姐?"

"那个时候没听到。"马普尔小姐说。

"你的意思是在别的时候听到过?"

"是的,树林里传出过枪声。但那是足足过了五到十分钟之后——而且,我说过,是在外面的树林里。至少我是这么认为的。不可能,当然,不可能是——"

她不说了,激动得脸色发白。

"好啦,好啦,我们过一会儿再说这件事,"梅尔切特上校说,"请继续讲吧。普罗瑟罗太太去了画室?"

"是的,她进去等。没一会儿,雷丁先生就沿着小路从村子里来了。他来到牧师寓所门口,四处张望——"

"他看到你了,马普尔小姐。"

"其实,他没有看见我,"马普尔小姐脸色微红,"因为,就在那时我弯下腰去拔讨厌的蒲公英,你知道,那很难。他穿过大门,进了画室。"

"他没有靠近寓所?"

"哦,没有!他径直走进了画室。普罗瑟罗太太到门口迎接他,他们就一起进去了。"

说到这儿,马普尔小姐意味深长地停了一会儿。

"也许她坐在那里让他画像?"我推测说。

"也许吧。"马普尔小姐说。

"他们出来——是什么时候?"

"大约十分钟后。"

"这是大概的时间?"

"教堂的钟敲了半点。他们溜达着穿过花园门,沿着小路走。碰巧,斯通博士从通向教堂旧翼的小路上过来,越过梯磴,加入了他们。他们一起朝村子走去。到了小路尽头,我想,但不是很确定,克拉姆小姐又加入了他们。我想一定是克拉姆小姐,因为她的裙子特别短。"

"如果你看得那样远,马普尔小姐,你一定视力非常好。"

"我正在观鸟,"马普尔小姐说,"一只金冠鹪鹩,我想是这种鸟。可爱的小家伙。我举着望远镜,碰巧就看见克拉姆小姐(如果是她的话,我想是她)加入了他们。"

"啊!好吧,可能是吧,"梅尔切特上校说,"既然你这么善于观察,马普尔小姐,你是否注意到了走在小路上的普罗瑟罗太太和雷丁先生的神情?"

"他们有说有笑的。"马普尔小姐说,"在一起看起来很开心,如果你明白我的意思。"

"他们没有流露出丝毫的慌乱不安吗?"

"哦,没有!恰恰相反。"

"太蹊跷了,"上校说,"整件事都太蹊跷了。"

突然,马普尔小姐沉着地说了一句话,令我们吃了一惊:

"普罗瑟罗太太是不是承认了人是她杀的?"

"的确如此,"上校说,"你是怎么猜到的,马普尔小姐?"

"哦,我想可能会这样,"马普尔小姐说,"我觉得亲爱的莱蒂斯也是这样认为的。那个姑娘非常精明,但恐怕不是非常谨慎。所以安妮·普罗瑟罗说她杀死了丈夫。反正,我不认为是真的;不,我几乎可以肯定不是真的。安妮·普罗瑟罗这样的女人不会做这种事。不过,谁也说不好别人到底是怎样一个人,对不对?至少,就我目前的观察,不会是她。她说她是几点开的枪?"

"六点二十。和你聊过天以后。"

马普尔小姐满怀怜悯地慢慢摇着头。我想,她是怜悯这两个成年男人竟然愚蠢到相信这种谎话。至少,我们的感觉是这样。

"她用什么杀了他?"

"手枪。"

"她在哪里找到的手枪?"

"随身携带的。"

"哦,她没有带枪,"马普尔小姐斩钉截铁的语气出人意料,"我可以发誓。她身上没带枪。"

"你可能没看见。"

"如果她把枪带在身上,我当然会看见。"

"如果她把枪放在了包里呢——"

"她没提着包。"

"哦,也有可能藏在——身上了。"

马普尔小姐向他投去既同情又轻蔑的一瞥。

"我亲爱的梅尔切特上校,你知道现在的姑娘们什么样吧。她们绝不羞于展示造物主的杰作。长袜上面甚至连块手帕都放不下。"

梅尔切特固执己见。

"你必须得承认,这一切都是吻合的,"他说,"时间,还有指着六点二十二分的那个翻倒的时钟——"

马普尔小姐转向了我。

"你还没告诉他时钟的事吗?"

"时钟是怎么回事,克莱蒙特?"

我告诉他了。他一副不胜其烦的样子。

"为什么你昨天晚上没告诉斯莱克呢?"

"因为,"我说,"他不让我说话。"

"胡说,你应该坚持非说不可。"

"也许斯莱克警督对待你和我时,态度截然不同。我根本没有坚持的机会。"

"总而言之,整件事太离奇了,"梅尔切特说,"如果再有第三个人出来自首,我就该进疯人院了。"

"你能否允许我提个建议——"马普尔小姐喃喃道。

"什么?"

"如果你去把普罗瑟罗太太所做的事告诉雷丁先生,说你不相信是她干的,再去普罗瑟罗太太那儿,告诉她雷丁先生是清白的。到那时,他们俩都有可能对你说实话。实情确实是有帮助的,不过,他们大概也不太了解实情,这两个小可怜。"

"很好,但只有这两个人有除掉普罗瑟罗的动机。"

"哦,我可不这么看,梅尔切特上校。"马普尔小姐说。

"为什么,你想到别的人了吗?"

"哦!当然了。"她掰着指头数着。"一、二、三、四、五、六——对了,还可能有第七个。我能想出至少七个很高兴看到普罗瑟罗上校不再碍事的人。"

上校虚弱无力地看着她。

"七个人?就在圣玛丽米德?"

马普尔小姐高兴地点了点头。

"请注意,我没有点名,"她说,"那样做不对。但恐怕这个世界充满了邪恶。像你这么正直诚实的好警官是不会知道这些事的,梅尔切特上校。"

我想,上校快中风了。

10

离开马普尔小姐家后,他对她的评价远非赞美之词。

"那个干瘪的老小姐以为自己无所不知。但是她一辈子都没走出过村子。荒唐!她对生活能了解多少呢?"

我温和地说,尽管马普尔小姐对大写的生活的了解几乎为零,这一点毋庸置疑,但她对圣玛丽米德发生的一切却是了如指掌的。

梅尔切特勉强承认了这一点。她是一个有价值的证人,尤其是从普罗瑟罗太太的立场来看。

"我猜她说的话是不容置疑的吧?"

"如果马普尔小姐说她没随身带枪,你可以想当然地认为就是这样,"我说,"哪怕最微小的可能性也逃不过她刀子一般的眼睛。"

"这话确实不假。我们最好去画室看一眼。"

所谓的画室不过是一间带天窗的简陋的棚屋。没有窗户,门是唯一的进出口。梅尔切特对这一点很满意,宣布要和警督一起拜访牧师寓所。

"现在我要去警察局。"

走进前门时,我听到一阵嘀咕声。我推开客厅的门。

格里塞尔达坐在沙发上,坐在她身旁的格拉迪斯·克拉姆小姐正侃侃而谈。她跷着二郎腿,两条腿包裹在耀眼的粉色长袜里,我清楚地看见她穿了一条粉色条纹的丝质短裤。

"你好,伦。"格里塞尔达说。

"早上好,克莱蒙特先生,"克拉姆小姐说,"上校的事是不是很可怕?可怜的老先生。"

我妻子说:"好心的克拉姆小姐主动提出要帮我们和《指南》联系。你还记得吗,上个星期天我们想请帮手。"

我确实记得有这么回事,我相信——而且从格里塞尔达的音调判断,她也相信——如果不是牧师寓所里发生了这么耸人听闻的事,克拉姆小姐是不会想加入她们的。

"我刚才正对克莱蒙特太太说到,"克拉姆小姐继续说,"听到这个消息,我大吃一惊。谋杀?我说。在这么安静落后的一个小村子——你得承认,这里很安静——安静到甚至没有电影院和有声电影!后来我听说是普罗瑟罗上校,哎呀,我简直不敢相信。他不像是会遭到谋杀的那种人。"

"于是,"格里塞尔达说,"克拉姆小姐顺便过来了解一下此事的来龙去脉。"

我担心如此直率地说出来会冒犯这位女士,然而相反,她将头向后一仰,哈哈大笑起来,把她拥有的每一颗牙齿都亮给大家看。

"太糟了。克莱蒙特太太,你可是个聪明人,是不是?想听听这样一个案子的详情,难道不是很自然的事吗?我非常乐意以你们喜欢的方式帮助你们。令人激动,就是这样。我的生活很沉闷,缺乏乐趣。一直是这样。不是说我的工作不算……报酬丰厚,斯通博士也是位十足的绅士。但是,女孩在工作之余,还需要一点儿生活,除了你,克莱蒙特太太,我还能和谁聊天呢?只剩那些坏脾气的老太婆了。"

"还有莱蒂斯·普罗瑟罗。"我说。

格拉迪斯·克拉姆小姐把头一扬。

"她在我这种人面前总是趾高气扬的。她把自己想象成世家子弟,不肯放下身段注意一个自谋生计的姑娘。虽然听她谈起过自食其力,我倒想知道她的雇主会是谁?哎呀,不到一周,她就会被解雇的。除非去做模特,身穿盛装走来走去。我料想,她能干这行。"

"她能成为一名非常出色的模特,"格里塞尔达说,"她的身材很好看。"格里塞尔达身上丝毫没有恶妇的品质,"她什么时候谈到自食其力了?"

克拉姆小姐一时显得很尴尬,但随即恢复了平日的狡猾。

"这很明显吧?"她说,"但她确实这么说过。我想,她在家里不太快乐。我才不会和继母生活在一起。那样的家我连一分钟都坐不住。"

"啊!但你是那么的生机勃勃,而且很独立。"格里塞尔达严肃地说,我用怀疑的目光看着她。

克拉姆小姐喜形于色。

"说得对。这就是我的性格。可以被引导,但不能被强迫。这是不久前一个占卜师告诉我的。不。我可不是一个等着受欺负的人。我跟斯通博士说得很清楚,我必须定期休假。这些搞科学的先生,他们把姑娘当成机器——一半的时间里他们都注意不到她,或者忘记了她的存在。"

"和斯通博士共事,你的心情愉快吗?如果你对考古学感兴趣,这份工作一定很有趣。"

"当然，我对考古知之甚少。"这个姑娘坦言道，"我总觉得，把已经死了的、死了好几百年的人挖出来，好像多少有些多管闲事，不是吗？斯通博士却十分着迷，有一半的时间，要不是我提醒他，他连饭都会忘了吃。"

"今天早上他在古墓那边吗？"

克拉姆小姐摇了摇头。

"今天早上他身体有些不适，"她解释说，"什么工作也做不了。也就是说，小格拉迪斯可以放一天假。"

"我很难过。"我说。

"啊！没什么大事。不会有第二个人要死了。不过，请告诉我，克莱蒙特先生，我听说你一早上都和警察在一起。他们是怎么想的？"

"哦，"我慢吞吞地说，"还是有些——不太确定。"

"啊！"克拉姆小姐喊道，"这么说，到头来，他们不认为凶手是劳伦斯·雷丁先生。他很英俊，不是吗？简直像个电影明星。向你道'早安'时，他会露出迷人的微笑。听说警察逮捕他的时候，我简直不敢相信自己的耳朵。而且，我听说他们很蠢——这些郡里的警察。"

"在这种情况下，你不能责怪他们，"我说，"雷丁先生是自首的。"

"什么？"姑娘目瞪口呆，"哦，这个可怜的家伙！我杀了人才不会去自首呢。我以为他挺聪明的。怎么会自首呢！他为什么要杀普罗瑟罗？他说了吗？只是因为一次争吵吗？"

"尚不能肯定人就是他杀的。"我说。

"当然是他——如果他说是他干的——克莱蒙特先生，到底是为什么，他应该知道。"

"当然,他应该知道,"我同意,"但警察对他的故事不满意。"

"但是,如果不是他干的,他为什么要说是自己干的呢?"

在这一点上,我无意启发克拉姆小姐。我含糊其辞地说:

"我相信,遇到这种重要的谋杀案,警方会收到无数人写来的信,供认自己是凶手。"

克拉姆小姐对这条消息的反应是:

"他们一定是笨蛋!"她的语气充满惊愕和鄙视。

"唉,"她叹了一口气,"我得赶紧走了。"她站起身来,"雷丁先生投案自首这件事对斯通博士来说也算是条新闻。"

"他感兴趣吗?"格里塞尔达问。

克拉姆小姐为难地皱起眉头。

"他是个怪人。谁也摸不透他的脾气。他醉心于过去。要是有机会的话,他宁愿看一百遍从土包中出土的讨厌的古青铜刀,也不愿看一眼克里平①杀妻时用的刀。"

"哦,"我说,"我必须承认我赞同他的做法。"

克拉姆小姐的眼睛里流露出不解和轻微的蔑视。然后,反复说了几次再见后,她离开了。

"这姑娘不讨厌,真的,"关上门后,格里塞尔达说,"当然,非常普通,但这种高大活泼快乐的女孩,你不会不喜欢。我纳闷究竟是什么把她带到这儿来的。"

"好奇心。"

"是,我想也是。伦,把你知道的全告诉我。我等不及了。"

我坐下来,将上午发生的一切如实讲给她听,格里塞尔达则

---

①哈维·克里平(Harvey Crippen,1862—1910),美国医生,因毒杀并肢解了自己的妻子而被处绞刑。此案引起巨大的轰动。

不时地用小小的感叹来表达惊讶和兴趣。

"这么说,闹了半天是安妮·普罗瑟罗干的!不是莱蒂斯。我们大家多么盲目啊!一定是马普尔小姐昨天暗示的事。你不这样认为吗?"

"是。"我说着,将目光移开。

玛丽进来了。

"外面来了几个人,自称是报社的。你想见他们吗?"

"不,"我说,"当然不。叫他们去找警察局的斯莱克警督。"

玛丽点了点头,转身要走。

"把他们打发走以后,"我说,"你回来一下。我有事要问你。"

玛丽又点点头。

几分钟后,她回来了。

"摆脱他们可真费劲,"她说,"非赖着不想走。从来没见过这种事。说不都不行。"

"我认为他们会给我们带来不少烦恼。"我说,"玛丽,我想问你:你昨天晚上肯定没听到枪声吗?"

"杀死他的枪声吗?没有,当然没有。我要是听见了,肯定会进去看看发生了什么事。"

"是啊,但是——"我回想起马普尔小姐说的话,她听到枪声从"树林"里传出来。我改变了提问方式。"你听到其他的枪声了吗?比如,树林里的枪声?"

"哦!那个。"女孩想了一下,"是,现在我想起来了。我确实听到了。不是很多声,就一声。'砰'的一声,很奇怪。"

"没错,"我说,"听到响声的时间呢?"

"时间?"

"对，时间。"

"说不准。下午茶过去之后很久。我只知道这个。"

"你不能说得再准确一些吗？"

"不能。我还有活儿要干呢，不是吗？不能老盯着钟表，再说，这么做也没什么用，那个钟每天慢三刻钟。把钟拨准、忙这忙那的，那怎么行啊，我从来搞不清时间。"

或许这就是从来不准时开饭的原因。有时太晚，有时又太早，令人摸不着头脑。

"是在雷丁先生来之前很久的事吗？"

"不，不久。十分钟，一刻钟，不会更长。"

我满意地点了点头。

"问完了吗？"玛丽问，"我想说的是，烤箱里烤着一大块带骨头的肉，说不定布丁也快溢出来了。"

"好吧。你可以走了。"

她离开房间，我转向格里塞尔达。

"诱导玛丽说'先生'或'太太'是件完全不可能的事吗？"

"我告诉过她。她记不住。别忘了，她是个粗俗的姑娘。"

"我很清楚这一点，"我说，"但粗俗的东西不一定永远粗俗。我觉得可以诱导玛丽从烹饪做起。"

"我不同意，"格里塞尔达说，"你知道我们能给仆人的钱少得可怜。一旦她变得能干了，会离开这里的。这是肯定的。去赚更多的工钱。只要玛丽不会做饭，举止粗鲁，我们就可以安心了，没有人会雇她。"

我感觉妻子的治家之道并非如我想象的那样全无章法，还是在一定的理性基础之上的。但雇一个不会做饭、习惯丢盘子、说起话来唐突无礼、令人不安的女佣是否值得，则有待商榷。

"不管怎么说，"格里塞尔达继续说，"你必须体谅她刚才的举止比平时更糟。普罗瑟罗上校把她的未婚夫关进监狱了，你怎么能指望她对他的死报以同情呢？"

"他监禁了她的未婚夫？"

"对啊，因为偷猎。你知道，就是那个阿彻。玛丽和他相恋两年了。"

"我不知道这件事。"

"伦，我亲爱的，你从来都不知道。"

"真奇怪，"我说，"每个人都说枪声是从树林里传来的。"

"我不认为有什么奇怪的，"格里塞尔达说。"人们常常听到树林里有枪声。所以，一听到枪声自然认为是从树林里传出来的。这次的枪声可能比平时更响。当然了，如果人就在隔壁，肯定会知道枪声是从房子里传出来的，但厨房的窗户在房子另一面，玛丽也想不到会有这种事。"

门又开了。

"梅尔切特上校回来了，"玛丽说，"那个警督也和他一起来了，他们希望你过去一下。他们在书房里。"

11

我一望便知，梅尔切特上校和斯莱克警督在这个案子上意见不一致。梅尔切特满面通红，气恼不已，警督则闷闷不乐。

"我很遗憾地告诉你，"梅尔切特说，"斯莱克警督不同意我的看法，他不认为年轻的雷丁无罪。"

"如果他没做，为什么要说是他做的呢？"斯莱克怀疑地问。

"别忘了，斯莱克，普罗瑟罗太太的做法与他的如出一辙。"

"那不一样。她是女人，女人才会做出这种愚蠢的举动。我不是说她一时冲动才这么做的。她听说他被指控了，于是捏造了一个故事。我太熟悉这套把戏了。你都不相信我见女人做过多少蠢事。但雷丁不一样。他脑子够清楚。如果他承认是他干的，那就是他干的。枪是他的，这一点你不能否认吧。幸亏有普罗瑟罗太太那档子事，我们了解了作案动机。以前这查起来很难，现在我们知道了，哎呀，整件事就变得轻而易举了。"

"你认为他开枪的时间可能更早？比如说，六点半？"

"他不可能那样做。"

"你核查了他的活动？"

警督点了点头。

"六点十分，他在村子里，出现在蓝野猪旅店附近。他从那里沿着后面的一条小路走过来,就是你说的隔壁那个老太婆看见他的那条路——不得不说,她遗漏的地方确实不多——赶到花园中的画室与普罗瑟罗太太约会。六点半刚过,他们一同离开,沿小路进村,路遇斯通博士。他证实了这一点,我见过他了。他们几个人站在邮局旁边聊了几分钟;后来,普罗瑟罗太太去哈特内尔小姐家借了一本园艺杂志。这部分情况也属实,我见过哈特内尔小姐。普罗瑟罗太太在她那儿一直聊到七点整,才大喊一声,天这么晚了,必须得回家了。"

"她的神色怎么样?"

"非常从容愉快,哈特内尔小姐说。似乎兴致很高。哈特内尔小姐断定她没有什么烦心事。"

"好,继续说吧。"

"雷丁嘛,他和斯通博士去了蓝野猪旅店,一起喝了杯酒。六点四十分的时候,他离开了旅店,快步走过村里的街道,又沿小路来到牧师寓所。很多人看见他了。"

"这次没走后面那条小路?"上校发表了意见。

"没有。他来到前门,求见牧师,听说上校也在,就进去了,向他开了枪——正像他说的,是他干的!这就是案件的真相,我们无须进一步调查了。"

梅尔切特摇了摇头。"还有医生的证词。你也不能否认。普罗瑟罗被枪杀的时间不会晚于六点半。"

"哦!医生!"斯莱克警督露出不屑的表情,"你竟然相信医生的话。你知道现在的医生会做什么吗?他们会拔掉你所有的牙,然后说声对不起,其实你得的是阑尾炎。医生!"

"这并不是诊断的问题。海多克医生对这一点非常肯定。你不能反对医学证据,斯莱克。"

"我也有证据,不管价值如何,"我突然想起一件事,"我摸过尸体,是凉的。我可以发誓。"

"明白了吗,斯莱克?"梅尔切特说。

"哦,当然,如果真是这样。这个案子够奇妙的。这么说,雷丁先生是急于被绞死。"

"这事确实有些反常。"梅尔切特上校议论道。

"无法解释他们的品位,"警督说,"许多绅士战后变得傻乎乎的。我想,这意味着从头查起。"他转向我,"先生,我不明白,你为什么不辞辛苦地要在时钟这件事上误导我。这属于妨碍公务。"

"我曾三次试图告诉你,"我说,"但每次你都让我闭嘴,拒绝听我说话。"

"先生,那只是一种说话方式罢了。如果你真有心告诉我,早就告诉我了。时钟和便条上的内容似乎完全吻合。现在,根据你的说法,时钟的时间是错的。我从不知道这一点。不管怎么说,把钟拨快一刻钟的意义到底是什么?"

"为了守时。"我说。

"我们就不必在这一点上纠缠下去了,警督,"梅尔切特上校机智地说,"现在我们需要从普罗瑟罗太太和雷丁口中获得实情。我给海多克打了电话,叫他把普罗瑟罗太太带到这儿来。过一刻钟他们就该到了。我想应该先把雷丁叫过来。"

"我来接通警察局。"斯莱克警督说着拿起电话。

"现在,"他放下话筒后说,"我们得研究一下这个房间了。"他意味深长地看着我。

"也许,"我说,"你希望我回避一下。"

警督立即为我开了门。梅尔切特喊道:

"牧师，等雷丁到了，你再回来，好吗？你是他的朋友，你对他有足够的影响力，可以说服他说出真相。"

我看见我妻子和马普尔小姐在交头接耳。

"我们谈论了各种各样的可能性，"格里塞尔达说，"希望你能把这个案子破了，马普尔小姐，就像上次韦瑟比小姐精选的虾鳃失踪时你所做的那样。全都源于你想起了完全不同的东西——一麻袋煤块。"

"你又在笑我了，亲爱的，"马普尔小姐说，"但毕竟通过这个方法获知真相是非常合理的。这就是人们所谓的直觉，还把它搞得煞有介事。直觉就像读出一个单词，却不需要把它拼出来。儿童做不到是因为经验太少。成年人认识单词是因为之前见了很多次。牧师，你明白我的意思吗？"

"明白，"我慢慢地说，"我想我明白。你的意思是说，如果一样东西使你想起另一样东西——那么，它们很可能是同一类东西。"

"完全正确。"

"那么，普罗瑟罗上校被谋杀这事又让你想起了什么呢？"

马普尔小姐叹了一口气。"难就难在这里。我想起了许多类似的人和事。比方说，哈格里夫斯少校，他是一名教堂执事，处处受人爱戴。谁知这么多年来他竟然一直有外室——从前的女仆，你想想！还生了五个孩子，五个孩子啊，这对他妻子和女儿简直是晴天霹雳。"

我试图把普罗瑟罗上校想象成一个神秘的罪人，但实在想不出来。

"还有洗衣店那档子事，"马普尔小姐继续说，"哈特内尔小姐大意了，把蛋白石别针留在一件褶边领的衬衫上，送去了洗衣店。拿走这枚别针的女人无意要别针,也绝非一个贼。她只是将这枚别针藏在另一个女人家里,然后报告警察说她看见那个女人拿走了别针。怨恨,你知道,纯粹出于怨恨。这是一个令人震惊的动机——怨恨。当然,这个案子也牵涉到一个男人。总是这样。"

这次,我联想不起什么,哪怕沾一点儿边的东西。

"对了,还有那个可怜的埃尔维尔的女儿——多么漂亮优雅的姑娘——竟然想扼死她的小弟弟。在你任职之前,唱诗班男孩郊游的钱被风琴师拿走了。他妻子负债累累。是的,这个案子让人想起这么多事——太多了。查明真相太难了。"

"希望你能告诉我,"我说,"那七个嫌疑人是谁。"

"七个嫌疑人?"

"你说过,你能想出七个人,嗯,普罗瑟罗上校的死会让他们高兴。"

"我说过吗?对,我记得我说过。"

"是真的吗?"

"哦!当然是真的了。但我不能把他们的名字说出来。你也能想出那几个人是谁。很容易的,我相信。"

"我的确想不出来有谁。我猜,莱蒂斯·普罗瑟罗算一个吧,她父亲死后,她也许能继承一笔钱。但这时候想起她未免荒唐,除她之外,我想不出谁了。"

"你说呢,亲爱的?"马普尔小姐转向格里塞尔达问道。

令我颇感惊讶的是,格里塞尔达竟然脸红了。她眼睛里出现了某种酷似眼泪的东西。她攥紧两只小手。

"啊!"她愤怒地喊道,"太可恨了,太可恨了!他们居然说那种话!说那么可恶的话……"

我好奇地看着她。格里塞尔达平日里很少动气。她发现我在看她，努力挤出微笑。

"别那么看着我，伦，好像我是一个你无法理解的怪人似的。我们不要太激动，别偏离主题。我不相信这事是劳伦斯或安妮干的，莱蒂斯也不可能。总有这样或那样的线索能帮到我们。"

"当然，还有那张便条。"马普尔小姐说，"你还记得今天早上我说过的话吧，这张纸条太奇怪了。"

"这张纸条似乎精准地确定了他的死亡时间，"我说，"但是，这可能吗？普罗瑟罗太太可能刚离开书房，还来不及到画室。我能给出的唯一解释是，他看了手表，但表慢了。这倒是一种可行的解释。"

"我还有一个想法，"格里塞尔达说，"伦，假设钟已经拨回去了——不，结果都一样，我真笨！"

"我离开时，时钟没被动过，"我说，"我记得还对了一下表。而且，正像你所说的那样，这和我们现在谈的事无关。"

"你怎样看，马普尔小姐？"格里塞尔达问道。

"亲爱的，我承认我完全没有从那个角度考虑。从一开始就让我感到好奇的其实是那封信的主题。"

"我不明白，"我说，"普罗瑟罗上校只是说他再也不能等下去了。"

"在六点二十分？"马普尔小姐说，"你的女佣玛丽已经告诉他了，你最早也要六点半才能回来，他似乎很愿意等到那个时候。六点二十的时候，他却坐下来写道'我再也不能等下去了'。"

我盯着这位老太太，越发钦佩她的心智。她敏锐的思维洞察到了我们无法感知的东西。真是件怪事，太奇怪了。

"要是，"我说，"这封信没有注明时间就——"

马普尔小姐点了点头。

"没错！"她说，"如果没注上时间就好了！"

我把思绪拉回过去，极力回忆那张便条、那模糊潦草的字迹，以及在信笺顶部工工整整写下的六点二十分。显然，这些数字和信的其余部分比例不一致。我倒抽了一口凉气。

"倘若这封信没有标明时间，"我说，"倘若六点半左右，普罗瑟罗上校开始不耐烦，坐下来写道：他再也不能等下去了。正当他坐在那儿写便条时，有个人从落地窗进来了——"

"或者从门进来。"格里塞尔达提出了建议。

"他会听见开门声，然后，抬起头来。"

"你要记住，普罗瑟罗上校耳朵有些聋。"马普尔小姐说。

"对呀，是这样。他听不见。不管凶手是从哪儿进来的，反正，他悄悄跑到上校身后，向他开了枪。后来，他看见便条和时钟，于是计上心头。他将六点二十分写在信头上，将时钟的时间拨到六点二十二分。多好的主意啊。这样他就有了案发时不在现场的充分证据，至少他是这么想的。"

"我们想找到的，"格里塞尔达说，"是那个可以实实在在地证明自己在六点二十分的时候不在犯罪现场的人，但根本没有借口说——唉，不那么容易啊。时间确定不了。"

"我们可以把时间限定在很窄的范围内，"我说，"海多克将最晚的行凶时间设定在六点半。从刚才的推理过程看，可以改为六点三十五分，显然，普罗瑟罗不可能在六点半之前就不耐烦了。可以说，我们了解得很清楚了。"

"还有我听到的那声枪响——是的，我想这是完全可能的。我没想这事，完全没想。真烦人！但现在我努力回忆，这声枪响确实和平时听到的枪声不太一样。对，是有区别。"

"更响？"我提醒道。

不，马普尔小姐并不认为那声枪声更响。实际上，她很难说清楚到底有什么不同。但她坚持认为，就是不一样。

我想，她可能是在设法让自己相信那个事实，而不是真的回想起了什么。不过，在这个问题上，她提供了非常有价值的新观点，已经赢得了我的尊重。

她站起身，咕哝着真的该回去了，还说非常喜欢和亲爱的格里塞尔达一起讨论案情。我把她送到围墙边，后门处，回来时，我发现格里塞尔达正在沉思。

"还在苦苦思索那张便条吗？"我问道。

"不。"

她突然哆嗦了一下，不耐烦地晃了晃肩膀。

"伦，我一直在想，肯定有人对安妮·普罗瑟罗恨之入骨！"

"恨她？"

"对啊。你还不明白吗？没有能指控劳伦斯的真正证据——所有对他不利的证据都是偶然的。他只是突发奇想来到这里。如果他没来，哦，没有人会把他和这桩凶杀案联系起来。但安妮就不一样了。假设有人知道六点二十她刚好在这儿——时钟和信笺上的时间——一切都指向她。我认为，凶手把钟拨到那个时间不仅是想制造不在现场的证据，那个人另有所图，显然企图嫁祸于她。如果不是马普尔小姐说她没有随身带枪，还注意到她在书房待了片刻就去了画室——是啊，如果不是那样……"她又打了一个冷战，"伦，我觉得有人对安妮·普罗瑟罗恨之入骨。我，我不喜欢这样。"

12

劳伦斯·雷丁到了,我被唤进书房。他的样子很憔悴,还顾虑重重的。梅尔切特上校近乎诚恳地和他打了招呼。

"我们想问你几个问题,就在这里,在现场。"他说。

劳伦斯冷笑了一声。

"这是不是法国的做法?犯罪重建?"

"亲爱的孩子,"梅尔切特上校说,"别用那种口气和我们讲话。你假装犯了罪,但你知道吗,另外还有人承认自己是凶手?"

这些话产生了立竿见影的效果,劳伦斯的表情马上变得很痛苦。

"另,另外有人?"他结结巴巴地说,"是,是谁?"

"普罗瑟罗太太。"梅尔切特上校说,一直注视着他。

"荒唐。她根本没干。她不可能是凶手,不可能。"

梅尔切特打断他的话。

"说来也奇怪,我们不相信她的故事。可以这么说,我们也不相信你的话。海多克医生肯定地说,谋杀不可能是在你说的那个时间发生的。"

"海多克医生是这么说的?"

"对,所以,你看,不管你愿不愿意,你的嫌疑被洗刷干净了。现在我们需要你的帮助,请你如实地告诉我们当时到底发生了什么事。"

劳伦斯依旧犹豫不决。

"你们不是在骗我吧——关于普罗瑟罗太太那些话?你们真的不怀疑她?"

"我以名誉担保。"梅尔切特上校说。

劳伦斯深深地吸了一口气。

"我是个傻瓜,"他说,"十足的傻瓜。我怎么会认为是她干的呢——"

"把你知道的情况全告诉我们,怎么样?"上校建议道。

"没有太多可说的。那天下午,我,我碰到了普罗瑟罗太太——"他顿了顿。

"那件事我们都知道了,"梅尔切特说,"你可能以为,你对普罗瑟罗太太的感情,以及她对你的感情是没有泄露的秘密,但事实上大家都知道了,而且议论纷纷。无论如何,真相注定会水落石出。"

"很好。希望你是对的。我曾向这位牧师(他瞥了我一眼)许诺立即离开此地。那天晚上六点一刻,我和普罗瑟罗太太在画室见了面。我把我的决定告诉了她。她也同意了,说这是唯一的选择。我们,我们互相道了别。

"我们离开画室后不一会儿,就遇到了斯通博士。安妮做出若无其事的样子。我却做不到。我和斯通去蓝野猪旅店喝了一杯。然后,我想我得回家了。但当我走到这条路的拐角处时,我改变了主意,决定去见牧师。我想找个人聊聊这件事。

"在门口,女佣告诉我牧师出去了,但马上就会回来,还说普罗瑟罗上校在书房里等他。哦,我不想再走开了,好像我故意避开他似的。于是,我说,我也来见牧师,就走进了书房。"

他停下来。

"怎么了?"梅尔切特上校问。

"普罗瑟罗就坐在书桌前,正如你们发现他时那样。我走近他,摸了摸他。他死了。我一低头,看见手枪就在他身旁的地板上。我把枪捡起来,立刻认出那就是我的枪。

"我吓了一跳。我的枪!随后我迅速得出了一个结论:肯定是安妮什么时候拿走了我的枪,这是为她自己准备的,万一再也无法忍受就结束生命。也许她今天一直带着枪。我们在村子里分手后,她一定又回到这里——哦!想到这里,我快要发疯了。但我当时就是这么想的。我把枪偷偷塞进口袋里,离开了。刚出牧师寓所的大门,我就碰到了牧师。他说了几句亲切的家常话,还说要和普罗瑟罗见面。突然,我有一种狂笑的冲动。他的举止很普通、很正常,是我自己神经紧张。我记得自己喊了几句荒唐的话,看见他的脸色变了。我当时几乎疯了。我走啊走,走到实在无法忍受。如果安妮干了这么可怕的事,那我至少在道德上是负有责任的。所以,我就去自首了。"

他讲完后,屋子里一片沉默。然后,上校用一种公事公办的语气说:"我想再问你一两个问题。首先,你碰过或动过尸体没有?"

"没有,我根本没碰过他。不用碰就能看出他死了。"

"你注意到那张压在他的尸体下面,被遮住一半的吸墨纸了吗?"

"没有。"

"你动过钟吗?"

"我根本没有动过钟。我隐约记得桌上有一只弄翻的钟,但我根本没碰它。"

"至于你那支枪,你最后一次见到它是什么时候?"

劳伦斯想了一下。"说不好。"

"你平时把枪放在哪儿?"

"哦!放在我那幢小屋的客厅里,和一堆杂物放在一起。书柜的架子上。"

"就那么随便一放?"

"是。我真的没考虑过这个问题。枪就放在那里。"

"这么说,只要去过你那儿的人都可能看见枪?"

"是的。"

"你记不记得上次见到它是什么时候?"

劳伦斯皱起眉头细想。

"我几乎可以肯定,前天枪还在那里。我记得把枪推到一边,去取一只旧烟斗。我想是前天,但也有可能是大前天。"

"最近有谁去过你那里?"

"哦!一大群人。有的人总是进进出出,前天我那里办了一个茶会。来的人有莱蒂斯·普罗瑟罗、丹尼斯和他们的一帮朋友。后来还来过一个老小姐。"

"你外出时锁门吗?"

"不锁。为什么要锁门呢?我没有什么可偷的东西,而且这里的人都不锁门。"

"平时谁照应你的饮食起居?"

"每天早晨,一位年迈的阿彻太太会来,如你们所说的'照应'一下。"

"你觉得她会记得最后一次看到枪是什么时候吗?"

"不知道。也许吧。但我知道认真打扫不是她的长处。"

"这等于说，几乎任何人都可能拿走那支枪？"

"看来是，是的。"

门开了，海多克医生和安妮·普罗瑟罗走了进来。

见到劳伦斯，她很吃惊。他则试探着向她走过去一步。

"原谅我，安妮，"他说，"一想到我做的事，就觉得自己真可恶。"

"我——"她支吾着，然后用哀求的眼神看着梅尔切特上校，"海多克医生告诉我的话是真的吗？"

"你是指解除雷丁先生的嫌疑？是的。现在，普罗瑟罗太太，你说的那番话又是怎么一回事呢？哎，怎么回事？"

她羞愧地笑了一下。

"我猜你们会认为我很可怕吧？"

"哦，可以这么说吗？非常愚蠢？不过都已经过去了。普罗瑟罗太太，我们现在想要的是真相，彻底的真相。"

她郑重地点了点头。

"我会告诉你们。我猜你们，什么都知道。"

"是的。"

"那天晚上，我说好了要和劳伦斯……雷丁先生，在画室里见面。约的时间是六点一刻。我和我丈夫一起开车去村子里。我得买些东西。我们分手时，他不经意地提到要去见牧师。我无法传话给劳伦斯，因此心里很不安。我，呃，我丈夫，在牧师寓所，我却在牧师寓所的花园里和他见面，这很令人尴尬。"

说这句话时，她的脸颊发烫。这个时刻对她而言并不愉快。

"我想了一下，也许我丈夫不会待很久。为了搞清楚情况，我沿着后面的小路过来，进了花园。我希望没有人看见我，当然了，我还是被马普尔小姐看见了，她在自家的花园里！她把我拦下来，我们说了几句话。我解释说，我是去叫我丈夫。我觉得应该说些什么。我不知道她是否相信我。她的表情很——怪异。

"离开她以后，我径直穿过花园，到牧师寓所，绕过屋角，来到书房窗前。我蹑手蹑脚地靠近，听见里面有说话的声音。但令我吃惊的是，屋里空无一人。我只是往里扫了一眼，看见屋子里是空的，然后便匆匆穿过草坪，来到画室，几乎在同一时间，劳伦斯也到了。"

"普罗瑟罗太太，你说房间是空的？"

"对，我丈夫没在那里。"

"不可思议。"

"夫人，你是说你没有看见他？"警督问道。

"没看见，我没看见他。"

斯莱克警督对上校耳语了几句，后者点了点头。

"普罗瑟罗太太，你介意给我们演示一下你到底做了什么吗？"

"完全不介意。"

她站起身，斯莱克警督为她推开落地窗，她走到外面的平台上，绕过房子，走向左边。

斯莱克警督傲慢地示意我到写字台旁坐下来。

不知何故，我不太愿意这么做。这让我感觉很不舒服。当然，我还得照办。

不一会儿，我听到外面的脚步声，脚步声停了一分钟，又退回去了。斯莱克警督示意我回到房间另一头。普罗瑟罗太太又从落地窗进来了。

"经过确实如此吗？"梅尔切特上校问道。

"我想确实如此。"

"那么,普罗瑟罗太太,你能告诉我们,你往书房里看时,牧师在什么位置吗?"

"牧师?我——不,恐怕我说不出来。我没看见他。"

斯莱克警督点了点头。

"这就是你没有看见你丈夫的原因。他在角落里,坐在写字台前。"

"哦!"她停了一下,突然,她由于惊恐而瞪圆了眼睛,"没在那里……"

"是的,普罗瑟罗太太。他当时坐在那里。"

"哦!"她浑身颤抖。

他继续提问。

"普罗瑟罗太太,你知道雷丁先生有枪吗?"

"知道。他告诉过我。"

"你把那支枪带走过吗?"

她摇摇头。"没有。"

"你知道他把枪放在哪儿吗?"

"说不准。我想——对了,我好像在他那间小屋的书架上见过。你是不是把枪放在那里了,劳伦斯?"

"你上次去那间小屋是在什么时候,普罗瑟罗太太?"

"哦!大约三个星期前。我和我丈夫在他那里喝过茶。"

"从那之后,你就没有去过那里吗?"

"没有。没去过。你知道,总去的话会在村子里惹起一些风言风语。"

"毫无疑问,"梅尔切特上校冷冰冰地说,"你通常在哪儿和雷丁先生见面,如果我可以问的话?"

"他常到教堂旧翼来。他给莱蒂斯画像。然后,我们,我们经常在树林里见面。"

梅尔切特上校点点头。

"难道还不够吗?"她突然声音哽咽,"太可怕了,告诉你们这一切。而,而且,这没有什么错。没有错,真的没有。我们只是朋友。我们,我们忍不住要互相关心。"

她恳求似的望着海多克医生,那个心软的男人向前迈了一步。

"我真心认为,梅尔切特,"他说,"普罗瑟罗太太受够了。她遭受了巨大的打击,而且是因为不同的事。"

警长点了点头。

"我也没有什么要问你的了,普罗瑟罗太太,"他说,"谢谢你如此坦率地回答我的问题。"

"那么,那么我可以走了吗?"

"你妻子在家吗?"海多克问,"我认为普罗瑟罗太太想见她。"

"在家,"我说,"格里塞尔达在家。你们去客厅找她吧。"

她和海多克一起离开了房间,劳伦斯也和他们一起走了。

梅尔切特上校撅着嘴,摆弄着一把裁纸刀。斯莱克在看那张便条。就在这时,我提起了马普尔小姐的理论。斯莱克仔细看着那张便条。

"哎呀,"他说,"我相信这老太太说得对。你瞧,先生,看见了吗?这些数字是用不同的墨水写的。我打赌那个日期肯定是用自来水笔写的,否则我就把我的靴子吃下去。"

大家都激动不已。

"你检查过便条上的指纹吧,当然。"上校说。

"你怎么看,上校?便条上根本没有指纹。手枪上的指纹是劳伦斯·雷丁先生的，以前上面可能还有别人的指纹，后来他把枪揣在口袋里四处晃悠，但现在取不到清晰的指纹。"

"起初案子对普罗瑟罗太太不利，"上校若有所思地说，"比起年轻的雷丁，对她不利得多。后来那个老太太作证说她没有随身带枪，但那些老太太常常弄错。"

我沉默不语，我并不同意他的说法。我相信，既然马普尔小姐这么说，安妮·普罗瑟罗肯定没带枪。马普尔小姐可不是那种会犯错的老太太。她掌握了一门神奇的本领，她永远是对的。

"莫名其妙的是，居然没有人听到枪声。如果那时开了枪，一定有人听到过枪声——无论他们认为枪声是从哪儿传出来的。斯莱克，你最好和女佣谈谈。"

斯莱克警督敏捷地向门口走去。

"我不能问她是否听到房子里有枪声，"我说，"因为如果你这么问，她肯定会否认。就说树林里的枪声好了。她只承认听到过那里的枪声。"

"我知道怎么对付他们。"斯莱克警督说完这句话，消失了。

"马普尔小姐说她后来听到了枪声，"梅尔切特上校若有所思地说，"我们必须看看她能否精准地确定时间。当然，也许是谁偶然开了一枪，与本案无关。"

"当然，也有这个可能。"我同意。

上校在房间里转了一两圈。

"你知道，克莱蒙特，"突然，他说，"我有一种感觉，这个案件比我们想的复杂困难得多。真该死，这个案子背后一定有什么东西。"他哼了一下鼻子，"某种我们不了解的东西。我们才刚刚开始，克莱蒙特，记住我的话，我们才刚刚开始。所有这些东西，时钟、便条、手枪——都说不通。"

我摇了摇头。当然说不通。

"但我一定会弄个水落石出的。不需要苏格兰场派人来。斯莱克是个聪明人。他是一个非常聪明的人。他就像一只雪貂，能用鼻子嗅出真相。他已经办过几件漂亮的案子，这个案子将成为他的杰作。有的人会到苏格兰场报案。我不会。我就在唐恩郡这里，将这个案子一查到底。"

"希望如此，我也相信是这样。"我说。

我尽量让声音充满热情，但我已经对斯莱克警督产生了嫌恶，他能否成功对我没有什么吸引力。我想，一个成功的斯莱克比一个困惑的斯莱克更可恶。

"隔壁的房子是谁的？"上校突然问。

"你指的是路尽头那家？那是普赖斯·里德雷太太的。"

"等斯莱克问完女佣，我们一起去她家。她可能听到了什么。她不会是聋子吧？"

"应该说她的听觉异常灵敏。我是根据她传播的丑闻数量来判断的，因为她的开场白总是'我碰巧听到'。"

"我们想找的就是这种女人。哦！斯莱克来了。"

警督似乎刚刚与人扭打搏斗过一番。

"呦！"他说道，"你雇了一个凶悍的鞑靼人，先生。"

"玛丽这个姑娘的个性是很强。"我说。

"她不喜欢警察，"他说，"我警告了她，尽我最大努力用法律来威慑她；但没用，她公然与我对抗。"

"勇猛。"我说。心里越发亲近玛丽了。

"但我还是把她制服了。她听到一声枪响，只听到一声。那是在普罗瑟罗上校到了之后很久。她说不清具体是几点钟，但最后我们通过送鱼的时间确定了枪响的时间。送鱼的人来晚了，那个男孩到的时候,她对他大发雷霆,男孩说,还没到六点半呢。接着,她就听到了枪声。当然,时间并不准确,但我们有了一个大致的概念。"

"嗯。"梅尔切特应了一声。

"我不认为普罗瑟罗太太与本案有任何关联,"斯莱克说,他的话里带着一丝遗憾,"首先,她没有时间;其次,女人从来不爱摆弄武器,她们更喜欢用砒霜。不,我不认为是她干的。真可惜!"他叹息道。

梅尔切特说他要去普赖斯·里德雷太太家,斯莱克批准了。

"我可以和你们一起去吗?"我问,"我对这个案子越来越有兴趣了。"

得到许可后,我们出发了。刚走出牧师寓所的大门,就听到有人大声和我们打招呼,原来是我侄子丹尼斯,他从村子里跑过来,加入我们。

"喂,"他对警督说,"我跟你说的那个脚印怎么样了?"

"是园丁的。"斯莱克警督的回答简洁明了。

"你不认为有可能是别的什么人穿了园丁的靴子吗?"

"不,我不这么认为!"斯莱克警督的话令人气馁。

然而,这没能使丹尼斯气馁。

他拿出几根烧过的火柴。

"这是我在牧师寓所门口找到的。"

"谢谢。"斯莱克说着,把火柴放进他的口袋里。

事态似乎陷入了僵局。

"你们不会逮捕伦叔叔吧?"丹尼斯用开玩笑的语气问。

"为什么要逮捕他?"斯莱克问。

"有许多不利于他的证据,"丹尼斯断言,"你问玛丽。就在谋杀案发生前一天,他还希望普罗瑟罗上校离开这个世界。不是吗,伦叔叔?"

"呃——"我刚开口。

斯莱克警督满腹狐疑地慢慢看了我一眼,我感觉浑身燥热。丹尼斯这个人简直讨厌至极。他应该知道,警察很少有幽默感。

"不要胡扯,丹尼斯。"我气愤地说。

这个天真的孩子睁大眼睛讶异地看着我。

"哎呀,我不过是开了个玩笑嘛。"他说,"伦叔叔只是说,任何一个杀掉普罗瑟罗上校的人都为这个世界做了一件好事。"

"啊!"斯莱克警督说,"这么看来,女佣的某些话倒是说得通了。"

仆人们也鲜少有幽默感。我在心里痛骂了丹尼斯一番,他竟然提起这件事。这件事再加上那座钟会让警督怀疑我一辈子。

"快走吧,克莱蒙特。"梅尔切特上校说。

"你们去哪儿?我能和你们一起去吗?"丹尼斯问。

"不行,你不能去。"我厉声道。

他望着我们的背影,一脸委屈。我们来到普赖斯·里德雷太太家整洁的前门,警督用一种我只能形容为官威十足的架势敲门,按门铃。一个漂亮的客厅女仆来应门。

"普赖斯·里德雷太太在家吗?"梅尔切特问道。

"不在,先生。"女仆停了一下,又说道,"她刚刚出门去警察局了。"

这倒是完全出乎意料。当我们原路返回时,梅尔切特抓住我的胳膊,低声说:

"如果她也是去自首,那我就真疯了。"

13

我真没想到普赖斯·里德雷太太会卷入这么戏剧化的事件，不过我确实很纳闷，到底是什么事让她去了警察局。她真的掌握了什么重要的证据吗？还是她要提供自以为重要的证据？无论如何，我们很快就会知道了。

我们发现，普赖斯·里德雷太太正以极快的语速和一个满脸困惑的警察说着什么。她一副义愤填膺的样子，这一点我可以从她帽子上发颤的蝴蝶结判断出来。普赖斯·里德雷太太戴了一顶所谓的"主妇帽"——这种帽子是邻镇马奇贝纳姆的特产。帽子轻松地置于盘起的头发上部，大朵的丝带蝴蝶结给人有些过重的感觉。格里塞尔达老是威胁说要买一顶主妇帽。

看到我们进来，滔滔不绝的普赖斯·里德雷太太暂时停了下来。

"是普赖斯·里德雷太太吗？"梅尔切特上校一边问，一边脱帽致敬。

"让我来介绍一下梅尔切特上校，普赖斯·里德雷太太，"我说，"梅尔切特上校是我们这里的警长。"

普赖斯·里德雷太太冷冷地看着我，却转而对上校露出貌似亲切的笑容。

"我们刚才去你家了,普赖斯·里德雷太太,"上校解释道,"听说你已经来这儿了。"

普赖斯·里德雷太太整个人变得随和起来。

"啊!"她说,"我很高兴有人注意到了这件事。我管这叫无耻。简直是无耻。"

毫无疑问,杀人是无耻的,但我自己不会用这个字眼来描述杀人案。看得出来,梅尔切特也很吃惊。

"你能提供什么线索吗?"他问。

"那是你们的事,你们警察的事。我倒要问问了,我们交钱交税是为了什么?"

不知道这个问题一年里会被问多少次。

"我们正在尽最大的努力,普赖斯·里德雷太太。"上校说。

"但这位先生没听说过,还得我来告诉他!"这位女士喊道。

我们都把目光转向那个警察。

"有人给这位太太打电话,"他说,"很让人恼火。说了些猥亵的语言,据我理解。"

"哦!我明白了。"上校的眉头松开了,"我们谈的不是一回事。你是来这儿投诉的吧?"

梅尔切特是个明智的人。他知道,如果遇到一个大发脾气的中年妇女,只有一个办法能对付她,那就是,听她讲。等她把她想说的话全说完了,你才有机会讲。

普赖斯·里德雷太太滔滔不绝地讲起来了。

"这么无耻的事应当被阻止。这种事就不该发生。在家里接到电话,遭人侮辱,是的,遭人侮辱。我可不习惯这样的事发生在我身上。自从大战以来,人们就放松了对道德品行的要求。没有人在乎说什么话,穿什么衣服——"

"确实如此，"梅尔切特上校急忙说，"到底发生了什么事？"

普赖斯·里德雷太太歇了口气，又说起来：

"我接到电话——"

"什么时间？"

"昨天下午，准确地说是昨天晚上，大约六点半。我去接电话，根本没起疑心。但我立刻遭到了粗暴的攻击，威胁——"

"到底说了什么？"

普赖斯·里德雷太太脸色微红。

"我拒绝陈述。"

"猥亵的语言。"警察略带沉思，用男低音低语道。

"说了哪些脏话？"梅尔切特上校问。

"这要看你对脏话的定义是什么。"

"你能明白说的是什么吗？"我问道。

"我当然明白。"

"那不可能是脏话。"我说。

普赖斯·里德雷太太怀疑地打量着我。

"有教养的女士，"我解释说，"自然不熟悉脏话。"

"不是那种事。"普赖斯·里德雷太太说，"一开始，我必须承认，那些话我还很能接受。我以为是真实的信息。后来，那，那个人开始辱骂我。"

"辱骂？"

"破口大骂。我惊慌失措。"

"使用了威胁性的语言，嗯？"

"对。我不习惯受到威胁。"

"他们怎样威胁你呢？伤害身体？"

"也不尽然。"

"普赖斯·里德雷太太,恐怕你必须说得明确一些。你受到了什么威胁?"

普赖斯·里德雷太太似乎极不愿意回答这个问题。

"记不清了,特别气人的话。可是,到了最后,我被惹急了的时候,那个浑蛋居然大笑起来。"

"是男人的声音,还是女人的声音?"

"一种堕落的声音,"普赖斯·里德雷太太庄重地说,"我只能把它形容为变态的声音。一会儿粗声大气,一会儿尖声尖气。总之,那个声音很怪异。"

"可能是恶作剧。"上校安慰道。

"如果是这样,也太邪恶了。我可能会犯心脏病。"

"我们一定会调查的,"上校说,"警士,对不对?追查这个电话。你不能确切告诉我们那个人在电话里都说了什么吗,普赖斯·里德雷太太?"

普赖斯·里德雷太太丰满的黑胸脯里开始了一场斗争:沉默的欲望和报复的欲望展开激烈的搏斗。最后,报复的欲望获胜了。

"这样当然不会有什么结果。"她开口说道。

"当然不会。"

"这个畜生开始时说——我说不出口——"

"说吧,说吧。"梅尔切特鼓励她。

"'你是一个到处传播丑闻的邪恶的老太婆!'梅尔切特上校,我竟然成了一个到处传播丑闻的老巫婆。'但这一次,你做得太过分了。苏格兰场正在因诽谤罪抓你。'"

"你自然会恐慌。"梅尔切特一边说,一边咬住胡子,掩饰笑容。

"'除非你管住自己的舌头,否则,你就等着倒霉吧——不仅仅是这样。'我不能向你描述那种威胁的口吻。我倒吸了一口凉气,问道:'你是谁?'那个声音气如游丝地说:'复仇者。'我轻轻尖叫了一声。这也太可怕了,然后,那个人就哈哈大笑起来。哈哈大笑!十分清楚。就是那样。我听见他挂上了听筒。当然,我问电话局,刚才打给我的那个电话号码是多少,但他们说不知道。你知道电话局是怎么回事。粗鲁无礼,一点儿同情心也没有。"

"的确如此。"我说。

"我几乎昏过去了,"普赖斯·里德雷太太继续说,"紧张得不得了,当我听到树林里的枪声时,我吓得魂飞魄散。你们也看到了。"

"树林里一声枪响?"斯莱克警督警觉地问。

"当时我的情绪非常激动,感觉就像听到了一声炮响。我'哦'了一声,扑倒在沙发上。克拉拉只好给我拿来一杯李子金酒。"

"实在令人震惊,"梅尔切特说,"令人震惊。你一定非常难受。枪声很响,是吗?仿佛近在咫尺?"

"完全是我神经紧张的缘故。"

"当然,当然。那是几点钟?这样有助于追查那个电话,你知道。"

"大约六点半吧。"

"不能说得更准确些吗?"

"哦,我壁炉台上的那个小钟刚刚敲响半点,我说:'肯定走快了。'(那座钟确实快。)于是,我拿我戴的表对了一下时间,六点十分,我把表贴在耳边听了听,发现表停了。我想:'哦,如果钟快了，那么，过一会儿就能听见教堂的钟声。'就在这时，电话铃响了，我就把这事给忘了。"

她气喘吁吁地停下来。

"哦，很接近了，"梅尔切特上校说，"我们会派人调查此事，普赖斯·里德雷太太。"

"就把这事当成愚蠢的玩笑吧，别担心，普赖斯·里德雷太太。"我说。

她冷冷地看着我。显然，她仍在为那张一英镑纸币的事怨恨我。

"最近村子里发生了很多怪事，"她对梅尔切特说，"非常奇怪的事。普罗瑟罗上校本打算调查，结果呢，可怜的人……也许我会是下一个？"

说完这句话，她起身离开，一边摇着头，带着一种不祥的忧郁。梅尔切特低声说："不会这么倒霉的。"然后，他的脸色凝重起来，用探询的目光望着斯莱克警督。

那位可敬的人物慢慢点了点头。

"问题快要解决了，先生。有三个人听到了枪声。现在我们得找出开枪的人是谁。雷丁先生耽搁了我们的时间。我们有几个可以下手的点。原以为雷丁先生有罪，我就没费心去追查。但现在一切都变了。首先要做的事情之一是查出那个电话。"

"打给普赖斯·里德雷太太的那个电话？"

警督咧开嘴笑了。

"不，尽管我认为最好把那件事记录下来，否则那个老太太还会来这里烦我们。不，我是指那个把牧师骗出门的电话。"

"是啊，"梅尔切特说，"这很重要。"

"接下来要查清那天晚上六点到七点每个人都在做什么。我是说，教堂旧翼的每个人，村子里几乎每个人都要查到。"

我叹了口气。

"你的精力真是太充沛了，斯莱克警督。"

"我认为人应该努力工作。克莱蒙特先生，我们从记录你的活动开始吧。"

"乐于帮忙。电话是大约五点半打来的。"

"男人的声音，还是女人的声音？"

"女人的。至少听起来像是女人的声音。我想当然地认为是阿博特太太在讲话。"

"你没听出来是阿博特太太？"

"没有，说不上。我没有特别注意声音，也没考虑此事。"

"然后你马上就去了？走着去的吗？难道你没有自行车吗？"

"没有。"

"明白了。那么，你用了——多长时间？"

"得走将近两英里，不管走哪条路。"

"穿过教堂旧翼那片林子是最近的路，对不对？"

"没错。但那条路不是很好走。我往返都是在田野中穿行的。"

"牧师寓所大门正对面的那条路？"

"是的。"

"克莱蒙特太太呢？"

"我妻子在伦敦。她是坐六点五十分的火车回来的。"

"对。还见过女佣。对牧师寓所的调查就到这里吧。接下来我要去教堂旧翼。然后，我要和莱斯特朗兹太太见面谈谈。奇怪，普罗瑟罗上校遇害前一晚，她去见了他。这个案子里稀奇古怪的事可真多。"

我也这么认为。

我瞥了一眼时钟，发现午饭时间快到了。我邀请梅尔切特和我们吃一顿家常便饭，但他推辞说必须去蓝野猪旅店。这家旅店的午餐是最上等的骨头肉，外加两份蔬菜。我认为他的选择是明智的。警察找玛丽谈过话后，她的性情也许会变得比平时更喜怒无常。

14

回家的路上,我遇到了哈特内尔小姐,她至少耽搁了我十分钟,用她的女低音慷慨激昂地数落着下等人的目光短浅和忘恩负义。问题的症结似乎是穷人不欢迎哈特内尔小姐去家里做客。我把同情心全部给了穷人。我的社会地位禁止我用他们那种强硬的语气表达偏见。

我尽量安慰了她几句,然后找了个机会逃之夭夭。

在牧师寓所那条路的拐角,海多克在他的车里对我大喊:"我刚把普罗瑟罗太太送回家。"

他在他家门口等我。

"进来坐一会儿吧。"他说。我答应了。

"这个案子很离奇。"说着,他把帽子丢在椅子上,打开诊所门。

他坐进一张破旧的皮椅里,眼睛盯着房间另一边,一脸的苦恼和困惑。

我告诉他,我们已经确定了开枪的时间。他有些心不在焉地听着。

"这么说,安妮·普罗瑟罗出局了,"他说,"好啊,好啊,我很高兴不是他们俩。他们俩我都挺喜欢的。"

我相信他的话，但我突然很纳闷，既然他说很喜欢他们俩，那为什么当警察不再怀疑他们是共谋犯罪后，他反而心情阴郁了呢？今天早上，他卸下了心头重负，而现在却慌乱不安起来。

但我相信他说的是真话。他喜欢安妮·普罗瑟罗和劳伦斯·雷丁。那么，他又为什么心情如此阴郁呢？

此时，他努力振作精神，说："我本想把霍伊斯的事告诉你。但这些事情让我暂时忘了他。"

"他真的病了吗？"

"不是什么致命的疾病。当然，你知道他得过嗜睡性脑炎，也就是俗称的昏睡病吧？"

"不知道啊。"我很惊讶，"我不知道他得过这种病。他从来没跟我说过。什么时候得的？"

"大约一年前吧。他恢复得很好，恢复到了最好的状态。这是一种怪病，会对人的精神产生奇怪的影响。得了这种病，人的整个性格都会改变。"

他沉默了片刻，然后说：

"现在我们一想起烧死女巫的那些日子就会心怀恐惧。我相信，以后想到绞死罪犯，我们也会不寒而栗。"

"你不赞同死刑吗？"

"倒不是因为这个，"他顿了顿，慢慢地说，"你知道，我更喜欢我的工作，而不是你的。"

"为什么？"

"因为你的工作主要关乎所谓的是与非，而我根本不能确定是否存在是与非。假设这只是腺体分泌的问题——一种腺体分泌得太多，另一种分泌得太少——你因此成了凶手、小偷和惯犯。克莱蒙特，我相信，总有一天，当我们想到人类在漫长的几个世纪里沉溺于道德谴责，想到我们曾因为疾病就对人加以惩罚，而那些可怜的家伙只是身不由己，那时，我们会惊悸不安。你不会因为一个人得了肺结核就把他绞死吧？"

"他对社区没有危害。"

"从某种意义上说，他有。他会传染其他人。比如，有个人幻想自己是中国的皇帝，你不会说他邪恶吧。我接受你关于社区的观点。社区必须得到保护。把这些人幽禁在不能造成危害的地方，甚至让他安静地离开——我也只能做到这种程度了。但是，不要称之为惩罚。不要让他们和他们无辜的家人蒙羞。"

我好奇地看着他。

"我以前从未听你说过这样的话。"

"我通常不会对外宣讲我的理论。今天我是有感而发。你是个聪明人，克莱蒙特，比一些牧师要好。我敢说，你不会承认没有'罪'这个专有名词，但你心胸豁达，会考虑这样一种东西的可能性。"

"这会彻底摧毁所有已被普遍接受的观念。"我说。

"是的，我们是一群心胸狭窄、自以为是的人，过分热衷于评判那些我们一无所知的事物。老实讲，犯罪应该交给医生去处理，而不是警察或牧师。将来，也许不会有这种事了。"

"你会治愈犯罪吗？"

"我们会治愈犯罪的。这个想法妙极了。你研究过犯罪统计学吗？没有——很少有人研究过。不过我研究过。青少年犯罪的数量会令你惊讶，你瞧，又是腺体的缘故。年轻的尼尔，那个牛津郡的谋杀犯，在警方怀疑他是凶手前，他已经杀了五个小女孩了。他是个好小伙子，从未惹过任何麻烦。莉莉·罗丝，就是康沃尔郡的那个小女孩——杀死了她叔叔，因为他不许她吃糖果。

她趁他熟睡时用一把碎煤锤打他。她回到家中，两个星期后杀死了姐姐，因为姐姐为一点儿小事惹恼了她。当然，这两个人都没有被绞死，而是被送进了一家疗养所。后来他们也许好了，也许没有。我怀疑那个女孩不会康复。她唯一的乐趣就是看杀猪。你知道哪个年龄段的人最容易自杀吗？十五岁到十六岁的时候。从自杀到杀人只有一步之遥。但这不是道德缺失，而是生理缺陷。"

"你说的话真可怕！"

"不，只不过对你来说这是个新概念。我们必须面对新的真理，调整观念。但有时这样会让生活出现难题。"

他坐在那里皱着眉头，奇怪的是，仍旧一脸倦意。

"海多克，"我说，"如果你怀疑，如果你知道，某个人是凶手，你会把那个人交给警方，还是会试图包庇他们？"

这个问题所造成的效果令我有些措手不及。他转向我，带着一脸的愠怒和怀疑。

"你怎么会这么说呢，克莱蒙特？你到底在想什么？快说吧，伙计。"

"哎，没什么特别的想法，"我颇感吃惊，"只是，呃，刚才我们在想谋杀这件事。如果你碰巧发现了真相，我不清楚你会作何感想，仅此而已。"

他的怒气平息下去了。他再次目视前方，仿佛想找出那个令他困惑的谜语的答案，但这个谜语只存在于他的头脑里。

"如果我怀疑，如果我知道，我会尽职尽责，克莱蒙特。至少，我希望是这样。"

"问题是，你认为你的职责何在？"

他用意味深长的目光看着我。

"我想,克莱蒙特,每个人在生活的某个阶段都会遇到这个问题。而且,每个人都要以自己的方式决定。"

"你不知道吗?"

"不,我不知道……"

我觉得最好还是换个话题。

"我那个侄子对这个案子非常感兴趣,"我说,"整天都在找脚印和烟灰。"

海多克微笑道:"他多大?"

"刚刚十六岁。这个年龄的孩子一般不会把悲剧当回事。对他们来说,全都是歇洛克·福尔摩斯和亚森·卢平①那样的侦探故事。"

海多克若有所思地说:

"这个孩子长得很英俊。你打算怎么安排他?"

"恐怕我没那么多钱供他上大学。这个孩子自己想去商船队。他没能参加海军。"

"唉,生活不容易啊,但他可能做出更荒唐的事。对,他可能做出更荒唐的事。"

"我得走了,"瞥见钟表时我大叫一声,"午饭时间已经过了快半个小时了。"

我到家时,家里人刚坐下来。他们让我把上午的活动一五一十地告诉他们,我照办了,但感觉大部分内容都没让他们提起兴趣。

然而,讲到普赖斯·里德雷太太接电话的故事时,丹尼斯听

---

① 亚森·卢平(Arsène Lupin),法国作家莫里斯·卢布朗创作的侠盗。他头脑聪慧、心思缜密、风流倜傥、家财万贯、劫富济贫,穷人们给了他"侠盗"、"怪盗"、"怪盗绅士"的称号,他同时也博得了当时无数女子的倾慕。

得很开心。当我详细描述她受到惊吓,表现得神经质,需要靠李子金酒来定神时,丹尼斯爆发出一阵阵笑声。

"这个坏脾气的老太婆活该!"他喊道,"她最爱嚼舌头了。我怎么没想到给她打个电话,吓唬她一下呢?我说,伦叔叔,再吓唬她一次怎么样?"

我赶忙求他不要做这种事。没有什么比年轻人出于善意设法帮助你,表现出同情心更危险了。

丹尼斯情绪突变。只见他皱起眉头,装出见过世面的样子。

"我几乎一上午都和莱蒂斯在一起。"他说,"你知道,格里塞尔达,她非常忧虑。她不想表现出来,但真的是这样,非常忧虑。"

"但愿如此。"格里塞尔达说着摇了摇头。

格里塞尔达不太喜欢莱蒂斯·普罗瑟罗。

"我想,你对莱蒂斯不太公平。"

"是吗?"格里塞尔达问道。

"很多人不服丧。"

格里塞尔达一言不发,我也是。丹尼斯继续说:

"她和大多数人都不说,但跟我说了。整件事令她非常担忧,她认为应该做些什么。"

"她会发现,斯莱克警督和她意见一致。"我说,"今天下午,他要去教堂旧翼,在他设法查明真相的过程中,可能会搞得那里的每个人不堪忍受。"

"你认为真相是什么呢,伦?"我妻子突然问道。

"很难说,亲爱的。我暂时也理不出头绪来。"

"你说过斯莱克警督要追查那通电话——就是把你骗到阿博特家去的那通电话吧?"

"说过。"

"他做得到吗?难道这不是一件很棘手的事吗?"

"我倒不这么认为。电话局会有电话记录。"

"哦!"我妻子再次陷入沉思。

"伦叔叔,"我侄子说,"今天早上我开玩笑说,你希望普罗瑟罗上校被杀死,你为什么对我发那么大的脾气?"

"因为,"我说,"凡事都要分场合。斯莱克这个人没有幽默感。他会把你的话当真,还可能会盘问玛丽,取得授权逮捕我。"

"他看不出来别人是在开玩笑吗?"

"看不出来,"我说,"他完全看不出来。他是凭借勤劳肯干、积极热情获得现在这个职位的,这样一来,他就无暇顾及生活中微不足道的消遣了。"

"你喜欢他吗,伦叔叔?"

"不,"我说,"不喜欢。我第一次见他就觉得他很不顺眼。但是,我毫不怀疑他在专业领域是个成功人士。"

"你认为他会找出枪杀老普罗瑟罗的凶手吗?"

"如果找不出来,"我说,"绝不会是因为他不够努力。"

玛丽来了,说:

"霍伊斯先生想见你,我安排他去客厅里了。这儿还有一张便条等你回话,口信也行。"我撕开便条,读道:

亲爱的克莱蒙特先生,

  如果今天下午你能尽早过来看我,我将不胜感激。我遇到了大麻烦,希望听听你的意见。

你真诚的
埃丝特尔·莱斯特朗兹

"告诉她我过半个小时就去。"我对玛丽说。说完，我走进客厅见霍伊斯。

15

霍伊斯的样子令我非常难过。他双手颤抖,脸因为紧张而不停地抽搐。我认为他应该卧床休息,我把这个想法告诉了他。他坚持说自己好极了。

"我向你保证,先生,我从来没感觉这么好过。一辈子都没有。"

这句话显然与实际情况相差甚远,我几乎不知如何回答。我对不向疾病屈服的人怀有一定的敬意,但霍伊斯做得太过火了。

"我来是想告诉你,牧师寓所发生这样的事,我有多么遗憾。"

"是啊,"我说,"不太令人愉快。"

"太可怕了,相当可怕。他们好像把雷丁先生抓走了?"

"没有。那是个错误。他做了一个,呃,相当愚蠢的认罪。"

"警方现在确信他无罪?"

"确信无误。"

"为什么会这样,我可以问一句吗?是因为——我是说,他们有其他怀疑对象?"

我从来没想到霍伊斯会对一桩谋杀案的细节产生如此浓厚的兴趣。也许是因为凶案发生在牧师寓所。他像记者一样急切。

"我不知道斯莱克警督是否完全信任我。据我所知,他并没有怀疑特定的某个人。目前他正忙着走访调查。"

"是啊,是啊,当然啦。谁想得到有人会做出这么可怕的事呢?"

我摇了摇头。

"普罗瑟罗上校人缘不太好,这我知道。可是谋杀,杀一个人需要非常强烈的动机。"

"我也这样想。"我说。

"谁可能有这样的动机呢?警方有什么想法吗?"

"说不好。"

"他可能和什么人结怨了,你知道。我越是这么想,就越相信他有仇人。据说他是一个非常严厉的法官。"

"我想是的。"

"哎呀,你不记得了吗,先生?昨天早上他告诉过你,那个叫阿彻的人威胁过他。"

"现在我想起来了,他确实这么说过,"我说,"当然,我记得,当时你离我们很近。"

"是的,我听到了他说的话。普罗瑟罗上校嗓门那么大,怎么可能听不到呢?你的话也给我留下了深刻的印象。你说,等他大限将至时,他得到的将是公正,而不是怜悯。"

"我是这么说的吗?"我皱着眉问。我记得我的话略有出入。

"我记得很清楚,先生,你的话给我的震动不小。公正是个多么可怕的东西。想想看,没过多久这个可怜人就被杀死了。你似乎预感到有那一天。"

"我没有这种预感。"我的回答很简单。我很反感霍伊斯的神秘主义倾向。他有些爱幻想。

"你把阿彻这个人的情况告诉警察了吗，先生？"

"我对他一无所知。"

"我是说，你把普罗瑟罗上校说的那个阿彻威胁他的话向他们复述了吗？"

"没有，"我慢吞吞地说，"还没有。"

"你打算这么做吗？"

我没做声。法律和秩序的力量已经与之作对了，我不喜欢对一个处于此等境况的人穷追不舍。我不是在为阿彻辩护。他是一个积习难改的偷猎者，任何教区都能找到几个像他这样整天乐呵呵的废物。在宣判时，无论他一怒之下说过什么话，我都无法确定，他出狱时还会有同样的想法。

"你听到我们的谈话了，"终于，我说，"如果你认为有责任把这件事报告警察，那你就必须这么做。"

"最好由你来说，先生。"

"也许吧，但说实话，呃，我不喜欢这么做。这样的话，我可能会帮着他们把绳索套在一个无辜者的脖子上。"

"但如果是他杀害了普罗瑟罗上校——"

"哦，如果！没有任何证据表明是他干的。"

"他的威胁就是证据。"

"严格来讲，他并没有威胁普罗瑟罗上校，反倒是普罗瑟罗上校威胁了他。普罗瑟罗上校扬言，下次抓到他，一定要让他见识一下他的复仇一钱不值。"

"我不理解你的态度，先生。"

"是吗？"我疲倦地说，"你还年轻，热衷于正义的事业。当你到了我这个岁数就会发现，你会乐于让人们在受到怀疑时保有权利。"

"我不是——我是说——"

他欲言又止,我惊讶地看着他。

"我是说,对于凶手是谁,你难道没有任何,任何自己的想法吗?"

"天哪,没有。"

霍伊斯继续追问:"那动机呢?"

"没有。你呢?"

"我?没有,真的。我只是有些疑惑。如果普罗瑟罗上校信赖……信赖你……提到过什么……"

"他的那些真心话,昨天早上就被整个村子的人听到了。"我冷淡地说。

"是啊,是啊,当然。你不认为——阿彻?"

"警察很快就会了解阿彻的情况的,"我说,"我是否听到他威胁普罗瑟罗上校是另一码事。不过你可以放心,如果他真的威胁过普罗瑟罗上校,村里一半的人会听到他说的话,这个消息自然会传到警察那里。当然,你必须照你的意愿去做。"

奇怪的是,霍伊斯本人似乎什么都不愿做。

这个人神色紧张,态度古怪。我想起海多克说过他得过那种病。我想这或许就是原因。

他不愿意离开,似乎还有话要说,却不知如何开口。

在他走之前,我安排他为母亲联合会提供服务,然后是地区视察者会议。下午,我自己还有几件事要处理。

把霍伊斯和他的烦恼从脑海中赶出去后,我前去拜望莱斯特朗兹太太。

客厅里的桌子上放着尚未打开的《卫报》和《教会时报》。

我一边走,一边想起普罗瑟罗上校去世前那个晚上,莱斯特朗兹太太曾和他见过面。也许那次谈话中泄露的某些东西会为破案提供线索。

我被径直带到小客厅，莱斯特朗兹太太起身相迎，这个女人营造出来的绝妙氛围又一次令我大为惊讶。一身皂色衣裙衬托出她异常白皙的肤色。奇怪的是，她脸上的表情死气沉沉的，只有眼睛闪烁着活力。若不是今天她的目光中露出警觉，她的身上简直毫无生气。

"你能来真好，克莱蒙特先生。"她一边和我握手，一边说，"那天我本想和你谈谈，后来改了主意。我错了。"

"正如我告诉你的，我乐意帮你做任何事。"

"是的，你说过这样的话，而且你说的似乎是真心话。克莱蒙特先生，这个世界上很少有人真心实意地想要帮助我。"

"我简直不敢相信，莱斯特朗兹太太。"

"真的是这样。大多数人，大多数男人，只是为了自己的利益。"她的话里透着苦涩。

我没有回答，她继续说：

"请坐吧。"

我顺从地坐了下来，她也坐在了我对面的椅子上。她犹豫了片刻，然后若有所思地慢慢说起来，字字句句似乎都掂量斟酌过。

"我的处境很特殊，克莱蒙特先生，我想听听你的意见。也就是说，我想让你告诉我下一步该怎么做。过去的已经过去了，无法挽回了。你明白我的意思吗？"

还没等我回答，刚才领我进门的女佣打开门，一脸惊慌地说：

"啊！夫人，家里来了一个警督，他说必须和你谈谈。"

谈话暂停。莱斯特朗兹太太的脸色没有变，她慢慢闭上眼睛，又睁开，似乎吞咽了一两下口水。然后，用同样清晰平静的声音说："请他进来，希尔达。"

我刚要起身，但她专横地示意我坐下。

"如果你不介意的话，你若能留下来，我将感激不尽。"

我坐回到原来的位置上。

"当然，如果这是你的愿望。"我轻声说，这时，斯莱克迈着他惯有的轻快步伐走了进来。

"下午好，夫人。"他说。

"下午好，警督。"

就在这时，他一下子看到了我，于是面露不悦之色。毫无疑问，斯莱克不喜欢我。

"希望你不会反对牧师在场吧？"

我猜斯莱克不好意思说他反对。

"哦，不，"他不情愿地说，"不过，也许最好——"

莱斯特朗兹太太对这个暗示不予理睬。

"我能为你做什么，警督？"她问道。

"是这样的，夫人。普罗瑟罗上校那个案子由我负责，我正在挨家走访。"

莱斯特朗兹太太点了点头。

"只是走个形式，我会问每一个人昨天晚上六点到七点他们在哪里。就是走个形式，你明白。"

莱斯特朗兹太太没有表露出丝毫不满。

"你想知道昨天晚上六点到七点我在哪儿？"

"如果你愿意告诉我，夫人。"

"让我想想，"她思索了片刻，"我在这儿，在这幢房子里。"

"哦！"我看见警督的眼睛亮了一下，"那么，你的女佣——

你只有一个女佣——能证实这个说法吗?"

"不能,希尔达出去了。"

"我明白了。"

"所以,很遗憾,你得相信我的话。"莱斯特朗兹太太说。

"你宣称整个下午都在家?"

"你说的是六点到七点之间,警督。下午我散了一会儿步,五点前就回来了。"

"那么,如果一位女士——比如说,哈特内尔小姐——声称她六点钟左右来过这里,按了门铃,但没有人听见,于是不得不离开。你会说她搞错了吗?"

"哦,不。"莱斯特朗兹太太摇了摇头。

"可是……"

"如果女佣在,她可以说主人不在家。如果我独自在家,又碰巧不想见客,那就只能让他们一直按铃了。"

斯莱克警督似乎有些迷惑不解。

"上了年纪的女人无聊透顶,"莱斯特朗兹太太说,"哈特内尔小姐尤其无趣。她至少按了六七声才肯走。"

她向斯莱克警督露出甜美的笑容。

警督改变了立场。

"那么,如果有人看见你出门了,就在那时——。"

"哦!但是他们没看见,不是吗?"她敏锐地察觉到了他的漏洞,"没人看见我外出,因为我在家里,你明白吧。"

"的确如此,夫人。"

警督猛地将他的椅子拉近了一些。

"我听说,莱斯特朗兹太太,普罗瑟罗上校去世前的那个晚上,你去教堂旧翼拜访过他。"

莱斯特朗兹太太平静地说："是这样的。"

"你能告诉我那是一次什么性质的谈话吗？"

"事关个人隐私，警督。"

"恐怕我必须要求你告诉我这个隐私的性质。"

"我是不会告诉你的。我只能向你保证，那次谈话的内容与这件案子毫无关系。"

"我不认为在这件事上，你是最适合作出评判的人。"

"不管怎么说，你得相信我的话，警督。"

"事实上，我不得不相信你说的一切。"

"看来确实如此。"她表示同意，仍旧笑眯眯的，一脸平静。

斯莱克警督满脸通红。

"这是一件严肃的事，莱斯特朗兹太太。我想了解真相——"他将拳头砰的一声砸在桌面上，"我决意查明真相。"

莱斯特朗兹太太依然一声不吭。

"问你话时，你必须提供证据。"

"是。"

她只回答了一个字，轻描淡写，无动于衷。警督只得改变策略。

"你和普罗瑟罗上校是熟人吗？"

"是，我和他是熟人。"

"很熟吗？"

她说话前迟疑了一下：

"我好几年没见过他了。"

"你和普罗瑟罗太太熟吗？"

"不熟。"

"请你原谅，不过，那个时间去拜访有些不同寻常。"

"我不这么看。"

"你这是什么意思?"

"我想和普罗瑟罗上校单独见面。我不想见到普罗瑟罗太太,也不想见到普罗瑟罗小姐。我认为这是达到这个目的的最好方式。"

"为什么你不想见到普罗瑟罗太太或者普罗瑟罗小姐?"

"警督,那是我自己的事。"

"这么说,你拒绝做进一步说明?"

"一点儿没错。"

斯莱克警督站起身来。

"夫人,如果你不小心,会让自己的处境很危险。这一切看起来很糟糕——很糟糕。"

她大笑起来。我本可以告诉斯莱克警督,她可不是那种会轻易被吓倒的女人。

"好吧,"他力求体面地脱身,"别说我没警告过你,仅此而已。午安,夫人,请记住,我们会查清真相的。"

他离开了。莱斯特朗兹太太站起身,伸出手。

"我得送你走了,是的,最好这样。你瞧,现在征求意见为时已晚。我已经选好了角色。"

她用凄凉的声音说:

"我已经选好了角色。"

16

出门时，我在门前的台阶上碰到了海多克。他用锐利的目光扫了一眼刚刚从大门出去的斯莱克的背影，问道："他询问她了？"

"是的。"

"他还算客气吧？"

依我看，客气是斯莱克警督从未学会的一门艺术。但我推测，根据他自己的观点，他已经算客气了。总之，我不想进一步激怒海多克。他看上去焦虑不安。于是我说他挺客气的。

海多克点了一下头，进去了。我走到街上，很快赶上了警督。我猜他是故意慢慢走的。尽管他不喜欢我，但他不会让这种情绪阻碍他获得有用的信息。

"你知道这位女士的情况吗？"他直截了当地问我。

我说我一无所知。

"她从来没说过为什么要住在这里？"

"没说过。"

"即便如此，你还是去看她？"

"拜访教民是我的职责之一。"我对她叫我去这件事避而不谈。

"哦，我猜也是。"他沉默了一两分钟，还是忍不住谈论最近的挫败,他说,"这事看来很可疑。"

"你是这么想的?"

"如果你问我的话,我会说'敲诈'。一想到人们对普罗瑟罗上校的期望,就觉得很可笑。不过,也难说。他不会是第一个过着双重生活的教堂执事。"

关于同一个主题,马普尔小姐也发表过一番言论,我依稀回想起她的话。

"你真的认为有这种可能?"

"哦,这符合事实,先生。为什么一个聪明伶俐、衣着讲究的女人会到这种穷乡僻壤来?为什么她在那个奇怪的时间去看他?为什么她避而不见普罗瑟罗太太和普罗瑟罗小姐?是的,这一切都联系在一起了。要她承认也够难为她的——敲诈是触犯法律的行为,会受到惩罚。但我们会从她身上查出真相。你我都明白,这可能与本案有非常重要的关系。如果普罗瑟罗上校的生活中有什么罪恶的隐情——某种不光彩的事——哦,你会亲眼看到,它将会为你展开一片前所未见的领域。"

我猜会是这样。

"我一直想找管家谈谈。他可能偷听到了普罗瑟罗上校和莱斯特朗兹太太的谈话。管家有时会偷听到一些消息。但他发誓对他们俩谈话的内容一无所知。对了,因为这事,他被辞退了。上校找到他,呵斥他为什么放她进来。管家以辞职来反击他。他说,反正他也不喜欢这个地方,早就想走了。"

"确实如此。"

"这么说,对上校心怀怨恨的人又多了一个。"

"你不会真怀疑这个人吧?对了,他叫什么名字来着?"

"他叫里夫斯,我没说我怀疑他。我的意思是,你永远也不知道会是谁。我不喜欢他那副油腔滑调的样子。"

不知道在里夫斯眼里,斯莱克警督又是什么形象。

"现在我去问问司机。"

"也许,你可以让我搭你的车。"我说,"我和普罗瑟罗太太要进行一次简短的面谈。"

"谈什么?"

"葬礼安排。"

"哦!"斯莱克警督微微有些吃惊,"明天验尸,星期六。"

"正好。葬礼可能定在星期二举行。"

斯莱克警督似乎对自己的唐突略感惭愧。他向我伸出了橄榄枝,邀请我同去,希望询问司机曼宁时我也在场。

曼宁是个好孩子,约莫二十五六岁。他对警督充满敬畏。

"小伙子,"斯莱克说,"我想从你这里打听些消息。"

"是,先生,"司机结结巴巴地说,"当然,先生。"

即使是犯了谋杀罪,也不可能比他表现得更恐慌了。

"你昨天把主人送到村子里去了?"

"是的,先生。"

"什么时间?"

"五点半。"

"普罗瑟罗太太也去了?"

"是的,先生。"

"你们直接去了村子?"

"是的,先生。"

"路上没在什么地方停下来?"

"没有,先生。"

"到那儿以后,你们都做了些什么?"

"上校下了车,告诉我他不需要车了。他会步行回去。普罗瑟罗太太要去购物,把包裹放在车里。然后她说没事了,我就开车回家了。"

"把她留在村子里?"

"是的,先生。"

"那时是几点钟?"

"六点过一刻,先生。刚好是六点一刻。"

"你在哪儿让她下车的?"

"教堂旁边,先生。"

"上校提过他去哪儿没有?"

"他好像说去看兽医……和马有关的事。"

"明白了。你就直接开车回到这里来了?"

"是的,先生。"

"教堂旧翼有两个入口,一个在南门旁,一个在北门旁。我猜进村你要经过南门吧?"

"是的,先生,总是这样。"

"然后你沿原路返回?"

"是的,先生。"

"哦。我想就这些了。啊!普罗瑟罗小姐来了。"

莱蒂斯向我们这边飘过来。

"我要用菲亚特车,曼宁,"她说,"帮我发动车,好吗?"

"遵命,小姐。"

他走向一辆双座汽车,抬起引擎盖。

"稍等片刻,普罗瑟罗小姐,"斯莱克说,"我必须记录下每个人昨天下午的行踪。我无意冒犯你。"

莱蒂斯盯着他。

"我这个人一点儿时间概念都没有。"她说。

"我听说，昨天吃完午饭没多久你就出去了？"

她点点头。

"请问，去哪儿了？"

"打网球去了。"

"和谁？"

"哈特利·内皮尔一家。"

"在马奇贝纳姆？"

"对。"

"那你回来的时间是？"

"我不知道。我告诉你了，我没有时间概念。"

"你回来的时间，"我说，"大概是七点半。"

"对，"莱蒂斯说，"场面混乱不堪。安妮昏过去了，格里塞尔达扶着她。"

"谢谢你，小姐，"警督说，"我想知道的就是这些。"

"真奇怪，"莱蒂斯说，"这好像很无趣嘛。"

她向菲亚特车走去。

警督偷偷摸了一下额头。

"智力上有些缺陷？"他暗示道。

"完全没有，"我说，"但她喜欢给别人留下这种印象。"

"好了，我现在去找女佣打听情况。"

人们不可能真的喜欢上斯莱克，但可能会钦佩他的干劲。

我们各奔东西。我问里夫斯可否见一下普罗瑟罗太太。

"先生，她这会儿刚躺下。"他回答道。

"那我还是不要打扰她了。"

"你还是等一等吧，先生，我知道普罗瑟罗太太急于见到你。

她午餐时是这么说的。"

他把我领进客厅,拉下百叶窗,打开了电灯。

"这件事着实令人伤心。"我说。

"是的,先生。"他的语气冷淡而又恭敬。

我看着他。在他无动于衷的态度背后,究竟是什么在支配他的情感?有没有什么事他明明知道,但没有告诉我们?这个世界上没有比一个好仆人的面具更冷漠的东西了。

"还有别的事吗,先生?"

那个得体的表情后面是否暗藏着一丝焦虑?

"没什么事了。"我说。

我只等了一小会儿,安妮·普罗瑟罗就来了。我们商量了一下,做了一些安排,然后她说:

"海多克医生是个多么仁慈的好人啊!"她大声说。

"海多克是我认识的最好的人。"

"他对我太好了,但他的样子好像很伤心,是不是?"

我从来没觉得海多克伤心。这个念头在我的脑子里转了几下。

"我没注意。"最后,我说。

"我也是,直到今天。"

"自身的麻烦会使一个人的目光敏锐起来。"我说。

"非常正确。"她停了一会儿,然后继续说,"克莱蒙特先生,有一件事我始终弄不明白。如果我丈夫是在我刚离开后就被枪杀了,我怎么会没有听到枪声呢?"

"他们有理由相信是后来开的枪。"

"可是便条上的时间是六点二十啊!"

"那可能是另一个人加上去的——是凶手的笔迹。"

她的脸颊变得苍白。

"真可怕!"

"你没看出那个时间不是他写的吗?"

"上面的字都不像是他写的。"

这个观点有道理。字迹潦草,难以辨认,普罗瑟罗上校平时的字体可是一丝不苟的。

"你确信他们不再怀疑劳伦斯了吗?"

"我想他已经洗清了罪名。"

"克莱蒙特先生,那会是谁呢?我知道,卢修斯的人缘不好,但我不认为他有真正的敌人。至少,没有,没有那种敌人。"

我摇了摇头。"这是一个谜。"

我琢磨着马普尔小姐怀疑的那七个人。他们是谁呢?

离开安妮家后,我开始将我的某个特定计划付诸实施。

我从教堂旧翼回来时走的是私人路径。走到梯磴时,我沿原路返回,选择了一个灌木丛被动过的地方下了小路,拨开灌木向前走。林子里树木长得很茂密,树下的枝枝蔓蔓纠缠在一起。我走得不是很快,接着,我突然意识到,离我不远的灌木丛中有人在动。当我踌躇不定地停下来时,劳伦斯·雷丁出现在我眼前。他扛着一块大石头。

我想我一定看起来很吃惊,因为他突然笑了起来。

"不,"他说,"这不是线索,而是一份友好的赠品。"

"友好的赠品?"

"哦,也可以称之为谈判的基础。我想找个借口去拜访一下你的邻居马普尔小姐,听说她在建造日式花园,她最喜欢的礼物就是漂亮的石头。"

"确实如此,"我说,"但你想从老太太那儿得到什么呢?"

"就是为了这件案子。如果昨天晚上发生了什么事,马普尔小姐肯定看见了。不一定非要是和谋杀案有关的事——她认为和谋杀有关的事。我指的是反常或者怪异的事件,一些看似简单的小事可能就是破案的线索。某种她认为不值得报告警察的事。"

"有这种可能。"

"无论如何,值得一试。克莱蒙特,我打算把这件事弄个水落石出。即使不是为别人,也要为安妮这么做。而且,我不太信任斯莱克。他是个热情的家伙,但热情代替不了头脑。"

"我明白了,"我说,"你是小说里最受欢迎的角色——业余侦探。我不知道,在现实生活中,他们是否真的能与专业侦探打个平手。"

他用机敏的眼神看着我,突然笑起来。

"你在树林里做什么,牧师?"

这下子我脸红了。

"我也在做同样的事,我敢发誓。你和我的想法一样。凶手是怎么进的书房?第一条路,沿小路走来,穿过大门;第二条路,从前门进来;第三条路,有第三条路吗?我的想法是,看看牧师寓所花园那道墙附近的灌木丛有没有被人弄乱或者破坏过的痕迹。"

"我就是这么想的。"我承认。

"不过,我还没有真正着手做这件事,"劳伦斯继续说,"因为我突然想先见一下马普尔小姐,以确定昨天晚上我们在画室里时,确实没有人经过那条小路。"

我摇摇头。

"她非常肯定没有任何人经过那里。"

"是的,没有她认为重要的人经过那里——这个说法听起来像是胡话,但你明白我的意思。可能有人经过,比如,邮递员、送奶工、屠夫的儿子,这些人自然而然地出现在那里,你会觉得不值一提。"

"你在读吉尔伯特·基思·切斯特顿①。"我说,劳伦斯并不否认。

"但你不认为这种想法可能有道理吗?"

"哦,可能有吧。"我承认。

我们没再耽搁,径直向马普尔小姐家走去。她正在花园里干活,看见我们爬梯磴,便大声和我们打招呼。

"你看,"劳伦斯低声说,"她谁都能看见。"

她非常亲切地接待了我们。劳伦斯郑重其事地奉上那块大石头时,她满心欢喜。

"你想得真周到,雷丁先生。真的是太周到了。"

这下子壮了劳伦斯的胆,他开始提问题。马普尔小姐聚精会神地听着。

"是,我明白你的意思,我也非常同意你的观点,这种事没有人提,也不屑提及。但我可以向你保证没有这样的事。根本没有。"

"你肯定吗,马普尔小姐?"

"非常肯定。"

"那天下午,你看见有人沿着这条路走进树林,或者从树林里出来吗?"我问道。

"有啊,好多人。斯通博士和克拉姆小姐走过那条路——那

---

① 吉尔伯特·基思·切斯特顿(Gilbert Keith Chesterton,1874—1936),英国作家,他创造的最著名的角色"布朗神父"首开以犯罪心理学方式推理案情之先河,与福尔摩斯注重物证推理的派别分庭抗礼。

是去古墓最近的路,那时刚过两点。后来斯通博士又从那条路回来了,这你知道,雷丁先生,他和你还有普罗瑟罗太太同行了一段路。"

"顺便说一句,"我说,"那声枪响,你听到的那一声,马普尔小姐,雷丁先生和普罗瑟罗太太一定也听到了。"

我用探询的目光看着劳伦斯。

"对。"他皱着眉头说,"我确实听到枪声了。是一声还是两声呢?"

"我只听到一声。"马普尔小姐说。

"印象模糊得很,"劳伦斯说,"该死,真希望我能想起来。要是能记住该有多好。你也知道,我的注意力完全在,在——"

说到这儿,他停了下来,样子很难为情。

我机智地咳嗽了一声。马普尔小姐也故作正经地改变了话题。

"斯莱克警督一直试图让我说出来,我到底是在雷丁先生和普罗瑟罗太太离开画室之前还是之后听到的枪声。坦白地讲,我真的说不准。不过,我有一种感觉,而且,越想这事,这种感觉就越强烈——是在他们离开之后。"

"这样赫赫有名的斯通博士也被排除嫌疑了。"劳伦斯叹了口气说,"从来没有任何理由能让人怀疑是他枪杀了可怜的老普罗瑟罗。"

"啊!"马普尔小姐说,"我总是认为,对每个人保留一点点怀疑才是明智的。我想说的是,谁也无法预知结果,难道不是吗?"

马普尔小姐一贯如此。我问劳伦斯他是否同意她关于枪声的说法。

"真的说不好。你瞧,那个声响如此平常。我倾向于认为,枪声是我们在画室里时发出来的。枪声被消音了,在那里听不太清楚。"

与其说是枪声被消音,倒不如说是因为别的原因才没有听清吧,我暗自想道。

"我得问问安妮,"劳伦斯说,"她可能记得。对了,还有一件怪事,我搞不明白。莱斯特朗兹太太,圣玛丽米德的神秘女郎,星期三晚上吃完晚饭后拜访过老普罗瑟罗。没有人了解这次拜访究竟是怎么回事。老普罗瑟罗对他妻子和莱蒂斯也只字未提。"

"也许牧师知道。"马普尔小姐说。

这个女人是怎么知道我那天下午拜访过莱斯特朗兹太太的?她简直无所不知,真是不可思议。

我摇了摇头,说我也无从解释。

"斯莱克警督是怎么想的?"马普尔小姐问。

"他尽力威吓管家,但显然,管家没什么好奇心,不习惯躲在门口偷听。所以,这件事无人知晓。"

"不过,我还是期望有人偷听到了什么。"马普尔小姐说,"我的意思是,有人喜欢偷听。我想,雷丁先生可以在这方面发现点儿什么。"

"但普罗瑟罗太太什么都不知道。"

"我不是指安妮·普罗瑟罗,"马普尔小姐说,"我指的是那些女仆。她们非常讨厌把情况告诉警察。但换了相貌英俊的小伙子——请原谅,雷丁先生——外加遭受不公正的怀疑……哦!我相信她们会马上告诉他的。"

"今晚我就去试一下,"劳伦斯兴冲冲地说,"谢谢你的建议,马普尔小姐。我和牧师要去，办些小事。"

我突然想起来最好接着把那件事做完。

向马普尔小姐道别后，我们再次钻进树林里。

首先，我们沿着小路向上走，来到一个新地点，看起来，像是有人在这里靠右走，然后离开了这条路。劳伦斯解释说，他顺着这条特别的小径走过一次，但发现并不通向任何地方。但他又说，我们可以再试一下，他可能弄错了。

然而，情况正如他所说的那样。我们走了十多码之后，发现被折断和践踏过的树枝的痕迹渐渐消失了。今天下午，劳伦斯就是从这个地方折回小路，碰到了我。

我们又回到小路上，顺着这条路往前走了一小段，来到一个灌木似乎被人动过的地方。虽然只有轻微的迹象，但我想不会有错。这次的踪迹更有希望了。道路弯弯曲曲，一直延伸到牧师寓所。很快，我们到了长着茂密灌木的墙脚。墙很高，墙头装点着碎玻璃碴。如果有人在墙上架过梯子，我们应该能发现他们从这里通过的痕迹。

我们顺着墙根慢慢走，忽然，树枝折断的声音传进我们耳朵里，我往前紧走几步，穿过一丛乱糟糟的矮树，正好和斯莱克警督撞了个满怀。

"原来是你，"他说，"还有雷丁先生。你们二位干什么呢？"

我们略微沮丧地向他做了解释。

"是啊，"警督说，"不是我们通常想象的那种傻瓜，我自己也有同样的想法。我在这里转悠了一个多小时了。你们想知道些什么吗？"

"想知道。"我随和地说。

"无论是谁杀死了普罗瑟罗上校，都不是从这条路进来的，因为墙的这边和那边都没有一点儿痕迹。无论是谁杀死了普罗瑟罗上校，肯定是从前门进来的。不可能有其他的路。"

"不可能。"我喊道。

"为什么不可能？寓所的门是开着的。任何人只要走进去就行了。从厨房发现不了。他们知道你不碍事，知道克莱蒙特太太在伦敦，知道丹尼斯参加网球聚会去了。这就像ＡＢＣ一样简单。他们往返不需要穿过村子。牧师寓所大门正对面就有一条小路，从那里可以进入同样一片树林，再从任何一个地方出来。除非普赖斯·里德雷太太恰好在那一刻从前门出来，否则畅通无阻。这比翻墙安全得多。从普赖斯·里德雷太太家楼上的侧窗能俯瞰那道墙的大半部分。肯定没错，他就是从那条路来的。"

似乎他说的确实是对的。

17

第二天早上,斯莱克警督来看我。我想,他对我的态度缓和了一些。随着时间的推移,他可能把时钟那件事忘了。

"哦,先生,"他和我打招呼,"我已经查出你接到的那个电话了。"

"真的吗?"我急切地问。

"奇怪得很。电话是从教堂旧翼的北门打过来的。现在,那个门房是空的,看门人已经退休了,新的看门人还没上岗。那个地方空荡荡的,又很方便——一扇后窗开着。电话上没有指纹——已经被擦干净了。这很说明问题。"

"你是什么意思?"

"我的意思是,那个人打那通电话就是为了把你支走。因此,凶手事先进行了周密策划。如果只是没有恶意的恶作剧,不会这么仔细地擦掉指纹。"

"不会。我明白这一点。"

"这同时表明,凶手非常熟悉教堂旧翼和周边的环境。电话不是普罗瑟罗太太打的。我知道那天下午她每分每秒都在做什么。有六个仆人可以发誓,她在家里一直待到五点半。后来,车来了,把她和普罗瑟罗上校送到了村子里。上校去看兽医昆顿,说那匹马的事。普罗瑟罗太太在杂货店和鱼店订了些东西，然后直接从后面那条小路回来，马普尔小姐就是在那儿看见她的。店里的人都说她没带手提包。那个老太太说得对。"

"她总是对的。"我温和地说。

"还有，普罗瑟罗小姐五点半在马奇贝纳姆。"

"确实是这样，"我说，"我侄子当时也在那儿。"

"这样就可以排除她了。女佣似乎很正常，稍有些歇斯底里和不安，但你还能指望她会有什么表现呢？当然，我盯上了那个管家，因为他提前辞职了，还有诸如此类的事。但我不认为他知道什么情况。"

"你的调查结果似乎不太令人满意，警督。"

"是，也不是，先生。发生了一件特别古怪的事——可以说，完全出乎意料。"

"什么事？"

"你记得你的邻居普赖斯·里德雷太太昨天早上大吵大闹了一通吗？接到恐吓电话那件事？"

"怎么了？"我说。

"哦，为了让她平静下来，我们追查了那个电话。你知道电话是从哪儿打来的吗？"

"电话局？"我斗胆一试。

"不是，克莱蒙特先生。电话是从劳伦斯·雷丁先生的小屋打来的。"

"什么？"我惊奇地喊道。

"是啊。有些奇怪，对不对？雷丁先生与此事毫无关系。当时，六点半的时候，他正和斯通博士在去蓝野猪旅店的路上，全村人都看见了。非常具有启发性，是不是？有人走进那间空屋子,用了一下电话,那个人是谁呢?一天之内有两通奇怪的电话。我不禁要想,二者之间必有某种联系。如果这两个电话不是同一个人打的,我就把我的帽子吃下去。"

"但他这么做的目的是什么?"

"我们要查的正是这个。第二通电话似乎没有特别的意义,但它肯定有用意。你明白其中的含义了吗?电话是从雷丁先生家里打的,手枪也是雷丁先生的,所有的怀疑都指向雷丁先生。"

"更重要的是电话是从他的住所打来的。"我反驳道。

"啊,不过这一点我已经想明白了。雷丁先生下午都在干什么?他去教堂旧翼给普罗瑟罗小姐画像。并且,他从小屋里出来,骑上摩托车,经过北门。现在,你明白电话为什么是从那儿打来的了吧。凶手不知道吵架的事,也不知道雷丁先生再也不去教堂旧翼了。"

我思考了片刻,想要理解警督的看法。这番话似乎合乎逻辑,得出这个结论不可避免。

"雷丁先生那个小屋里的电话听筒上有指纹吗?"我问道。

"没有,"警督忿忿地说,"昨天早上,那个给他做家务的粗心的老太婆把指纹擦掉了。"他愤怒地思索了几分钟,"总之,她是个愚蠢的老太婆。记不起来上次见到那支枪是什么时候。案发那天早上,枪可能在那里,也可能不在。'她说不准。'他们都是一路货色!"

"由于例行公事,我去见了一下斯通博士。"他继续说,"我得承认,这件事让他开心极了。昨天下午大约两点半的时候,他和克拉姆小姐去了那个坟堆——古墓——无论你们管它叫什么,在那里待了一下午。斯通博士是独自回来的,她稍后才回来。他说,他没有听到枪声,但他承认自己心不在焉。不过,这一切都证实了我们的想法。"

"只是你们还没有抓到凶手。"我说。

"哦,"警督说,"你听到电话那头是个女人的声音。普赖斯·里德雷太太听到的很有可能也是女人的声音。要是枪响时距打电话的时间不太近就好了,那样我就会知道从哪里下手了。"

"哪里?"

"啊!这一点最好保密,先生。"

我厚着脸皮建议喝一杯陈年的波尔图葡萄酒。我有几瓶陈年佳酿。上午十一点不是喝波尔图葡萄酒的时间,但我想斯莱克警督不会介意的。当然,这对于陈年佳酿未免有些浪费,但在这方面不必过于拘谨。

喝完第二杯酒,斯莱克警督放松下来,人也变得和蔼可亲了。这就是那种独特的波尔图葡萄酒的作用。

"我想你不会说出去的,先生,"他说,"你会保守秘密,不会让这个消息在教区内传开吧?"

我让他放心。

"考虑到整个事件发生在你家里,你似乎有权知道。"

"我自己也这么认为。"我说。

"那么,好吧,先生,会不会是案发前一天晚上拜访普罗瑟罗上校的那位女士?"

"莱斯特朗兹太太!"我惊讶地大声喊道。

警督责备地瞥了我一眼。"别这么大声喊,先生。我盯上莱斯特朗兹太太了。你还记得我跟你说过的话吗——敲诈?"

"这几乎不能构成杀人的理由。这不是杀鸡取卵吗?也就是说,即使你的假设是对的,我也绝不会接受。"

警督如往常一样对我挤了一下眼睛。

"啊！她可是那种男人们总会奋起维护的女人。听好了，先生。假设她过去成功地敲诈过这位老先生，事隔几年之后，她又打听到了他的消息，于是，她来到这里，想再耍一次花招。但这时情况已经变了。法律已经站在了不同的立场。如今，司法为起诉敲诈的人提供了各种便利——不允许媒体披露他们的姓名。假设普罗瑟罗上校的想法变了，打算告发她，她的处境可就惨了。敲诈勒索是要被判重刑的。事实就与你说的恰恰相反。她拯救自己的唯一办法就是干净利落地除掉他。"

我沉默了。我必须承认警督的推论貌似有理。我头脑中只有一件事让我无法接受这个推论——莱斯特朗兹太太的个性。

"我不同意你的看法，警督。"我说，"莱斯特朗兹太太似乎不是一名潜在的敲诈者。她，呃，用一个过时的词来形容，她可是一位淑女。"

他向我抛来怜悯的目光。

"啊！好吧，先生，"他耐着性子说，"你是一位神职人员。你了解到的情况还不到一半。真是个淑女！如果你知道了我所知道的一些事，会大吃一惊的。"

"我指的不仅是社会地位。无论如何，我能想象莱斯特朗兹太太属于下层阶级。我指的是个人修养的问题。"

"你和我看她的角度不同，先生。我是个男人，没错，但我同时也是警官。他们靠个人修养蒙骗不了我。哎呀，那个女人要是捅你一刀，连眼睛都不会眨一下。"

奇怪的是，对我而言，相信莱斯特朗兹太太犯了杀人罪要容易得多，而不是怀疑她敲诈勒索。

"不过，当然了，她不可能在给隔壁老太太打电话的同时向普罗瑟罗上校开枪。"警督继续说。

他猛拍自己的大腿,话几乎说不出口。

"明白了,"他大喊道,"这就是为什么要打那个电话:制造不在现场的证据。她知道我们会把这个电话和第一个电话联系起来。我要调查这件事。她可能买通了村子里的某个男孩替她打电话。他绝对不可能把打电话和谋杀联系在一起。"

警督匆匆离去。

"马普尔小姐想见你,"格里塞尔达把头伸进来说,"她送来一张语无伦次的便条——字写得像蜘蛛爬一样,还布满了下划线。大部分字我都认不出来。显然,她自己不能离开家。快过去找她,看看是怎么回事。过两分钟,那些老太太就来找我,要不我就亲自去了。我讨厌老女人——她们给你讲她们的腿病,有时候还非要让你看看不可。今天下午验尸真是太幸运了!省得你去看男孩俱乐部的板球比赛了。"

我匆匆离去,路上反复思考着马普尔小姐究竟为何叫我去。

到了那里,我发现马普尔小姐神色慌张。她满面通红,说起话来前言不搭后语。

"我外甥,"她解释说,"我外甥,雷蒙德·韦斯特,那个作家,今天要来。简直乱成一团。我要负责一切。我不觉得一个女佣能妥当地晾晒被褥,当然,今晚我们必须吃一顿肉。男人们需要吃很多肉,不是吗?还要准备酒水。当然家里要准备一些酒水,还有吸管。"

"如果我能做点儿什么——"我刚开口说。

"哦!你太好了。但我不是这个意思。时间还很充裕。我很高兴,他自带烟斗和烟草。我很高兴是因为这样就省得我去了解到底买哪种香烟合适了。不过,也很遗憾,因为窗帘上的烟味要过很长时间才会散去。当然,我每天清晨会打开窗户,好好地抖抖窗帘。雷蒙德起得很晚——我想，作家们常常这样。我相信，他写的书里有很多真知灼见，不过人们真的不像他写的那么讨厌。聪明的年轻人对生活知之甚少，你不这么认为吗？"

"你愿意带他到牧师寓所来吃饭吗？"我问道，仍然猜不透她为什么叫我来。

"哦！不用，谢谢，"马普尔小姐说，"你真是个大好人！"她补充道。

"我想，你要见我……呃……是有什么事吧？"我绝望地暗示道。

"哦！当然。我这一激动，把正事给忘了。"她讲到一半就突然停住了，冲着她的女佣喊道，"埃米莉，埃米莉。不是那些床单。要有装饰边的，上面带字母的，别离火太近。"

她关上门，踮着脚尖回到我身边。

"昨夜发生了一件很奇怪的事，"她解释说，"我想，你会愿意听的，尽管目前似乎说不通。昨天晚上因为琢磨这件伤心事，我失眠了。于是，我起床看着窗外。你猜我看见了什么？

"格拉迪斯·克拉姆，"马普尔小姐一字一顿地说，"千真万确，拎着一只手提箱走进了树林。"

"手提箱？"

我们直勾勾地对视着。"是不是很离奇？她半夜拎着手提箱去树林里干什么？"

"你瞧，"马普尔小姐说，"我敢说这和那起谋杀案无关。但这件事很蹊跷。恰好在目前这种情况下，我们都觉得有必要注意蹊跷的事。"

"太令人惊讶了，"我说，"她是要去，呃，古墓里睡觉吗？"

"那是不可能的，她没有，"马普尔小姐说，"因为没过多久她就回来了,但手里没拎箱子。"

我们再次直勾勾地瞪着对方。

18

验尸于那天（星期六）下午两点在蓝野猪旅店举行。不用我说，这令当地人兴奋不已。圣玛丽米德至少有十五年没发生过凶杀案了。特别是普罗瑟罗上校这样的人在牧师寓所的书房里遇害，更是在村民中引发了巨大的轰动。

各种各样的议论飘进我耳朵里，其实我并不愿听。

"牧师来了。脸色很苍白，不是吗？他可能也动手了，毕竟是在牧师寓所干的。""你怎么能这么说呢，玛丽·亚当斯？他当时正在看望亨利·阿博特。""哦！但他们说他和上校争吵了。玛丽·希尔来了。你瞧她那样，摆出一副臭架子，不就是给牧师家做帮工吗。嘘，验尸官来了。"

验尸官是邻镇马奇贝纳姆的罗伯茨医生。他清了清喉咙，调整了一下眼镜，看上去神气十足。

将所有的证据重述一遍只会令人厌烦。劳伦斯·雷丁证明是他发现的尸体，并确认手枪是他的。据他所说，案发前两天，也就是星期二，他见过这支手枪。枪放在小屋的架子上，而且他的房门通常是不上锁的。

普罗瑟罗太太作证说，她最后一次见到她丈夫大约是六点差一刻，他们在村里的街上分开的时候。她答应稍后去牧师寓所找他。大约六点过一刻的时候,她取道后面那条小路,穿过花园门,来到牧师寓所。她没听到书房里有说话声,以为房间里空无一人,但她丈夫有可能坐在写字台前,如果是那样的话,她看不到他。据她所知,他的健康和精神状况都和往常一样。她没听说有哪个仇人对他如此怀恨在心。

接下来是我作证,我述说了我和普罗瑟罗约好了要会面,但我被电话叫到阿博特家。此外,我又描述了如何发现尸体,以及叫来海多克医生的经过。

"克莱蒙特先生,有多少人知道普罗瑟罗上校那天晚上要去见你?"

"我猜有许多人。我妻子知道,还有我侄子,那天早上我在村子里碰见普罗瑟罗上校时,他自己也提到了这件事。我想,有几个人可能听到了他的话,因为他有些耳聋,说话的时候嗓门很大。"

"这么说众所周知了?任何人都有可能知道?"

我表示同意。

海多克接着作证。他是一个重要证人。他详细且专业地描述了尸体的外形和具体的受伤部位。他判断死者是在写便条时被枪杀的。他把死亡时间定在六点二十分到六点半之间——肯定不会晚于六点三十五分,那是最晚的时间。对于这一点,他非常肯定,并加以强调。不可能是自杀,那个伤口不可能是自己造成的。

斯莱克警督的证词谨慎而且简短,他讲述了自己接到通知的经过,以及案发现场的环境。他出示了那封没有写完的信,让大家注意一下信上注明的时间——六点二十分,还展示了那只时钟。他推定死亡时间为六点二十二分。警方没有泄露任何消息。

后来，安妮·普罗瑟罗告诉我，她被告知要把去牧师寓所的时间稍稍提前，早于六点二十分。

下一位证人是我们的女佣玛丽，她作证时说的话多少有些尖刻。她没有听到什么，也不想听到什么。来看望牧师的先生们通常是不会被枪杀的。他们不会。她有自己的工作要照管。普罗瑟罗上校是正好六点一刻到的。不，她没有看钟。把他领进书房后，她听到了教堂的钟声。她没有听到任何枪声。如果有枪声的话，她肯定能听到。当然了，她知道，既然这位先生遭人枪杀，一定有枪声，但仅此而已。她没听到。

验尸官没有继续就此追问。我发现，他和梅尔切特上校配合默契。

莱斯特朗兹太太也被传唤来作证，但法庭出具了一份由海多克医生签名的诊断书，证明她因病无法到场。

就剩下最后一个证人了，那是一个走起路来颤巍巍的老太婆。借用斯莱克的说法，她是为劳伦斯·雷丁"料理家务"的。

法庭向阿彻老太太出示了手枪，她认出这就是在雷丁先生的客厅里见到的那把手枪。"他就把它搁在书柜上，随处乱放。"她最后一次看到这支枪就在案发当天。是的——回答进一步提问时，她说——她确信星期四午餐时枪还在那里。她是一点差一刻离开的。

我记得警督对我说的话，因此不由得有些惊讶。当他询问她时，她说得含混不清，但现在她的语气却十分肯定。

验尸官用一种平静的方式总结了案情，但语气极为坚定，几乎立刻做出了结论：

谋杀由一个或多个尚未查明的人所为。

离开房间时，我看到外面有一小群年轻人，他们个个容光焕发,目光警惕,打扮有几分相似之处。其中有几个人看着脸熟,过去这几天,他们总在牧师寓所附近出没。为了脱身,我又一头扎回蓝野猪旅店,幸好碰到了考古学家斯通博士。于是,我顾不上礼节,一把抓住了他。

"有记者。"我言简意赅地说,"你能帮我甩掉他们吗?"

"哦,当然可以,克莱蒙特先生。跟我上楼吧。"

他领着我爬上狭窄的楼梯,走进他的客厅,克拉姆小姐正坐在那里熟练地敲击键盘,打字机发出咔嗒咔嗒的响声。她眉开眼笑地和我打招呼,对我表示欢迎,也趁此机会停下手头的工作。

"太糟糕了,不是吗?"她说,"我是说,不知道是谁干的。不是说我对这次审讯感到失望。我的意思是,太平淡了。从头到尾一点儿也不刺激。"

"这么说,当时你也在场,克拉姆小姐?"

"我当然在那儿。想不到你竟然没有看见我。你没有看见我吗?我有些伤心。是的,我确实很伤心。一个男人,即便他是牧师,脑袋上也应该长眼睛啊。"

"你也在场吗?"我问斯通博士,试图摆脱这种戏谑的揶揄。克拉姆小姐这样的姑娘总是让我很尴尬。

"没有,恐怕我对这种事的兴趣不大。我是一个沉溺在自己爱好里的人。"

"那一定是非常有趣的爱好吧。"我说。

"也许你对此有所了解?"

我不得不坦白,我对此几乎一无所知。

斯通博士不是那种会因为我承认无知而被吓倒的人。他的反应就像我说我唯一的消遣活动是挖掘古墓一样。他热情洋溢、滔滔不绝地讲开了。长形墓、圆形墓、石器时代、青铜器时代、旧石器时代和新石器时代的史前石墓和环状列石,话语如激流般从他的口中喷发出来。我只能不住地点头,装出懂行的样子——我这么说也许过分乐观了。斯通博士说得很热闹。他是个小个子男人,圆脑壳,秃顶,圆脸。脸蛋红扑扑的,瓶底厚的镜片后面那双眼睛对着你微笑。我从来没见过这种得不到什么鼓励却依旧热情四溢的人。他谈到每一个赞成或反对他所钟爱的那个理论的论点,对了,我简直听得云里雾里的。

他详细讲述了他与普罗瑟罗上校的意见分歧。

"固执己见的粗人,"他愤愤地说,"是啊,是啊,我知道他死了,不该说死人的坏话。但是死亡并不能改变事实。用固执己见的粗人来形容他再恰当不过了。读过几本书,就自以为是权威了——反对一个终生研究这个课题的人。克莱蒙特先生,我把一生都献给了这份工作。我的一生——"

他激动得口沫四溅。格拉迪斯·克拉姆用一句简单扼要的话将他拉回到现实中。

"你再不注意就要误了火车了。"她说。

"哦!"小个子话讲到一半不讲了,只见他从衣袋里掏出一只表,"哎呀!只差一刻钟了?不可能。"

"你一说起话来就忘记时间。如果没有我照顾你,真不知道会是什么样。"

"完全正确,亲爱的,完全正确,"他亲切地拍了拍她的肩膀,"这是一个好姑娘,克莱蒙特先生,她从不会忘记任何事。我非常幸运能够找到她。"

"哦!继续说,斯通博士,"那位女士说,"你把我宠坏了,真是这样。"

我不禁觉得自己应该切实地支持一下第二种观点——这种观

点预见斯通博士和克拉姆小姐将最终结成合法夫妻。我想，克拉姆小姐有她自己的方式，是个相当聪明的姑娘。

"你们最好动身吧。"克拉姆小姐说。

"好，好，我这就走。"

他消失在隔壁的房间里，出来时，手里拎着一个箱子。

"你要走了？"我有些惊讶地问。

"去城里待一两天。"他解释说，"明天去看我的老母亲，星期一还要找律师办点儿事。星期二就回来。对了，我想，普罗瑟罗上校的死不会影响我们的安排。我是指古墓的事。普罗瑟罗太太不会反对我们继续工作吧？"

"不会吧。"

他说话时，我在想，谁又将掌管教堂旧翼呢？普罗瑟罗可能会把它留给莱蒂斯。我预感普罗瑟罗遗嘱的内容会非常有趣。

"一个人死了会给家里人造成很大的麻烦，"克拉姆小姐略带阴郁地说，"简直不相信有时候会出现那么邪恶的灵魂。"

"哦，我真得走了。"斯通博士徒劳地想要控制住皮箱、一张大毯子，外加一把笨重的雨伞。我伸手相助。他拒绝了。

"不用麻烦你了，不用麻烦你了。我自己能行。楼下肯定有人的。"

但是，楼下连一个擦靴子的仆役的影子都没有。我怀疑记者们正在花钱款待他们。时间不等人，我们忙向火车站走去，斯通博士提着箱子，我抱着毯子和雨伞。

我们急匆匆向前走时，斯通博士还气喘吁吁地说：

"你真是个大好人……本来不想……麻烦你……希望我们不会误了……火车……格拉迪斯是个好姑娘……真的是个好姑娘……性格温柔……恐怕在家里不太开心……绝对的……有一颗

童心……童心。我向你保证,尽管……我们年龄悬殊……却有很多共同点……"

正当我们拐弯向车站走去时,一眼瞥见了劳伦斯·雷丁的小屋。它孤零零地立在那里,周围没有别的房子。我观察到两个穿着时髦的年轻人站在门前的台阶上,还有两个人向窗内窥视。这一天可够记者们忙的了。

"雷丁这个小伙子不错。"我说了一句,试探我的同伴会怎么反应。

这个时候,他已经上气不接下气了,连说话都成问题。但他还是气喘吁吁地说了一个词,我一时没听懂。

"危险。"当让他再重复一遍时,他喘着粗气说。

"危险?"

"非常危险。天真的姑娘们……不会蠢到……上这种人的当吧……总是跟女人混在一起……不好。"

从这些话中,我推断,村里唯一的年轻人没有逃过漂亮的格拉迪斯的眼睛。

"天哪!"斯通博士喊道,"火车!"

这时,我们已经快到火车站了,于是赶忙飞奔过去。从伦敦开来的火车停在站台上,开往伦敦方向的火车正在进站。

在售票处门口,我们撞到一个衣着讲究的年轻人,我认出他就是马普尔小姐的外甥,刚下火车。我觉得这个年轻人不喜欢被人撞到。他以自己的平衡能力和超然物外的派头而自豪,毋庸置疑,粗俗的身体接触有损于这种仪态。他向后打了一个趔趄。我连忙道歉,然后从他身边走了过去。斯通博士爬上火车,我把他的行李递给他,这时,火车颇不情愿地颠簸了一下,启动了。

我向他挥了挥手,然后转身离开。雷蒙德·韦斯特已经走了,但我们当地一个药剂师刚好要去村子里。村里人叫他"智天使",对于这个绰号,他欣然接受了。于是,我和他并肩而行。

"好险哪!"他说,"对了,案件审理得怎么样,克莱蒙特先生?"

我把裁决结果告诉了他。

"哦!原来是这么回事。我想也是这样。斯通博士要去哪儿?"

我把他告诉我的话重复了一遍。

"没误了火车,真幸运。搞不清这条铁路上会发生什么。我告诉你,克莱蒙特先生,真是奇耻大辱。可耻,我说。我来这儿坐的那趟火车晚了十分钟。而且,星期六谈不上有什么车。星期三——不,星期四,对,是星期四——我记得就是谋杀案发生的那天,我本打算给铁路公司写一封措辞强硬的投诉信,结果发生了谋杀案,我就把这事给忘了。是的,上星期四。我参加了药学协会的一个会议。你知道六点五十分那趟车晚了多长时间?半个小时。整整半个小时!你怎么看这件事?晚到十分钟,我不介意。可是,如果火车七点二十分还不进站,七点半以前就别想回家了。我想说的是,为什么要把这班火车定在六点五十分呢?"

"确实如此。"我急于摆脱他这番独白,这时,恰好看到劳伦斯·雷丁从马路对面向我们走过来。于是我以有话要和雷丁说为借口,走开了。

19

"很高兴见到你,"劳伦斯说,"去我家坐坐吧。"

我们走进简陋的小门,走过小路,他从口袋里掏出一把钥匙,插进锁眼里。

"你现在锁门了。"我说。

"是啊,"他苦笑道,"亡羊补牢,哈?确实是这么回事。你知道,牧师。"他扶着门,让我过去,"整件事都不让我喜欢。有点儿太——怎么说好呢——监守自盗。有人知道了我有这支手枪。这意味着,那个凶手,不管他是谁,一定来过我家,没准儿还和我一起喝过酒呢。"

"不一定,"我表示反对,"整个圣玛丽米德村的人可能都知道你的牙刷放在哪里,知道你用的是哪一种牙粉。"

"可是,他们为什么会对这些事感兴趣呢?"

"不知道,"我说,"但他们就是这样。你换了剃须膏也会成为他们的话题。"

"他们的生活里一定没什么新闻吧。"

"是的。这里从未发生过令人激动的事。"

"哦,现在有了——复仇。"

我同意他的看法。

"究竟是谁把这些事告诉他们的？剃须膏之类的事。"

"可能是老阿彻太太吧。"

"那个干瘪的丑老太婆吗？我觉得她是个笨蛋。"

"那只是穷人的伪装，"我解释说，"他们藏在愚笨的面具后面。你可能会发现那个老太太还是很有头脑的。顺便提一句，她现在似乎非常肯定，星期四中午手枪就放在原处。是什么让她突然变得这么肯定的呢？"

"我完全摸不着头脑。"

"你认为她说得对吗？"

"这我也完全不知道。我不会每天清点我的财物。"

我环顾这个小客厅。每个架子、每张桌子上都散放着各种各样的物品。劳伦斯过着艺术家特有的杂乱无序的生活，这种环境简直会使我发疯。

"有时候找东西得费一番工夫，"他看着我的眼睛，说，"不过，取每样东西都很方便，都没有藏起来。"

"当然，任何东西都没有藏起来。"我同意他的说法，"不过，把手枪藏起来也许会好些。"

"你知道吗，我期望验尸官能说些这样的话。验尸官都是蠢蛋。我原以为会受到责备什么的。"

"顺便问一下，"我问道，"枪里装子弹了吗？"

劳伦斯摇了摇头。

"我还不至于那么粗心。枪里没有子弹，但枪旁边放了一盒子弹。"

"显然，六个弹膛里都装了子弹，一颗子弹已经射出去了。"

劳伦斯点了点头。

"但是经谁的手射出去的呢？先生，好极了，除非找到真正的凶手，否则到我死的那天都会被人怀疑与此案有关。"

"别这么说，我的孩子。"

"但确实如此。"

他不说话了，自顾自地皱着眉头。最后，他振作精神，说道：

"让我来告诉你我昨天晚上是怎么过的吧。你知道，老马普尔小姐略知一二。"

"我相信，就是因为这个，她很不讨人喜欢。"

劳伦斯开始讲述他的故事。

他听从马普尔小姐的劝告，去了教堂旧翼。在安妮的帮助下，他和客厅女佣谈了一次话。安妮只是简单地对女佣说：

"雷丁先生想问你几个问题，罗丝。"

说完，她就离开了房间。

劳伦斯感到有些紧张。罗丝是一个漂亮的姑娘，二十五岁，她用清澈的眼睛望着他，使他感到浑身不自在。

"是，是有关普罗瑟罗上校的死。"

"是，先生。"

"你知道，我急于查清真相。"

"是，先生。"

"我觉得，也许，有人可能，呃，也许有某种偶然的事——"

这时，劳伦斯感到自己无法获得满意的答案，于是在心中痛骂马普尔小姐和她的鬼点子。

"不知道你能否帮助我？"

"做什么呢，先生？"

罗丝仍旧是那副完美仆人的表情，彬彬有礼、渴望效力却表现得全无兴趣。

"该死,"劳伦斯说,"你们难道没在女佣的房间里谈过这件事吗?"

这种进攻式的问话方法令罗丝稍显慌乱不安。她完美的仪态动摇了。

"先生,在女佣的房间里?"

"或者管家的房间、擦鞋童的休息室,任何你们谈话的地方。一定有这么一个地方。"

罗丝微微显露出爱笑的天性,劳伦斯备受鼓舞。

"听着,罗丝,你是一个非常好的姑娘。我相信你一定理解我现在的感受。我不想被绞死。我没有杀害你的主人,但很多人认为是我干的。你能帮帮我吗?"

我想象得出,这时的劳伦斯一定非常有魅力。英俊的头向后仰着,那双爱尔兰人的蓝眼睛闪着哀求的光。罗丝心软了,投降了。

"哦,先生,我肯定——如果我们有人能帮助你的话——没有一个人认为是你干的,先生。我们确实没这样想过。"

"我知道,亲爱的姑娘,但这些话在警察那儿没用。"

"警察!"罗丝摇摇头,"我可以告诉你,先生,我们对那个警督的评价不高。斯莱克,他这么称呼自己。警察就是这样。"

"不管怎么说,警察的权力很大。罗丝,你说你会尽全力帮助我。我觉得还有很多情况没搞清楚。比如,那位夫人,她在普罗瑟罗上校死的前一个晚上见过他。"

"莱斯特朗兹太太?"

"是的,莱斯特朗兹太太。我禁不住有这样一种感觉,她那次拜访非常奇怪。"

"是的,确实是这样,先生,我们都这么说。"

"是吗?"

"她来到这里的方式,还要求见上校。当然会引起很多议论——这里没有一个人了解她的情况。西蒙斯太太,就是我们的管家,认为她是个坏女人。但听完格拉迪的一番话,我不知道该怎么看她了。"

"格拉迪说什么了?"

"哦!没什么,先生。就是——我们就是闲聊了几句,你知道。"

劳伦斯看着她。他感觉她在隐瞒什么事。

"我很想知道她和普罗瑟罗上校见面的目的是什么。"

"是的,先生。"

"你知道吧,罗丝?"

"我?哦,不,先生。我真的不知道。我怎么会知道呢?"

"听着,罗丝。你说你会帮我。如果你听到了什么,不管是什么,也许不重要,不管是什么……我会对你感激不尽的。毕竟,任何人都有可能……可能碰巧……碰巧听到什么事。"

"但是我没听到什么,先生,真的,我真没有。"

"那么其他人总会听到的。"劳伦斯尖锐地说。

"哦,先生——"

"快告诉我吧,罗丝。"

"我不知道格拉迪会说些什么。"

"她会希望你告诉我的。顺便问一句,格拉迪是谁?"

"她是厨房女佣,先生。她刚好要出门和一个朋友说几句话,经过窗前,书房窗前——主人和那位太太在书房里。当然,他的嗓门很大,主人总是这样。所以,她就自然而然地产生了一点儿好奇心——我是说——"

"再自然不过了,"劳伦斯说,"我是说,换作是谁都会偷听的。"

"当然,她只告诉了我一个人,没有告诉别人。我们俩都觉得这事很奇怪。但是,格拉迪什么也不能说,你知道吗?因为如果有人知道她出去见……一个……一个朋友,普拉特太太,就是厨师,会很不高兴。但我相信,她会把她知道的事全部告诉你,先生,心甘情愿地。"

"好吧,我能去厨房找她谈谈吗?"

听到这个建议,罗丝惊恐失色。

"哦,不,先生,绝对不可以!格拉迪是个很神经质的姑娘。"

经过一番对各种困难的讨论后,问题总算解决了。他们决定在灌木林中安排一次私下会面。

在适当的时候,劳伦斯与格拉迪见面了,格拉迪果然十分紧张,据劳伦斯形容,与其说她是一个人,还不如说她是一只颤抖的兔子。他花了十分钟才让这个姑娘放松下来。战战兢兢的格拉迪解释说,她怎么也想不到——她也不应该想到,她不认为罗丝会出卖她,无论如何,她并无恶意,她确实没有恶意。她还说,如果普拉特太太听说这件事,她的日子就不好过了。

劳伦斯一再让她放心,哄骗她、劝说她。终于,格拉迪答应说出来。"如果你能保证不说出去,先生。"

"我当然不会传出去。"

"还有,这事也不能让我卷入法律纠纷。"

"决不会。"

"你不会告诉太太吗?"

"无论如何都不会告诉她的。"

"如果这事传到普拉特太太的耳朵里——"

"不会的。告诉我吧，格拉迪。"

"你能保证肯定不出问题吗？"

"当然不会有问题。总有一天，你会因为把我从被绞死的绝境中解救出来而感到高兴的。"

格拉迪轻轻惊叫了一声。

"哦！我可不愿意那样，先生。好吧，我听到的内容很少，你可能会说，纯粹是偶然——"

"我完全理解。"

"但主人显然很生气。'过了这么多年，'他说，'你还敢来这里，实在是骇人听闻！'我听不见那位太太说什么。但过一会儿，他又说，'我完全拒绝，完全！'我记不住所有的话，他们好像吵得很凶，她想让他做某件事，他拒绝了。'你竟敢来这里，不知羞耻！'他说了这么一句。他还说'你不能见她，我不准——'听到这句话，我竖起了耳朵。那位太太好像要告诉普罗瑟罗太太什么事，他很害怕。我心想，'想不到主人会这样，他这么挑剔。也许，等到一切都无法挽回的时候，他就颜面无光了。''男人都一样，'我事后对我的朋友说。他并不同意这样的看法，反而与我争论。但他承认，普罗瑟罗上校令他惊讶，他身为教堂执事，在星期日分发捐款盘，读日课。'但正是这种人，'我说，'往往是最糟糕的。'我母亲就是这么告诉我的，说过很多次。"

格拉迪停下来，气喘吁吁，劳伦斯巧妙地将话题拉回起点。

"还听到什么了？"

"哦，很难记得准，先生。差不多都是一样的话。他重复了一两次：'我不相信。'就是这类话。'不管海多克说什么，我也不信。'"

"他那样说了吗？'不管海多克说什么'？"

"说了。他还说，这都是阴谋。"

"那位太太说了什么，你一句也没听见吗？"

"快结束的时候听见了。她肯定是起身走到了窗边。她的话真是令人毛骨悚然。真的。我永远也忘不了。'明晚的这个时候就是你的死期。'她说。她的语气太邪恶了。所以，我一听到那个消息就对罗丝说：'你瞧，你瞧！'"

劳伦斯很惊讶。主要是因为他不清楚格拉迪这个故事的可信度到底有多高。主要内容应该是真实的，他怀疑谋杀案发生后，她对这个故事做了润色加工。他尤其怀疑最后一句话的准确性。他想，极有可能是因为发生了谋杀案，她才这么说的。"

他向格拉迪表示了感谢，给了她适当的酬金，还向她保证不会让普拉特太太知道她做的错事。离开教堂旧翼时，他心头依旧压着重重疑虑。

有一点是清楚的，莱斯特朗兹太太和普罗瑟罗上校的会谈并非心平气和，而且上校不想让他妻子知道这件事。

我想起马普尔小姐说过教堂执事有两个家的事。难道这个案子也有类似的情况？

我比任何时候都更纳闷，海多克是从哪个地方插进来的？他帮助莱斯特朗兹太太免于在审讯时作证。他尽力保护她免受警察的纠缠。

他能保护她多久呢？

假设他怀疑她犯了罪，还会设法包庇她吗？

这个女人很令人好奇——她是一个拥有强大磁场的女人。我个人不愿把她和凶杀案联系在一起。

我心里有一个声音在说:"不可能是她。"

为什么?

我脑子里有一个淘气的声音回答道:"因为她是一个美貌非凡、魅力十足的女人。这就是理由。"

正如马普尔小姐所言,这就是复杂的人性。

20

当我到家时,发现这里正在闹一场家庭危机。

格里塞尔达在门厅见到我,眼中满含泪水,将我拉到客厅里。"她要走了。"

"谁要走了?"

"玛丽。她提前辞职了。"

我真的无法用悲痛的心情来对待这个通知。

"哦,"我说,"我们只好再找一个仆人。"

在我看来这种说法合情合理。一个仆人走了,就另找一个。但看到格里塞尔达责备的表情,我迷惑不解了。

"伦,你真是没心肝。你不在乎。"

我是不在乎。实际上,想到将来不会再有烧煳的布丁和半生不熟的蔬菜,我的心情倒变得轻松愉快了。

"我又得去找一个姑娘,找到以后还得培训她。"格里塞尔达继续用强烈的自哀自怜的情绪讲述着。

"玛丽接受过培训吗?"我问道。

"当然了。"

"我猜,"我说,"有人听到她称呼我们'先生'和'太太',就立刻把她当成完美无缺的仆人抢走了。我要说的是,他们会失望的。"

"不是那么回事,"格里塞尔达说,"没有别人想要她。我也不明白他们怎么会要她。她的情绪低落,因为莱蒂斯·普罗瑟罗说她掸灰的工作没做好,所以她生气了。"

格里塞尔达常常语出惊人,但这句话太出乎我的意料了,我不由怀疑它的真实性。在我看来,莱蒂斯·普罗瑟罗最不可能做的事就是不辞辛苦地干涉我们的家务事,责骂我们的女佣干起家务来马虎邋遢。这也太不像莱蒂斯的所作所为了,我这样说。

"我不明白,"我说,"我们家的灰尘和莱蒂斯有什么关系。"

"一点儿关系也没有,"我妻子说,"这就是为什么不像话。我希望你去找玛丽谈谈。她在厨房里。"

我不想和玛丽谈这件事,但不等我反抗,精力旺盛、动作迅速的格里塞尔达就推着我穿过蒙着台面呢的门,把我推进了厨房。

玛丽正在水槽旁削土豆皮。

"呃,下午好。"我紧张地说。

玛丽抬起头来哼了一声,没做其他反应。

"克莱蒙特太太告诉我,你想离开我们。"我说。

玛丽屈尊回答了这个问题。

"有些事情,"她闷闷不乐地说,"没有哪一个姑娘忍受得了。"

"能告诉我,你到底是因为什么事生气吗?"

"我可以简单地回答你。(我得说,她被严重低估了。)我一转过身去,就有人四处窥探,指指点点。书房多久掸一次灰,多久打扫一次卫生,这都关她什么事呢?只要你和太太不抱怨,就不关别人的事。我说,我让你们满意才是要紧的事。"

玛丽从没让我满意过。我承认，我渴望每天清晨房间都打扫得一尘不染、井井有条。玛丽通常只是掸一掸矮桌上最显眼的东西上的灰就算完事了，我认为这是远远不够的。不过，我知道在这个节骨眼上讨论细枝末节没什么益处。

"我还得接受审问，不是吗？像我这么值得尊敬的姑娘，还要站在十二个男人面前！天知道他们会问什么问题。我跟你说吧。我干活的人家从来没发生过凶杀案，而且，我再也不想去发生凶案的地方了。"

"希望你不会，"我说，"根据平均概率，我必须说，这个可能性极低。"

"我不赞同这条法律。他是个法官。很多可怜的家伙因为猎杀了一只兔子就被关进监狱，他却打野鸭什么的。还有，他还没体面地下葬，他女儿就来说三道四，嫌弃我的活儿干得不好。"

"你是说，普罗瑟罗小姐来过这里？"

"我从蓝野猪旅店回来的时候发现她在这里。她在书房里。'哦，'她说，'我正在找我那顶黄色的贝雷帽——一顶黄色的小帽子。那天我把它落在这里了。''哦，'我说，'我没看见什么帽子。我星期四早上收拾房间的时候，帽子不在这里。''哦！'她又说，'你有可能没看见。你不会花很多时间打扫房间吧？'说着，她用手指在壁炉架上蹭了一下，然后看了看。就好像，在那样一个早上，我有时间取下所有的摆设，再把它们放回原处似的。警察前一天晚上才打开那个房间。'小姐，我认为，让牧师和太太满意才是最重要的。'我说。她哈哈大笑起来，然后走出落地窗，还说：'哦！你肯定他们会满意吗？'就是这样！我也是有感觉的。我会为你和太太拼命干活的。如果她想吃新菜肴，我随时愿意尝试。"

"我相信你会这么做。"我安慰她说。

"她一定是听到了什么,否则不会说这种话。如果我没有让你们满意,我宁可走。我并不在乎普罗瑟罗小姐说什么。我可以告诉你,她在教堂旧翼不让人喜欢。从来不说'请'或'谢谢',到处乱丢东西。不管丹尼斯先生是多么为莱蒂斯·普罗瑟罗小姐神魂颠倒,我可不尊重她。她这种人总是能将小伙子玩弄于股掌之中。"

在这个过程中,玛丽用力从土豆中挑出芽眼,芽眼如冰雹一般在厨房里乱飞。一个芽眼打在我眼睛上,导致谈话暂停。

我一边用手帕擦眼睛,一边说:"你何必如此动气呢?我知道,玛丽,如果你走了,太太会感到非常遗憾的。"

"我不会因为这件事对太太有意见,也不会生你的气,先生。"

"既然是这样,难道你不认为自己这样很傻吗?"

玛丽轻蔑地哼了一声。

"审讯之后,我才有些生气。我也是有感觉的。但我不想给太太造成什么不便。"

"那就没事了。"我说。

我离开厨房,发现格里塞尔达和丹尼斯正在厅里等我。

"怎么样?"格里塞尔达问。

"她会留下来的。"我说着,叹了一口气。

"伦,"我妻子说,"你一直都这么聪明。"

我很想反对她的看法。我不认为自己做得很聪明。我坚定地认为,再也找不到比玛丽更糟糕的女佣了。我想,任何改变都只可能是好的改变。

不过,我想取悦格里塞尔达。于是,我把玛丽的委屈细说了一遍。

"莱蒂斯一贯如此,"丹尼斯说,"她星期三不可能把那顶黄色的贝雷帽落在这里。星期四打网球的时候她还戴着呢。"

"我觉得可能性很大。"我说。

"她从来记不住把什么东西放在哪儿,"丹尼斯说,我感觉他话语中洋溢的深情的自豪和赞美是完全不合时宜的,"她每天都要丢十几样东西。"

"这个特质非常迷人。"我说。

丹尼斯没理解其中的讽刺。

"她确实很迷人。"他说完,深深地叹了一口气,"总有人向她求婚,她是这么告诉我的。"

"如果是在这里向她求婚,那也是非法求婚,"我说,"我们这里没有一个单身汉。"

"斯通博士是啊。"格里塞尔达的眼睛闪着光。

"有一天他请她去看古墓。"我承认。

"他当然这么做了。"格里塞尔达说,"她非常迷人,伦。就连秃头的考古学家都能感觉到这一点。"

"很性感。"丹尼斯自作聪明地说。

然而,劳伦斯·雷丁完全不为莱蒂斯的魅力所动。格里塞尔达自以为是地解释道:

"劳伦斯也很有男性魅力。这种男人往往是喜欢,怎么说好呢,贵格会教徒那种类型的女人。无视礼教,而又羞羞答答的,大家称为冷美人的女人。我想只有安妮能抓住劳伦斯。我想,他们绝不会互相厌倦的。尽管如此,他有些傻。他被莱蒂斯利用了,你知道。我想,他绝不会想到她会在意——他在某些方面特别谦虚——但我感觉她是在意的。"

"她无法忍受他。"丹尼斯的语气很肯定,"她是这么对我说的。"

我从没见过格里塞尔达用充满怜悯的沉默来回应别人的话。

我走进书房。在我的想象中,房间里依然有一种诡异的气氛。我知道自己必须克服这种心理。一旦向这种感觉屈服,我可能就再也不会用这个书房了。我若有所思地走到写字台前。那个红脸膛、身体健壮、自以为是的普罗瑟罗曾经坐在这里。然而,只一瞬间,他就被杀死了。我现在站的位置曾经站过一个凶手……

因此,普罗瑟罗不存在了……

这里放着他的手指握过的钢笔。

地板上有一块暗色的污渍,地毯已经送到洗衣店去了,但血迹渗透了地毯,渗进了地板。

我不禁打了一个冷战。

"我不能用这个房间,"我大声说,"我不能用了。"

这时,我的眼睛瞥到了一样东西,一个亮闪闪的蓝点。我弯下腰,看见在书桌和地板之间有一个小东西,便把它捡了起来。

格里塞尔达走进门时,我正在仔细端详手心里这个玩意儿。

"我忘了告诉你了,伦。马普尔小姐今天晚上要我们晚饭后过去一趟,哄她外甥开心。她害怕他无聊。我说我们会去。"

"很好,亲爱的。"

"你在看什么?"

"没什么。"

我握起拳头,看着妻子,说:

"亲爱的,如果连你都不能让雷蒙德·韦斯特少爷开心,这个人肯定很难伺候。"

我妻子说:"别胡闹了,伦。"她脸红了。

她又出去了,我摊开手掌。

掌心里是一只嵌有珍珠的蓝色天青石耳环。

这是一颗非同寻常的宝石,我清楚地记得上次是在哪里见到它的。

21

我不能说我曾对雷蒙德·韦斯特先生怀有十分钦佩之情。我知道他被认为是一个才华横溢的小说家,作为诗人的名气也很大。他的诗歌中没有大写字母,我想,这是为了表达现代主义。他的书描写的是讨厌的人过着极端乏味的生活。

他对"简姨妈"抱有宽容的情感,她在场时,他暗指她为"幸存者"。

她带着奉承的兴趣听他说话,如果她眼睛里有时闪出欢乐的光芒,我敢说他绝不会注意到。

他带着唐突的殷勤,把注意力全放在了格里塞尔达身上。他们探讨了现代戏剧,然后又谈到现代装饰方案。格里塞尔达假装嘲笑雷蒙德·韦斯特,但我想,她很容易被他的谈话所影响。

在我与马普尔小姐乏味的交谈中,我不时听到他重复着那句"你在这里算是被埋没了"。

我终于被激怒了,突然发问:"我想你认为我们这里与世隔绝,是吗?"

雷蒙德·韦斯特晃着手中的香烟。

"我把圣玛丽米德看成一潭死水。"他以权威的口吻说。

他看着我们,做好了我们会对这番话表示怨恨不满的准备。

可惜，令他有些懊恼的是，居然没有一个人表示恼怒。

"这个比喻可不怎么样，亲爱的雷蒙德，"马普尔小姐尖刻地说，"我相信，如果从一潭死水中取出一滴水，把它放在显微镜下，你会发现没有什么比那更充满生命的活力了。"

"生命——较差的那种。"小说家承认。

"生命全都是一样的，不是吗？"马普尔小姐问道。

"你难道把自己比作一潭死水中的居民吗，简姨妈？"

"亲爱的，我记得，你在上一本书中说过类似的话。"

没有哪个聪明的年轻人喜欢别人引用自己书中的内容来攻击自己，雷蒙德也不例外。

"完全不是一回事。"他厉声说道。

"归根结底，每个地方的生命都是一样的，"马普尔小姐沉着地说，"你知道，出生，长大，与人接触、竞争，然后是结婚和生孩子……"

"最后是死亡，"雷蒙德说，"没有死亡证明书的死亡，行尸走肉。"

"谈到死亡，"格里塞尔达说，"你知道我们这里发生了一桩谋杀案吗？"

雷蒙德·韦斯特挥了一下手中的香烟，不想谈这个话题。

"谋杀太残忍了，"他说，"我对这个没有兴趣。"

这句话骗不了我。常言道，没有人不乐于见到恋人成其良缘，把这句谚语用在谋杀上可以道出另一个颠扑不破的真理。没有人会对谋杀不感兴趣。像我和格里塞尔达这样简单的人会承认这个事实，但雷蒙德·韦斯特这种人会装作觉得这个话题很乏味——至少最初的五分钟是这样。

然而，马普尔小姐的一句话暴露了她外甥的真面目：

"吃饭的时候,我和雷蒙德就没聊别的。"

"我对所有的当地新闻都有浓厚的兴趣。"雷蒙德赶忙说。他微笑着看向马普尔小姐,笑容里掺杂着亲切和宽容。

"你有什么高见,韦斯特先生?"格里塞尔达问道。

"从逻辑上推断,"雷蒙德·韦斯特再次挥舞香烟,"只有一个人有可能杀死普罗瑟罗。"

"是吗?"格里塞尔达问道。

我们眼巴巴地等待下文。

"牧师。"雷蒙德说着伸出一根指头指着我。

我倒吸了一口凉气。

"当然,"他让我放心,"我知道不是你干的。生活从来就不是它应该有的样子。你们想想,多富有戏剧性啊,多么合适,教堂执事在牧师的书房里遇害。太精彩了!"

"那动机是什么?"我问道。

"哦!这一点很有趣,"他坐起身,把烟熄灭,"我想是自卑情结在作祟。可能是太压抑了。我很想把这个故事写下来。将会复杂得令人吃惊。日复一日,年复一年,他在教区的会议上、在唱诗班男孩的郊游中见到这个男人,看他在教堂里分发福音袋,把福音袋放到祭坛上。他一直厌恶这个人,但不得不强忍着这种厌恶。这种想法不符合基督教的精神,他不会鼓励自己这么做。于是,这种怨恨在心底溃烂化脓。终于有一天——"

他做了一个生动逼真的动作。

格里塞尔达转身问我:"伦,你有过那种感觉吗?"

"从没有过。"我诚实地说。

"而且,就在不久前,我听说你希望他从这个世界上消失。"马普尔小姐说。

（都怪那个无耻的丹尼斯！不过，当然了，是我的错，我不该说那样的话。）

"恐怕我是说过这样的话，"我说，"这种话很愚蠢，但和他在一起的那个上午确实很难熬。"

"真令人失望，"雷蒙德·韦斯特说，"因为，如果你在潜意识中真想干掉他，就绝不会允许自己说那样的话了。"

他叹了一口气。"我的推理失败了。这可能是一起非常普通的谋杀案，一个想要报复的偷猎者之类的人干的。"

"克拉姆小姐今天下午来看我，"马普尔小姐说，"我在村子里遇到她，问她想不想看我的花园。"

"她喜欢你的花园吗？"格里塞尔达问道。

"我觉得她不喜欢，"马普尔小姐的眼睛微微闪了一下光，"但作为谈话的借口还是很有用的，你不这么认为吗？"

"你从她那里了解到了什么？"格里塞尔达问，"我不认为她真的那么坏。"

"她主动提供了很多信息，真的是很多信息，"马普尔小姐说，"关于她自己的，你知道，还有她的亲人。那些人好像不是死了，就是在印度，太令人伤心了。顺便说一句，她去教堂旧翼度周末去了。"

"什么？"

"是的，好像是普罗瑟罗太太请她去的，要么就是她自己向普罗瑟罗太太提出的建议，不太清楚到底是哪一个。去给她做秘书，有许多信件需要处理。结果很幸运。斯通博士要离开几天，她无事可做。这个古墓真令人兴奋。"

"斯通？"雷蒙德说，"就是那个考古学家？"

"对，他正在挖掘一座古墓，就在普罗瑟罗家的地产上。"

"他是个好人，"雷蒙德说，"对工作极为热衷。不久前，我在一次晚宴上见过他。我们相谈甚欢。我得去拜访他。"

"可惜啊，"我说，"他刚去伦敦度周末了。对了，你今天下午在火车站碰见他了。"

"我碰见你了。你身后跟着一个矮墩墩的人，还戴着眼镜。"

"是，那个人就是斯通博士。"

"可是，我亲爱的老兄，那个人不是斯通。"

"不是斯通？"

"不是那个考古学家。我很了解他。那个人不是斯通，长得一点儿都不像。"

我们几个人面面相觑。我紧紧地盯着马普尔小姐。

"非同寻常。"我说。

"那只手提箱。"马普尔小姐说。

"可这是为了什么呢？"格里塞尔达问。

"这让我想起以前有个人装成检查煤气的到处走，"马普尔小姐嘟囔着，"收获不小。"

"骗子，"雷蒙德·韦斯特说，"现在这件事真的变得有趣起来了。"

"问题是，这和谋杀案有关系吗？"格里塞尔达问。

"不一定，"我说，"但是——"我看着马普尔小姐。

"这真是一件怪事，"她说，"又一件怪事。"

"是啊，"我说着站起身来，"我觉得应该立刻把这件事告诉警督。"

22

当我打通斯莱克警督的电话后,他下了一个简短有力的命令。不许"走漏"任何消息,尤其是不能惊动克拉姆小姐。与此同时,在古墓周围搜寻手提箱。

我和格里塞尔达回到家中,案件有了新进展,令我们激动万分。丹尼斯在场时,我们不能谈得太多,因为我们已经向斯莱克警督郑重保证过,不会向任何人露一点儿口风。

无论如何,丹尼斯自己的麻烦已经够多的了。他走进我的书房,开始摆弄东西,步子很慢,窘态十足。

"怎么了,丹尼斯?"我终于说。

"伦叔叔,我不想当水手。"

我很吃惊。这孩子以前一直很清楚自己想做什么。

"但你以前很喜欢当水手呀。"

"是,但我改变主意了。"

"你想做什么?"

"我想进金融界。"

我越发吃惊了。

"你说的金融界是什么意思?"

"就是那个意思。我想去城里。"

"可是，我亲爱的孩子，我相信你不会喜欢那样的生活，就算我在银行里给你谋份差事——"

丹尼斯说他不是这个意思，他不想去银行工作。我问他到底是什么意思，当然，正如我怀疑的那样，他其实并不清楚。

他所谓的"进金融界"是指快速致富，由于年轻人的盲目乐观，他相信只要"进城"，就肯定能赚大钱。我尽可能委婉地纠正他这个错误的概念。

"你脑子里怎么会产生这种念头？"我问，"你以前不是对当水手这个打算很满意吗。"

"我知道，伦叔叔。但我一直在想，有一天，我是要结婚的——我的意思是，有钱了才能把姑娘娶进家门。"

"事实会反驳你的理论。"我说。

"我知道。但一个真正的姑娘——我是指，一个习惯了应有尽有的姑娘。"

他的话说得很含糊，但我想我知道他是什么意思。

"你知道，"我温和地说，"并非所有的姑娘都像莱蒂斯·普罗瑟罗那样。"

他立马发怒了。

"你对她太不公平了，你不喜欢她。格里塞尔达也不喜欢她，还说她很讨厌。"

从女性的观点来看，格里塞尔达的话相当正确。莱蒂斯确实很讨厌。然而，我很清楚，男孩会憎恶这个形容词。

"要是人们稍稍体谅她一些就好了。为什么偏偏在这个时候，连哈特利·内皮尔也四处抱怨她！仅仅是因为她早一会儿离开了网球聚会。如果她觉得无趣，为什么要继续待在那里呢？我想，她选择离开无可厚非。"

"你真是和她站在一起。"我说,但丹尼斯没发觉话中有任何恶意。他在为莱蒂斯打抱不平。

"她这个人真的一点儿也不自私。为了让你明白这一点,告诉你吧,是她叫我留下来的。我当然也想走,但她不同意我走。她说这样做对内皮尔一家不好。所以,为了让她高兴,我就多待了一刻钟。"

这个年轻人对无私的看法真是奇怪得很。

"现在我却听到苏珊·哈特利·内皮尔到处说莱蒂斯态度恶劣。"

"如果我是你,"我说,"我就不担心。"

"这也没什么,但是——"

他突然不说了。

"我会,我会为莱蒂斯做任何事。"

"很少有人能为另一个人做任何事,"我说,"我们总是心有余而力不足。"

"我多希望我死了。"丹尼斯说。

可怜的孩子。少年的爱是一种致命的疾病。那些显而易见、可能会惹他生气的话一下子溜到嘴边,但我忍住没说。相反,我向他道了声晚安,就睡觉去了。

次日清晨八点,我主持了早祷。回来时发现格里塞尔达坐在早餐台旁,手中拿着一张打开的便条。这张便条是安妮·普罗瑟罗写的。

亲爱的格里塞尔达:

如果你和牧师今天可以悄悄来我这里吃午餐,我将不胜感激。发生了一件非常奇怪的事,我想听听克莱蒙特先生的意见。

请不要向任何人提起这件事,因为我对别人只字未提。

挚爱你们的

安妮·普罗瑟罗

"当然,我们必须去。"格里塞尔达说。

我同意。

"到底出了什么事呢?"

我也纳闷。

"你知道,"我对格里塞尔达说,"我感觉远没到弄清真相的时候。"

"你是说,直到真的逮捕了什么人才算弄清真相吗?"

"不是,"我说,"我不是这个意思。我是说还有我们不知道的枝枝和暗流。在弄清真相之前,还有许多事需要理清。"

"你是指那些无关紧要但妨碍破案的事吗?"

"是的,我想这正是我的意思。"

"我们也太大惊小怪了吧,"丹尼斯说着,自己取了果酱,"老普罗瑟罗死了不是挺好的一件事吗。没人喜欢他。哦!警察操心是应该的,这是他们的工作。我倒是希望他们永远也查不出来。我讨厌看到升官以后的斯莱克自以为了不起,四处炫耀他的聪明。"

我还是比较通人情的,赞成给斯莱克升职。一个四处奔走、有条不紊地与人发生摩擦的人,不能指望招人喜欢。

"海多克医生的想法和我的很接近,"丹尼斯继续说,"他绝不会向警方供出凶手。他是这么说的。"

我想这就是为什么海多克的观点很危险。这些观点本身可能是合理的——我本不该说这些话——但会对那些粗心大意的年轻人造成影响,我相信海多克本人无意传播这种想法。

格里塞尔达望着窗外,说,花园里有记者。

"我想他们又在拍书房的落地窗了。"她说着,叹了一口气。

这可让我们俩吃了不少苦头。先是那些无所事事、好奇心十足的村民们跑过来张着大嘴东瞧瞧西看看,然后是这些用照相机武装起来的记者,接着村民们又来围观记者。最后,我们不得不从马奇贝纳姆请来一个警察,站在窗外执勤。

"唉,"我说,"葬礼在明天上午举行。葬礼以后大家就不会这么激动了。"

当我们到教堂旧翼时,我注意到有几个记者在附近游荡。他们带着各种各样的疑问过来与我搭讪,我的回答一成不变(我们认为这是最佳回答):"无可奉告。"

管家把我们领进客厅,客厅里只有一个人,原来是克拉姆小姐,她显然兴高采烈。

"这是一个惊喜,对不对?"她一边和我们握手,一边说,"我从未想到会有这种事,普罗瑟罗太太真是太好了,不是吗?当然,一个年轻的姑娘独自待在蓝野猪旅店那种地方,周围全是记者什么的,你们会认为不太好。况且,我并非无用之人,这种时候确实需要一个秘书,普罗瑟罗小姐也没帮什么忙,不是吗?"

她仍然对莱蒂斯充满敌意,而且俨然成了安妮贴心的死党,我觉得这一点很好笑。与此同时,我怀疑她来这里的说法是否正确。听她的意思是安妮主动请她来的,但我怀疑事实是否真的如此。第一次提到不喜欢一个人留在蓝野猪旅店,很可能这个姑娘的本意。虽然对她没有任何成见,但我不认为克拉姆小姐讲的全是真话。

就在这时,安妮·普罗瑟罗走进了房间。

她身着一袭静穆的黑衣,手中拿着一份报纸的周日版。将报纸递给我时,她向我投来悲戚的一瞥。

"我从未经历过这样的事。太恐怖了,不是吗?审理这个案子时,我见到一个记者。我告诉他,我心情烦乱,无可奉告。然后他就问我,我是否急于找到杀害我丈夫的凶手。我说'是的'。接着他又问,我是否有怀疑的对象,我说'没有'。他还问我是否认为罪犯了解当地情况,我说当然是这样。就这样。现在你们看看这上面都写了什么!"

这版报纸中央是一张照片,显然,拍摄时间至少要追溯到十年前,天知道他们是从哪儿挖出来的。新闻的大标题是:

遗孀宣称不找到杀害丈夫的凶手决不罢休

被害人的遗孀,普罗瑟罗太太断言,必须在当地寻找凶手。她有怀疑对象,但无法确定。她宣称极度悲痛,但重申了将追查凶手到底的决心。

"这根本不像我说的话,不是吗?"安妮说。

"还可能更糟。"我说着,把报纸还给她。

"他们可真无耻。"克拉姆小姐说,"我倒是想看看这些家伙能从我嘴里问出些什么来。"

从格里塞尔达眼中的光亮判断,她对这番话很感兴趣,尽管克拉姆小姐本意并不像她说的那样。

午餐会开始了,我们走进餐厅。大家吃到一半时,莱蒂斯才来,她飘到空座位上,向格里塞尔达笑了笑,又向我点了点头。出于私人原因,我特别观察了她,但她一如往日地茫然。她漂亮极了——公平地说，我必须承认这一点。她依然没有服丧，而是穿了一件浅绿色的衣裳，愈发衬托出肤色细腻美好。

我们喝完咖啡后，安妮平静地说：

"我想和牧师说会儿话。我得请他到我的客厅去。"

我终于要知道她叫我们来的原因了。我起身跟着她上了楼梯。她在房间门口停下脚步。我正要说话，她伸出一只手拦住我。她俯视餐厅，倾耳细听。

"好了。他们要到花园里去了。不，别进去。一直向上走。"

令我颇为惊讶的是，她带着我沿着走廊一直走到了这一厢的尽头。这里有一条和木梯子一般窄的楼梯，通往上一层楼。她爬了上去，我跟在她身后来到一个灰尘飞扬的木板过道。安妮打开一扇门，我们走进一个光线昏暗的大阁楼，显然，这里被用作杂物间。房间里堆放着旅行箱、破烂的旧家具，还有几摞绘画作品，以及各种各样通常会存放在杂物间里的零碎物件。

我的惊讶之情显而易见，她对此报以淡然一笑。

"首先，我必须解释一下。近来我睡得很浅。昨晚，准确地说，今天凌晨三点钟左右，我听见有人在房子里面走动。我听了一会儿，然后起床出来看。我意识到动静是楼梯平台上发出来的，不是从下面，而是从上面传出来的。我走到楼梯脚，又听到了那个声音。我喊了一声：'有人吗？'但是没有人回答。后来我就再也没有听到什么声音，我以为是自己神经紧张所致，便又回去睡下了。

"可是，今天一大早，我来到这儿——纯粹是出于好奇。结果我发现了这个！"

她蹲下身，将一幅正面朝内靠在墙上的画布翻过来。

我惊讶地倒抽了一口气。显然，这是一幅油画肖像，脸部被人一通劈砍，已经无法辨识。此外，刀痕一定是新的。

"真是蹊跷。"我说。

"是吧？告诉我，你能想出任何可以解释的理由吗？"

我摇了摇头。

"如此野蛮的行径，"我说，"我不欣赏。似乎是狂躁病发作，一怒之下干的。"

"是啊，我也是这么想的。"

"这是谁的画像？"

"我一点儿印象都没有。以前从来没见过。在我和卢修斯结婚，来这里生活之前，所有这些东西就在阁楼里了。我从未清理过这些东西，也没有在这上面费过心思。"

"蹊跷。"我说道。

我弯下腰，仔细看其他的画。和预想的差不多——几幅平庸的风景画、石印油画，还有一些廉价画框里的复制品。

再没有什么有用的东西了。有一只很大的老式旅行箱，就是曾被叫做"约柜"的那种，上面印着首字母缩写——E. P.。我揭开箱盖，里面是空的。阁楼上再也没有什么东西可以提供任何线索。

"这件事真令人觉得奇怪，"我说，"如此莫名其妙。"

"是啊，"安妮说，"我受到了一些惊吓。"

没有其他可看的了。我陪着她下楼来到客厅，她关上客厅的门。

"你认为我应该做点儿什么吗？告诉警察？"

我犹豫了一下。

"从表面来看，很难说是否——"

"与谋杀案有关，"安妮帮我补充了下半句，"我知道这正是困难所在。从表面上来看,似乎没有任何关联。"

"是啊,"我说,"但这又是一件怪事。"

我们俩默默地坐着,困惑地紧锁眉头。

"冒昧地问一句,你有什么打算?"我随即问。

她抬起头来。

"我至少还要在这里住六个月呢!"她用挑衅的口吻说,"我不想这样。我讨厌生活在这里。但我想我只能这么做。不然,人们会说我逃跑了,说我问心有愧。"

"当然不会。"

"哦!会的,他们肯定会这么说的。特别是当——"她停了一下,然后说,"六个月期满后,我要嫁给劳伦斯。"她的目光对上了我的,"我们俩都不打算再等下去了。"

"我想,"我说,"会是这样一个结局。"

突然,她崩溃了,将脸埋进手心里。

"你不知道我有多么感激你……你不知道。我们已经互相道过别了,他本打算离开这里。卢修斯的死并没有让我感觉……感觉有多么可怕。如果他在我们打算私奔的时候死了,那就太可怕了。但是你让我们明白那么做是错误的。这就是我感激你的原因。"

"我,也,感谢你们。"我郑重地说。

"无论如何,你知道,"她直起身来,"除非查出真正的凶手,否则他们永远都会认为是劳伦斯干的哦!是的,他们会的,特别是当他娶我的时候。"

"亲爱的,海多克医生的证据已经清楚地表明——"

"人们会在意证据吗?他们甚至对此一无所知。总之,医学证据对局外人来说毫无意义。这就是我要留下来的另一个原因。

克莱蒙特先生,我要查出真相。"

说这话时,她的双眼闪闪发光。她补充道:

"这就是我为什么让那位姑娘到这里来。"

"克拉姆小姐?"

"是的。"

"这么说,是你让她来的。我是说,这是你的主意吗?"

"是我自己的主意。哦!事实上,她有点儿爱抱怨。审理这个案子时,我到的时候,看见她也在那儿。我是故意让她来的。"

"当然了,"我喊道,"你不会认为那个傻姑娘和本案有什么关系吧?"

"装傻太容易了,克莱蒙特先生。是这世界上最容易做的事之一。"

"这么说,你真的认为——"

"不,不这么认为。说实话,我没这么想。我想到的是,那个姑娘知道一些事,或可能知道些什么。我想近距离了解她。"

"她到的当晚,那幅画被乱砍了一气。"我若有所思地说。

"你认为是她干的吗?可是为什么呢?这也太荒唐了,不可能吧。"

"我还认为,你丈夫在我的书房里被杀死是一件荒唐的、不可能的事呢。"我愤愤地说,"但他就是死在了那里。"

"我知道,"她把手放在我的胳膊上,"这一定令你很不悦。我很清楚这一点,只是我没有说太多。"

我从口袋里取出那只蓝色的天青石耳环,递给她。

"我想,这是你的吧?"

"对,是我的!"她高兴地笑着伸手来接,"你在哪儿找到的?"

然而，我没有把耳环放在她伸过来的手里。

"你是否介意，"我说，"我再保存一段时间呢？"

"哎呀，当然不介意。"她一脸困惑不解，似乎想追问究竟。我没有满足她的好奇心。

反而问她，她的经济状况如何。

"这个问题很不礼貌，"我说，"但我并非是想打听你的情况。"

"我根本不认为这有什么不礼貌的。你和格里塞尔达是我在这里最好的朋友。我也喜欢那个滑稽的马普尔小姐。你知道，卢修斯很富有。他把东西平均分给了我和莱蒂斯。教堂旧翼归我，但莱蒂斯可以挑选足够多的家具去装饰一幢小房子，她另有一笔钱，可以用来购置房屋，以便公平分配。"

"她有什么计划，你知道吗？"

安妮做了一个滑稽的鬼脸。

"她没告诉我。我想她会尽快离开这里。她不喜欢我，从来就没喜欢过我。可能是我的错吧，尽管我一直努力表现得很得体。但我想任何姑娘都会憎恨年轻的继母。"

"你喜欢她吗？"我直率地问道。

她没有立刻回答，这使我相信，安妮·普罗瑟罗是个诚实的女人。

"一开始我是喜欢她的，"她说，"她是一个那样漂亮的小姑娘。我想我现在不喜欢她了。我也不知道为什么，也许是因为她不喜欢我。你知道，我喜欢别人喜欢我。"

"我们都这样。"我说。安妮·普罗瑟罗露出微笑。

我还有一个任务没完成。那就是单独和莱蒂斯·普罗瑟罗聊聊。结果这个任务非常轻松，因为我在空无一人的客厅里瞥见了她的身影。格里塞尔达和格拉迪斯·克拉姆在外面的花园里。

我走进去,关上门。

"莱蒂斯,"我说,"有件事我得和你谈谈。"

她满不在乎地抬起头。

"什么事?"

我已经事先想好说什么了。我伸出手,给她看那个天青石耳环,平静地说:

"你为什么把这个掉在我的书房里?"

我见她愣了一下,但这个表情转瞬即逝。她以最快的速度恢复了平静,快到我几乎没能察觉。接着,她漫不经心地说:

"我没在你的书房掉过东西。那个不是我的,是安妮的。"

"我知道。"我说。

"那为什么还要问我呢?一定是安妮掉的。"

"谋杀案发生后,普罗瑟罗太太只来过我的书房一次,她穿的是黑色的衣服,所以不太可能戴蓝色的耳环。"

"如果是那样的话,"莱蒂斯说,"那就是她以前掉的吧。"她补充道,"这非常符合逻辑。"

"是非常符合逻辑,"我说,"你不记得你的继母最后一次戴这枚耳环是什么时候了吧?"

"哦!"她看着我,目光中掺杂着疑惑和信任,说,"这很重要吗?"

"可能很重要。"我说。

"我得好好想想,"她坐在那里,眉头紧蹙。我从未见过莱蒂斯·普罗瑟罗如此迷人。"哦,对了!"她突然说,"她,星期四戴过。我现在想起来了。"

"星期四,"我慢慢地说,"是谋杀案那天。那天普罗瑟罗太太从花园到了书房,不过,如果你还记得的话,她在作证的时候说,她只走到窗前,并没有进屋。"

"你在哪儿发现这个的?"

"滚到书桌下面去了。"

"这么说,她没有说实话?"莱蒂斯冷静地说。

"你的意思是,她是径直走进书房,站在书桌边吗?"

"哦,看样子是,难道不是吗?"

她沉着地与我对视。

"如果你想知道的话,"她平静地说,"我从来不认为她说的是实话。"

"我知道你也没有说实话,莱蒂斯。"

"你这是什么意思?"

她大吃一惊。

"我的意思是,"我说,"我上次见到这只耳环是在星期五,那天我和梅尔切特上校来你家。它和另一只耳环就摆在你继母的梳妆台上。我还碰过这两只耳环。"

"哦——"她的信心开始动摇了,突然,她俯在椅子扶手上哭了起来。她的头发散落下来,几乎碰到了地板。这个姿态很奇怪,美丽而又放肆。

我默默地等着,任凭她抽泣了一会儿,然后用非常温和的语气说:"莱蒂斯,你为什么要这么做?"

"什么?"

她腾地一下站起来,将头发猛地往后一甩。她的样子很疯狂,几乎是被吓坏了。

"你什么意思?"

"是什么让你做出了这种事?嫉妒?讨厌安妮?"

"哦，哦，对！"她把沾在脸上的头发拨到脑后，似乎突然恢复了冷静，"是的，你可以称之为嫉妒。我一直都不喜欢安妮，自从她来到这儿，表现得像个女王一般自命不凡，我就不喜欢她。是我把那个该死的东西放在书桌下面的，我希望这会给她带来麻烦。如果没有你这个爱管闲事的人，还碰了人家梳妆台上的东西，我的计划就成功了。不管怎么说，东奔西走，帮助警察，并不是牧师的职责。"

这是一种恶毒而幼稚的发泄。我没有理会。确实，此时的她很像一个可悲的小孩。

她企图报复安妮，但这种幼稚之举不必当真。我这样对她说了，还说我会把耳环还给普罗瑟罗太太，但不会告诉她我是怎么找到耳环的。她似乎深受感动。

"你真好。"她说。

她沉默了一会儿，然后把脸转向一边，字斟句酌地说道：

"你知道，克莱蒙特先生，如果我是你，我会，我会赶快让丹尼斯离开这里，我想这样会好些。"

"丹尼斯？"我挑起眉毛，稍感惊讶，同时又觉得很好玩。

"我想这样会好些，"她又说，表情仍然非常尴尬，"我为丹尼斯感到遗憾。我不认为他——总之，我很遗憾。"

我们的谈话到此为止。

23

回家的路上，我向格里塞尔达建议绕道去一趟古墓再回家。我急于了解警方是否已经开始工作，如果开始了，他们是否发现了什么。可惜，格里塞尔达回家还有事要做，我只好独自前往。

我发现负责行动的是赫斯特警官。

"目前为止还没有找到任何线索，先生，"他报告说，"不过，照理说，这里应该是唯一的藏身之处。"

他把"藏身之处（cache）"念成了"抓住（catch）"，我不太明白他为什么要用这个词，但我几乎立刻明白了他其实想说什么。

"我的意思是，先生，从那条路走进森林，那个年轻女人还能去哪儿？这条路通向教堂旧翼和这里，情况大概就是这样。"

"我想，"我说，"斯莱克警督会蔑视这种单刀直入向这位年轻女士讯问的简单做法。"

"不想让她担惊受怕，"赫斯特说，"她写给斯通的任何东西，或者他写给她的任何东西都可能会说明一些问题——一旦她知道我们盯上了她，她就会像那样闭上嘴。"

究竟怎样闭上嘴，依旧是个谜团，但我本人怀疑格拉迪斯·克拉姆小姐是否会像他所说的那样闭上嘴。无法想象她不口若悬河的时候是什么样。

"如果一个人是骗子,你就想知道他为什么会是个骗子。"赫斯特警官说。

"当然。"我说。

"这个古墓里能找到答案,否则他瞎掺和什么?"

"这就是他在这里徘徊的 raison d'etre[①]。"我说,可是这点儿法语把警察难住了。为了报复我说了他不懂的法语,他冷冰冰地说:

"这是外行的观点。"

"总之,你们还没找到那只手提箱。"我说。

"我们会找到的,先生,不用怀疑。"

"我不太确定,"我说,"我一直在想,马普尔小姐说,没过一会儿,那个姑娘就空着手回来了。如果真的是那样的话,她不可能有时间到这里来再回去。"

"你不要理会老太太说的话,她们看见一个新奇的东西就会焦急地等待,哎呀,对她们来说,时间过得可真快。不管怎么说,女人都对时间没什么概念。"

我经常感到纳闷,为什么大家都这么喜欢归纳总结。一概而论的推测很少或者从来没正确过,而且往往是完全错误的。我的时间观念也不怎么样(所以才会把时钟拨快),我得说,马普尔小姐对时间非常敏感。她的时钟分秒不差,无论去什么场合,她都会准时到达。

然而,我无意与赫斯特警官在这个问题上争论。我向他道了午安,祝他好运后就离开了。

[①]意为"存在的理由"。

快到家时我才有了这个想法。完全是毫无来由。它只是作为一个可能的方案在我的头脑中闪过。

你一定还记得,事发第二天,我第一次搜查那条小路时,发现某处的灌木丛被人动过。结果证明,或者我当时认为是,那是和我想法一致的劳伦斯干的。

但我记得,后来他和我一起行动时,突然又看到另一条有些微痕迹的小径,是警督走过留下的。再次想起这件事时,我清楚地记得,第一条路(劳伦斯那条)比第二条路显眼得多,仿佛不止一个人经过那里。我推断,也许正是这一点吸引了劳伦斯的注意。倘若最初是斯通博士或克拉姆小姐动过呢?

我记得,或是隐约记得,折断的树枝上有几片枯萎的叶子。如果是这样的话,那条小径就不可能是我们去搜寻的那个下午踩出来的。

我带着疑问走近这个地点。我一下子就认出了那条路,再次奋力穿过灌木丛向那里走去。这次我注意到了几根新折断的树枝。在我和劳伦斯来过之后,有人走过这条路。

我很快来到了遇到劳伦斯的地方。那条若隐若现的小径伸向更远的地方,我沿着这条路向前走。突然,路变宽了,形成一片空地,并显示出隆起的迹象。我说这是一片空地,因为树下的灌木稀疏了,但树枝在头顶上交错遮挡,整片空地宽约几英尺。

另一边的灌木则生长得很繁茂,很明显,最近没有人从那里走过。不过,有一个地方还有被翻动过的迹象。

我走过去,跪在地上,伸出双手将灌木扒开。一个褐色的箱子皮面闪闪发光,这是对我的奖励。我激动极了,把一只胳膊插进去,费了很大力气才将一只褐色的手提箱拉出来。

我欢呼了一声。我终于成功了。尽管在赫斯特警官那里遭受了冷遇和斥责，但结果还是证明我的推理是正确的。毫无疑问，这就是克拉姆小姐提的那只箱子。我碰了一下搭扣，但箱子是锁上的。

起身时，我发现地上有一颗小小的闪光棕黄色晶体。我随手把它捡起来，塞进口袋里。

然后，我抓着我发现的这个东西的把手，顺原路返回小路。

当我翻过梯磴，来到小路上时，附近传来一个激动的声音：

"哦！克莱蒙特先生，你找到了！你可真聪明！"

我立刻想到，在看见别人却不被人看见这方面，马普尔小姐天下无敌。我把手提箱放在隔在我们中间的木栅上，放稳。

"就是这只箱子，"马普尔小姐说，"在哪儿我都认得出。"

我想，这么说未免有些夸张。和这只廉价闪亮的手提箱一模一样的箱子有好几千个。在月光下，而且离得这么远，谁也无法辨认一只箱子。但我意识到，马普尔小姐在箱子这件事上大获成功，就这一点而论，她有权夸口，也是可原谅的。

"克莱蒙特先生，我想箱子上了锁吧？"

"是的。我正准备把箱子送到警察局去。"

"你不认为打个电话更好吗？"

当然，打电话无疑更好。手中提着箱子大步穿过村子，可能太扎眼了。

于是，我拉开马普尔小姐花园的门闩，从落地窗进到屋里，从门扉紧闭的圣洁客厅给警察局打电话报告了这个消息。

结果，斯莱克警督宣布他马上亲自过来。

没想到，他来时一副气势汹汹的样子。

"这么说，我们找到那个箱子了？"他说，"你知道，先生，你不该自行其是。如果你有理由相信你知道东西藏在哪里，你该向有关当局汇报。"

"这纯属偶然,"我说,"我只是突发奇想。"

"这可能是个真实的故事。穿过几乎四分之三英里的林地,径直走向那个地点,把手放在上面。"

我本可以告诉斯莱克警督,一步步的推理如何将我引到准确的地点,但他一如既往地激怒了我。我什么也没说。

斯莱克警督用厌恶和所谓的冷漠眼神盯着这只箱子。"我想,我们还是可以看看里面有什么。"

他带来了各种各样的钥匙和金属线。这把锁是廉价货。几秒钟的工夫,箱子就开了。

我也不知道我们期望箱子里装着什么,什么耸人听闻的东西吧。首先映入我们眼帘的是一条油乎乎的方格围巾。警督把它揪了出来。接着是一件退了色的深蓝色大衣,破得已经不能穿了。然后是一顶花格无檐帽。

"一堆破烂。"警督说。

接下来是一双鞋跟已经磨烂的破靴子。箱子底部放着一包用报纸包着的东西。

"我猜是件高档衬衫。"警督一边撕开报纸,一边刻薄地说。

片刻过后,他惊奇地屏住了呼吸。

因为包里是几件雅致的小银器和一只银制圆形大浅盘。

马普尔小姐尖叫了一声,她认出了这些东西。

"敞口矮盐瓶,"她喊道,"普罗瑟罗上校的盐罐,还有查理二世时期的浅口碗。你们听说过这种事吗!"

警督的脸涨得通红。

"原来如此,"他嘟囔着,"盗窃。我还是弄不明白,怎么从来没有人报失。"

"也许他们没发现丢东西,"我说,"我推测,这些贵重物品不会放在外面经常使用。普罗瑟罗上校可能把它们锁在保险柜里了。"

"我必须调查此事,"警督说,"我现在就去教堂旧翼。这就是斯通博士溜走的原因。发生了凶杀案,还有这样那样的事,他怕我们听到风声,知道他的所作所为。说不定他的财物被搜查过了。他命那位姑娘换上合适的衣服,把东西藏在树林里。他采用的是迂回战术,把她留在这里,免得受人怀疑,他则偷偷潜回来,趁着天黑把东西取走。哦,这样做有一个好处。可以排除他杀人的嫌疑。他与此无关,这完全是另一码事。"

他把东西放回箱子,拒绝了马普尔小姐喝一杯雪利酒的提议,离开了。

"哦,总算揭开了一个谜题。"我说着叹了一口气,"斯莱克说得很对,没有理由怀疑他杀人。一切都有了满意的解释。"

"好像确实是这样,"马普尔小姐说,"不过,我们没有十足的把握,对不对?"

"完全缺乏动机,"我指出,"他得到了他为之而来的东西,正准备离开呢。"

"哦,是啊。"

她显然并不满意,我有点儿好奇地看着她。看到我探询的目光,她赶忙带着歉意回答说:

"我不怀疑自己错了。我在这方面很愚蠢。我只是纳闷,我是说,这些银器很贵重,不是吗?"

"不久前,一只浅口碗可以卖到一千多英镑。"

"我指的不是那件银器的价值。"

"不是,是所谓的鉴赏价值。"

"我正是这个意思。卖这样的东西得花些时间作安排，即使安排好了，交易过程也必须保密。我是说，如果盗窃案被报道了，警方发出通缉令，这些东西就无法在市场上出售了。"

"我不太明白你的意思。"我说。

"我知道我解释得很糟糕。"她变得越发慌乱，言语中充满了歉意，"但在我看来，他不太可能这么心不在焉吧。可以这么说，妥当的做法只有一个，就是拿复制品代替这些东西。也许这样一来，在一段时间内，人们不会发现有东西被盗。"

"这主意是很妙。"我说。

"只能这么做，不是吗？如果是这样的话，当然，就像你说的那样，一旦以假换真完成，就没有任何理由杀掉普罗瑟罗上校了，恰恰相反。"

"没错，"我说，"我就是这么说的。"

"是啊，我只是很纳闷，当然，我不知道，普罗瑟罗上校总是在没做之前就说出去，当然了，有时候他根本不去做，但他确实说过——"

"说过什么？"

"说他要请人给所有的东西估个价，那个人是从伦敦来的。为了遗嘱认证——不，那是在人死了之后——为了保险赔偿金。有人告诉他应该这么做。这件事他说过很多次，说这样做有多么重要。当然，我不知道他是否做了什么实际的安排，但如果他做了……"

"我明白了。"我慢慢地说。

"当然，专家一见到银器就能分辨真伪，普罗瑟罗上校也就记起他给斯通博士看过这些东西。我怀疑，那个时候银器是否已经被换掉了，变了一个戏法，人们不是这么说的吗？太聪明了。

但是行家一来，唉，老话说，肥肉掉进大火里，这下子可闯了大祸了。"

"我明白你的想法了，"我说，"我想我们必须找到真凭实据。"

我再次走到电话机旁。没过两分钟，我就和教堂旧翼的安妮·普罗瑟罗通上了电话。

"不，不是什么重要的事。警督到了吗？哦！他在路上。普罗瑟罗太太，你能告诉我，教堂旧翼的物品是否估过价吗？你说什么？"

她迅速做出了清晰的回答。我谢过她，把听筒放回原处，转身面向马普尔小姐。

"非常确定，普罗瑟罗上校曾安排一个人星期一，也就是明天，从伦敦来这里，对那些物品进行一番全面的估价。由于上校死了，这件事就推迟了。"

"有动机了。"马普尔小姐轻声说。

"是的，动机有了。但仅此而已。你忘了，枪声响起时，斯通博士已经和其他人走在一起了，或者正在翻越梯磴，想要加入其他人。"

"是的，"马普尔小姐若有所思地说，"这样他就被排除了。"

24

我回到牧师寓所,发现霍伊斯在书房里等我。他紧张地来回踱步。我走进房间时,他猛地一惊,仿佛身上中了一枪。

"请你原谅我,"他一边说,一边擦着额头,"我最近心神不定。"

"我亲爱的老兄,"我说,"你必须换个环境。这样下去你会崩溃的,我们决不能看着你这样。"

"我不能抛弃我的岗位。不,我决不会做这种事。"

"这不是抛弃不抛弃的问题。你病了。我相信海多克会赞同我的意见。"

"海多克,海多克。他算是什么医生啊?一个在乡下行医的无知家伙。"

"我认为你这么说对他不公平。他一直被公认为专业能力很强。"

"哦!也许吧。是的,可能是这样,但我不喜欢他。我来这里不是想说这个的。我来这儿是想问你今晚可否代我布道。我……我真的感觉力不从心。"

"哦,当然可以。我可以代你主持礼拜仪式。"

"不,不。我想主持礼拜仪式。我的身体很健康。只是,一想到站在讲坛上，那么多双眼睛盯着我……"

他闭上眼睛，痉挛般地做着吞咽的动作。

我一眼就看出霍伊斯有大问题。他似乎觉察到了我的想法，因为他睁开眼睛，赶忙说：

"我真的没什么事。就是头痛，头疼真折磨人。你能给我杯水喝吗？"

"当然可以。"我说。

我亲自去水龙头那儿接水。在我们家，按铃叫女佣是一种徒劳无益的活动。

我把水递给他，他谢了我，接着从口袋里拿出一个小纸盒，打开盒子，取出一个糯米纸胶囊，就着水吞了下去。

"头痛粉。"他解释说。

我突然怀疑霍伊斯对药物产生了依赖。这也许可以解释他的许多古怪行为。

"我希望你别吃太多。"我说。

"不，哦，不会的。海多克医生警告过我不要这么做。不过，这药真的很灵，马上就见效。"

的确，他看起来已经平静多了，更沉着了。

他站起身来。

"那么，今晚由你来布道了？你真是太好了，先生。"

"别客气。我坚持要主持这个仪式。你回家休息吧。不，我不想争论。不要再说什么了。"

他再次向我表示感谢。接着，他的目光掠过我滑向窗边，说：

"先生，你……你今天去了教堂旧翼，是吗？"

"是的。"

"对不起……是他们叫你去的吗？"

我吃惊地看着他，他面红耳赤。

"不好意思，先生。我……我只是想，案件可能有了新的进展，所以普罗瑟罗太太才会叫你过去。"

我压根儿不想满足霍伊斯的好奇心。

"她想和我商量一下葬礼怎么安排，还有别的一两件小事。"我说。

"哦！是那样。我明白了。"

我没有说话。他坐立不安，最后说：

"昨天晚上雷丁先生找过我。我……我想不出他找我的原因。"

"他没告诉你吗？"

"他……他只是说，他想拜访我。说一个人晚上有些寂寞。他以前从来没做过这种事。"

"哦，我想有他做伴应该挺愉快的。"我微笑着说。

"他为什么来看我？我不喜欢这样。"他抬高嗓门，声音变得尖厉起来，"他说还会顺道来看我。这到底是什么意思？你认为他脑子里在想什么？"

"你认为他心怀鬼胎？"我问道。

"我就是不喜欢这样，"霍伊斯固执地重复着，"我从未以任何方式和他作对。我从未暗示过他有罪，哪怕在他自首的时候，我还说，这简直令人费解。如果说我怀疑过什么人，那也是阿彻，绝不是他。阿彻是个截然不同的家伙，他是一个不信神不信教的无赖，一个醉鬼恶棍。"

"难道你不认为你有些苛刻吗？"我问道，"毕竟，我们对这个人知之甚少。"

"他是一个偷猎者,进过好几次监狱,什么事都干得出来。"

"你真的认为是他杀死了普罗瑟罗上校?"我好奇地问。

霍伊斯压根儿不喜欢用"是"或"不是"来回答问题。我最近已经注意到好几次了。

"先生,难道你不认为这是唯一可能的答案吗?"

"据我所知,"我说,"没有任何对他不利的证据。"

"他说过威胁的话,"霍伊斯急切地说,"你忘了他曾威胁过。"

我已然厌倦听人说起阿彻的威胁,就我理解,没有直接证据能表明他威胁过普罗瑟罗上校。

"他决定报复普罗瑟罗上校。他灌了一肚子酒,然后杀死了他。"

"那纯粹是推测而已。"

"但你承认那是完全可能的吗?"

"不,我不承认。"

"那总是有可能吧?"

"是的,有可能。"

霍伊斯斜眼瞥了我一眼。

"为什么你认为可能性不大?"

"因为,"我说,"阿彻这样的人不会想到用手枪杀人。武器不对。"

听到我的论点,霍伊斯似乎吃了一惊。显然,这种反对意见出乎他的意料。

"你真的认为这种反对理由行得通吗?"他满腹狐疑。

"依我看,这是认定阿彻有罪的绊脚石。"我说。

听我的语气如此肯定,霍伊斯没再说什么。他再次道谢,然后转身离开了。

我把他送到前门,在门厅的桌子上发现了四张便条。这些便条有一个共同特征。女性的笔迹,这一点明白无误,而且上面都写着:"亲启。紧急。"我能看到的唯一的区别是,其中一张明显比其他的脏。

这些便条的相似性激发了我想要看个究竟的好奇心——不是双倍的好奇心,而是四倍的好奇心。

玛丽从厨房里走出来,盯着便条的我被她逮了个正着。

"午饭后就亲自送来了,"她主动说,"一张除外,我是在邮箱中发现的。"

我点了点头,收起便条,走进书房。

第一张便条这样写道:

亲爱的克莱蒙特先生:

　　我了解到一些情况,觉得应该让你知道。这与可怜的普罗瑟罗上校之死有关。我不知是否该报告警察,若你能就此提供一些建议,我将感激不尽。自从我亲爱的丈夫去世后,我在任何公开场合都极少露面。或许今天下午你可以过来坐一会儿。

你真诚的

玛萨·普赖斯·里德雷

我打开第二张便条:

亲爱的克莱蒙特先生:

　　我心烦意乱,脑子里乱得很,我真的不知如何是好。

有些话传到了我耳朵里,我觉得可能很重要。我很害怕跟警察搅和在一起。我的心情是如此烦乱哀伤。亲爱的牧师,你可否顺路来我这里,以你一贯出色的方式来消解我的疑惑和迷惘呢,这个要求不过分吧?

请原谅我的打扰。

你最真诚的
卡罗琳·韦瑟比

我感觉我不用读第三张便条,就能把内容背诵出来了。

亲爱的克莱蒙特先生:

我听说了一件非常重要的事,觉得应该第一个告诉你。你能否今天下午抽空过来一下?我会在家里等你。

这张字句精炼的信署名阿曼达·哈特内尔。

我打开第四封信。我一直很幸运,很少受到匿名信的骚扰。我想,匿名信是最卑鄙、最残忍的武器,这封信也不例外。写信的人装成文盲,但有几个疑点令我不禁怀疑他的身份。

亲爱的牧师:

我想,你应该知道发生了什么事。总有人看见你的夫人从雷丁先生的小屋里鬼鬼祟祟地出来。你知道我说的是什么意思。这两人有暧昧关系,我想你应当知道。

一个朋友

我厌恶地轻轻叫了一声,把信纸揉成一团丢进打开的炉栅里，正在这时，格里塞尔达走进了房间。

"你扔的是什么东西，表情这么轻蔑？"她问道。

"垃圾。"我说。

我从兜里掏出一根火柴划着，蹲下身。但格里塞尔达的动作比我还快。她弯下腰捡起那个揉皱的纸团，还没等我上前制止，她就把纸团摩挲平了。

她读了便条，厌恶地轻轻叫了一声，把信纸抛还给我，同时转过身去。我点燃便条，看着它烧起来。

格里塞尔达走开了。她站在窗前凝望外面的花园。

"伦。"她说，但没转过身。

"是，亲爱的。"

"我想告诉你一件事。对，别打断我。我要说，请你听我说。劳伦斯刚到这里来的时候，我让你以为我和他只是一面之交。这不是真的。我……我非常了解他。事实上，在认识你之前，我非常爱他。我想很多女人都爱劳伦斯。我，呃，一度做过蠢事。我不是指写有失体面的信，或者做书中说的那种蠢事。不过，我曾经非常迷恋他。"

"你为什么没告诉我？"我问道。

"哦！没有为什么！我也不清楚，只是……哦，你在某些方面有些傻。只是因为你比我年纪大很多，你就认为……哦，我有可能喜欢上别人。我想，你也许不喜欢我和劳伦斯做朋友。"

"你很擅长隐瞒。"我说，我记起不到一周前她在那个房间里对我说的话，她说话的模样是那么天真自然。

"是的，我一直都很会隐藏。在某种意义上说，我喜欢这样做。"

她的声音里有一种孩子般的欢乐。

"我说的都是真话。我不了解安妮,我很纳闷,劳伦斯为什么好像是变了一个人,完全……无视我的存在。我不习惯这样。"

一阵沉默。

"伦,你能理解吗?"格里塞尔达焦急地问。

"是的,"我说,"我理解。"

可是我真能理解吗?

25

我发现很难摆脱匿名信对我的影响。

然而,我把另外三张便条收起来,瞥了一眼手表,走出家门。

我很纳闷,同时被这三位太太"知悉"的事可能是什么呢?我认为是同一条消息。由此,我意识到,我的心理状态是不知所措。

我无法装作是因为出访而顺路经过警察局。我的脚被什么吸引了,不由自主地在那里停下了。我急于知道斯莱克警督是否从教堂旧翼回来了。

我发现不仅他回来了,克拉姆小姐还和他一起回来了。漂亮的格拉迪斯坐在警察局里,用高压手段处理问题。她矢口否认自己把手提箱拿到了树林里。

"就因为一个嚼舌头的老太婆无事可做,整夜盯着窗外,你就针对我。别忘了,她弄错过一次,她说凶杀案发生的那天下午,她看见我在路尽头,如果她大白天都会弄错,怎么可能在月夜里认出我呢?

"这些老太婆的所作所为太邪恶了。信口雌黄,她们就是这样。我只是无辜地睡在床上。你们应该为自己感到羞耻,你们这群人。"

"克拉姆小姐,假设蓝野猪旅店的老板娘认出这个手提箱是你的呢?"

"如果她说过这样的话,那是她的问题。箱子上又没有写名字。那种手提箱几乎人手一个。至于可怜的斯通博士,你们竟然指控他是惯偷!他的名字前面有很多头衔呢。"

"克拉姆小姐,这么说,你拒绝给出任何解释了?"

"谈不上拒绝。你们弄错了,仅此而已。你和你那个爱管闲事的马普尔。我的律师不在场,我不会再说一个字。我现在就要走,除非你们逮捕我。"

作为回答,警督起身为她开门,克拉姆小姐甩了一下头,走了出去。

"这就是她采取的策略,"斯莱克回到自己的座位上,"断然否认。当然,那个老太太也可能搞错了。陪审团成员不会相信,在月夜里,离得老远,能辨认出任何人来。所以,正像我所说的那样,老太太可能搞错了。"

"也许是这样,"我说,"但我不认为她弄错了。马普尔小姐往往是对的。这就是为什么她不讨人喜欢。"

警督咧开嘴笑了。

"赫斯特也是这么说的。天哪,这些村民!"

"那银器呢,警督?"

"似乎被保存得很稳妥。当然,这意味着不是这个,就是那个,总有一个是赝品。马奇贝纳姆有个行家,是古银器方面的权威。我已经给他打了电话,派车去接他了。我们很快就会知道真相。盗窃行为要么已成事实,要么还在筹划中。不管是哪种情况,都没什么区别——我的意思是,对于我们来说,和谋杀案比起来,盗窃只是小事一桩。这两个人都与谋杀无关。我也许能通过这个姑娘打听他的情况，这也是我不动声色放走她的原因。"

"我还是不明白。"我说。

"雷丁先生值得同情。我们很少会看到一个人不辞辛苦来满足你的要求。"

"我同意。"说着，我淡淡一笑。

"女人会惹出很多麻烦。"警督说教道。

他叹了一口气，继续说，这次说的话多少令我有些吃惊。"当然，还有阿彻。"

"哦！"我说，"你想到他了？"

"嘿，当然了，先生，马上就想到了。用不着收匿名信也能知道是他。"

"匿名信，"我立刻说，"这么说，你也收到了一封匿名信？"

"不是什么新鲜事，先生。我们每天至少会收到一打。哦，对了，我们是被阿彻点醒的。好像警方没本事自己找出来似的！阿彻自始至终都是我们的怀疑对象。问题在于，他有不在现场的证明。这并不能说明什么，但要调查这一点却很棘手。"

"'这并不能说明什么'是什么意思？"我问道。

"哦，他好像整个下午都和几个朋友在一起。如我所说的那样，这一点很重要。阿彻那帮人会随便起誓。他们的话一点儿都不可信。我们了解这一点。但公众不了解，可惜的是，陪审团成员是从公众中选出来的。他们什么都不懂，十有八九，证人说什么他们就信什么，也不管说话的人是谁。当然，阿彻会狡辩，直到脸色铁青地发誓说不是他干的。"

"没有雷丁先生那么殷勤周到。"我笑着说。

"他不会的。"警督只是简单地陈述事实。

"人都有求生的本能嘛。"我沉吟道。

"如果你知道，有些凶手由于陪审团心慈手软而逃脱罪责，你会吃惊的。"警督阴郁地说。

"但你真的认为是阿彻干的吗？"我问道。

我很奇怪，对这起谋杀案，斯莱克警督似乎一直没有他自己的见解。定罪的难易程度好像是唯一吸引他的东西。

"我需要更确凿的证据，"他坦言，"指纹、脚印，或者有人在案发的那段时间在附近见过他。如果没有类似的证据，就不能冒失地逮捕他。有人在雷丁先生家周围见过他一两次，但他说，是去找他母亲说话。她是个体面的人，总的来说是。我赞同这位女士的观点。只要我拿到敲诈的确凿证据——但在这件案子里，找不到任何确切的证据！全是推测，推测，推测。可惜啊，克莱蒙特先生，没有一个老小姐住在你那条街上。我敢打赌，要是有什么事，她一定会看见。"

他的话提醒了我还要去拜访，于是，我向他道了别。这大概是我第一次见他态度如此和蔼可亲。

我第一个拜访的是哈特内尔小姐。她一定是在窗前守望着我，因为还没等我按门铃，她就开了前门，紧紧抓住我的手，将我领进门内。

"你能来，真是太好了。到这儿来。这里更私密一些。"

我们走进一间极小的屋子，也就鸡笼那么大。

哈特内尔小姐关上门，神秘兮兮地招呼我坐到一个座位上（这里只有三个座位）。我察觉到她很享受这个状态。

"我从来就不是拐弯抹角的人，"她的语调很轻快，不过，为了配合当时的情境，在说后一句话时，她的语气和缓了些，"你知道，在一个这样的村子里，消息是怎么传开的。"

"可惜的是，我确实知道。"我说。

"我同意你的看法。没有人比我更讨厌流言蜚语了，但就是有流言蜚语。我想我有义务告诉警察，案发那个下午我去拜访了莱斯特朗兹太太，但她出去了。我只是尽了我应该尽的义务，并不指望人家感谢我。生活中总是能碰到忘恩负义的人。哎呀，就在昨天，那个无耻的贝克太太……"

"是的，是的，"我说，想避免她发表长篇大论，"太让人伤心了，太让人伤心了。你刚才说到哪儿了。"

"下等人不知道谁是他们最好的朋友，"哈特内尔小姐说，"去拜访他们的时候，我总是会及时劝导他们，但从来没有人因此感谢过我。"

"你刚才说，你告诉警督去拜访莱斯朗兹太太的事。"我提示她。

"没错。对了，他也没谢我。只是说，等他需要了解情况的时候再问。这不是他的原话，不过，意思是这样的。如今的警察队伍里有了来自另一个阶层的人。"

"很有可能，"我说，"你刚才想说什么？"

"我决定这次不会走近任何卑劣的警督。毕竟，牧师是绅士，至少有些牧师是。"她补充道。

我猜我被归于这一类。

"如果我能帮你什么忙。"我说。

"这是义务的问题，"哈特内尔小姐说，她猛然闭上了嘴，"我不想说这些事。没有人比我更讨厌这个。但义务就是义务。"

我等着她继续说。

"我听说，"哈特内尔小姐继续说，她的脸色变得绯红，"莱斯特朗兹太太对外宣称，她一直在家，她听到铃声没有开门，是因为——哦——她不愿意。真是装腔作势。我只是出于义务才登门拜访，却受到如此对待！"

"她病了。"我温和地说。

"病了？胡说。你太不谙世事了，克莱蒙特先生。那个女人根本没有病。病到无法参加审讯！海多克医生还给她出了诊断书！大家都知道，她用一根小拇指就能把他玩得团团转。哦，我说到哪儿了？"

我也不太清楚。和哈特内尔小姐谈话，你很难知道她何时停止讲述，开始谩骂。

"哦！说到那天下午我去她家里找她。哦，她说她在家，简直是胡说。她不在家，这我知道。"

"你怎么会知道的？"

哈特内尔小姐的脸更红了。用不太刻薄的话来说，她窘态百出。

"我敲了门，又按了门铃，"她解释道，"两次。要么就是三次。我突然想起来，她家的门铃可能坏了。"

我欣喜地注意到，她说这话时不敢看我的脸。我们的房子都是同一个建筑商盖的，他安装的门铃很好用，站在门外的垫子上，铃声听得清清楚楚。我和哈特内尔小姐都很清楚这一点，但我还是想给她留点儿面子。

"是吗？"我喃喃道。

"我不想把我的名片塞进邮箱里。那样会显得很粗鲁，不管我是什么样的人，反正我从不粗鲁。"

她发表这番惊人的言论时，脸不红，心不跳的。

"所以，我就想，应该绕到房子后面去，拍拍窗玻璃，"她继续厚着脸皮说，"我绕着那幢房子走了一圈，从每扇窗户向里张望，但她家里根本没有人。"

我完全明白了。利用房子里没人这个机会，哈特内尔小姐肆无忌惮地满足自己的好奇心，她绕着房子转了一周，仔细查看了花园，站在窗前尽量了解内部的情况。她决定将这个故事告诉我，以为我会比警察更有同情心，更宽厚仁慈。即便教民可疑，牧师仍应善意地假定他们无罪。

我没有对此发表评论，只是问了一个问题：

"那是什么时候，哈特内尔小姐？"

"我记得是在，"哈特内尔小姐说，"快六点的时候。然后，我就直接回家了，我进家门的时间大概是六点过十分。后来，普罗瑟罗太太六点半左右来找我，把斯通博士和雷丁先生留在门外，我们聊了一会儿灯泡的事。这期间，可怜的上校就躺在血泊中。这真是一个令人伤心的世界呀。"

"有时候这个世界确实令人很不悦。"我说。

我站起身来。

"你就想跟我说这些吗？"

"我只是认为这个信息可能很重要。"

"可能吧。"我表示同意。我不愿久留，便向她告了辞，哈特内尔小姐非常失望。

我下一个拜访的是韦瑟比小姐，她有点儿激动地接待了我。

"亲爱的牧师，你真是太好了。你喝过茶了吗？真的不想喝？需要靠垫吗？你能立刻赶来，真是太好了。你总是乐于为别人效力。"

转入正题之前，她寒暄了半天，即使说到要点，她的方式也是那么的迂回委婉。

"你得明白，这个消息的来源非常可靠。"

在圣玛丽米德，最可靠的来源往往是某个人的仆人。

"你不能告诉我是谁告诉你的吗?"

"亲爱的克莱蒙特先生,我已经对那个人作出承诺了。我一直认为,承诺是件神圣的事。"

她的神情十分庄重。

"我们就说是一只小鸟告诉我的,好不好?这样比较稳妥,对不对?"

我很想说"这简直愚蠢至极"。我多么希望把这句话说出来。我倒要看看韦瑟比小姐听后会做何反应。

"呃,这只小鸟告诉我,她看见了一个太太,我们还是不要说出她的名字吧。"

"另一只小鸟?"我问。

令我大吃一惊的是,韦瑟比小姐突然哈哈大笑起来,还开心地拍着我的胳膊,说道:

"哦,牧师,你太顽皮了!"

恢复平静后,她继续说:

"这位太太,你知道她去哪儿了吗?她拐进了牧师寓所所在的那条路,但在此之前,她举止怪异地来回张望,我想,她是看有没有熟人注意到她。"

"那么,这只小鸟——"我问道。

"去鱼贩家了。店铺上面的那个房间。"

现在我知道女佣们放假时都去哪儿了。我知道,有一个地方,她们能不去就永远不去,那就是露天场所。

"时间呢,"韦瑟比小姐把身子探过来,故弄玄虚地说,"刚好是在六点前。"

"哪一天?"

韦瑟比小姐轻轻尖叫了一声。

"当然是案发那一天,我没告诉你吗?"

"这是我推断出来的,"我回答道,"那位太太叫什么名字?"

"字母 L 打头。"韦瑟比小姐说,她点了好几次头。

我感觉韦瑟比小姐想要传达的信息已经快说完了,便站起身来。

"你不会让警察盘问我吧?"韦瑟比小姐双手紧抓着我的手,可怜巴巴地说,"我可不愿意抛头露面。更不要说站在法庭上了!"

"遇到特殊情况,"我说,"他们会让证人坐下。"

我逃走了。

还要见普赖斯·里德雷太太。这个女人对我开门见山。

"我不想和警察、法庭有任何牵连,"她冷淡地与我握过手后,语气坚定地说,"你明白这一点。另外,我无意中发现了一个情况,需要解释一下。我想,这件事应引起权威人士的注意。"

"和莱斯特朗兹太太有关吗?"我问道。

"为什么应该跟她有关系?"普赖斯·里德雷太太冷冷地问。

她将我置于不利的境地。

"事情很简单,"她继续说,"我的女佣克拉拉正站在门口,她去那儿待了一两分钟,说想呼吸几口新鲜空气。不太可能是为了这个,她可能是想看几眼那个贩鱼的男孩——他自称男孩,其实就是个自大鲁莽的臭小子——他十七岁了,跟所有的姑娘开玩笑。总之,就像我说的那样,她当时正站在门口,她听到有人打了个喷嚏。"

我"哦"了一声,等着听下文。

"就这么多。我告诉你,她听到有人打了一个喷嚏。别说我不那么年轻了,我也年轻过,也可能犯过错,这可是克拉拉听到的。她才十九岁。"

"可是,"我说,"她听见喷嚏声又能说明什么呢?"

普赖斯·里德雷太太看我的眼神显然是在同情我智力低下。

"案发当天,你房里空无一人时,她听到了喷嚏声。毫无疑问,凶手藏在灌木丛里,伺机下手。你要追查的是一个患了感冒的人。"

"或是一个花粉症患者,"我说,"其实,普赖斯·里德雷太太,我想这个谜题很容易破解。我家的女佣玛丽最近得了重感冒。事实上,她近来总是擤鼻子,可把我们折磨得够呛。你的女佣听到的一定是她的喷嚏声。"

"那是男人打的喷嚏,"普赖斯·里德雷太太语气坚决,"而且,从我家门口听不到你们的女佣在厨房里打喷嚏。"

"从你家门口听不到任何人在书房里打喷嚏,"我说,"至少我非常怀疑这一点。"

"我说了,那个人可能藏在灌木丛里,"普赖斯·里德雷太太说,"毫无疑问,等克拉拉一进门,他就从前门进去了。"

"哦,当然,那有可能。"我说。

我尽量让我的声音听起来不是有意安抚她,但我肯定失败了,因为普赖斯·里德雷太太突然对我怒目而视。

"没人听我说话,我已经习惯了,但我还是想说一句,把网球拍漫不经心地丢在草地上,又不装进球拍夹里,是很容易弄坏的。现在的网球拍很贵。"

这种旁敲侧击毫无逻辑可言,我完全被搞蒙了。

"也许你不同意我的说法。"普赖斯·里德雷太太说。

"哦!我同意,我当然同意。"

"我很高兴。我要说的就是这些。整件事都与我无关了。"

她身子向后仰，闭上眼睛，仿佛厌倦了这个世界。我谢过她，并向她道别。

在门前台阶上，我壮胆向克拉拉询问了她主人说的话。

"完全正确，先生，我听到了喷嚏声。不是普通的喷嚏，绝不是。"

有关犯罪的一切都不会是普通的。枪声不是普通的枪声，喷嚏不是平常的喷嚏。我猜测，这一定是特别凶手的喷嚏声。我问这个姑娘是什么时候听到的，她说得很含糊，大概是在六点过一刻到六点半之间。反正是在太太接电话、受到惊吓之前。

我问她是否听到过枪声。她说，枪声很可怕。之后，我就不太相信她的话了。

正要拐进家门时，我决定去见一个朋友。

我瞥了一眼手表，发现做晚课前刚好有时间去拜访他一下。我顺着那条路向海多克医生家走去。他走到门口台阶上来迎接我。

我再一次注意到他是那么的忧虑和憔悴。这件事让他一下子老了很多，都快让人认不出来了。

"见到你很高兴，"他说，"有什么消息吗？"

我把斯通的最新情况告诉了他。

"一个上流社会的贼，"他评论道，"哦，这说明了很多情况。他专攻这门学科，但也时不时在我面前说漏嘴。有一次被普罗瑟罗识破了。你还记得他们俩那次争吵吗？你认为那姑娘怎么样？她也卷进去了吗？"

"对此还没有定论，"我说，"就我看来，这姑娘没有什么问题。

"她简直是个不折不扣的大笨蛋。"我补充道。

"哦！我不这么认为。她精明得很，我是说格拉迪斯·克拉姆小姐。身体棒极了。不可能麻烦我这个行业的成员。"

我告诉他，我很担心霍伊斯，我急切希望他能离开，换一个环境好好休息一下。

我说这话时，他神色闪躲。他的回答听起来不像是真心话。

"是的，"他慢慢地说，"我想，这是最好的办法。可怜的家伙，可怜的家伙。"

"我以为你不喜欢他呢。"

"我不是——很喜欢他。但我会为很多我不喜欢的人而感到难过。"过了一两分钟，他又说，"我甚至为普罗瑟罗感到难过。可怜的家伙，没有人喜欢过他。他过于耿直、专断了。这两种性格特征结合在一起不太讨人喜欢。他一向如此，从他年轻的时候就是这样。"

"我不知道你那么早就认识他。"

"哦，是的。他住在威斯特摩兰的时候我就认识他，我在离他家不远的地方开了个诊所。那是很久以前的事了。过去快二十年了。"

我叹了一口气。二十年前，格里塞尔达才五岁。时间真是个古怪的东西……

"克莱蒙特，你来我这儿就是为了说这些吗？"

我吃了一惊，抬头看着他。海多克正用敏锐的目光注视着我。

"你还有别的事想说吧？"他说。

我点了点头。

刚进门时，我还拿不准要不要说，现在我决定说了。像任何一个人一样，我喜欢海多克。他在各个方面都很优秀。我觉得我的话可能对他有用。

我把我和哈特内尔小姐以及韦瑟比小姐面谈的情形讲给他听。

听我说完，他沉默良久。

"确实如此，克莱蒙特，"他终于说，"我一直在尽力保护莱斯特朗兹太太，不希望她有任何麻烦。事实上，她是我的老朋友，但这不是唯一的原因。并非像你们所有人想的那样，那份诊断书不是我们要的诡计。"

他停顿了一下，然后郑重地说：

"这事你知我知，克莱蒙特。莱斯特朗兹太太要死了。"

"什么？"

"她是个濒死的女人。我估计她最多能活一个月。你是不是很奇怪我为何要保护她，不让她受到纠缠和盘问？"

他继续说：

"那天晚上，她拐到这条路是为了来这里，来我家。"

"你以前没有告诉过我这些事。"

"我不想招惹闲言碎语。六点到七点不是我给病人看病的时间，每个人都知道。但你要相信我的话，她在我这里。"

"可是，我来找你时，她不在。我是说，我们发现尸体的时候。"

"不在，"他似乎心神不安，"她离开了，去赴约。"

"往哪个方向走的？去她自己家吗？"

"我不知道，克莱蒙特，我以我的名誉担保，我不知道。"

我相信他，但是——

"万一有无辜的人被绞死呢？"我说。

他摇了摇头。

"不会的，"他说，"没有人会因为普罗瑟罗上校谋杀案被绞死的。你要相信我的话。"

这恰恰是我做不到的。然而,他的语气非常肯定。

"没有人会被绞死。"他重复道。

"这个,阿彻——"

他做了一个不耐烦的动作。

"他脑子不够用,不会把枪上的指纹擦掉。"

"也许吧。"我半信半疑地说。

我想起了什么,从兜里掏出在灌木丛里找到的那个棕黄色晶体,递给他,问他这是什么东西。

"哦,"他犹豫了一下说,"好像是苦味酸。你在哪儿找到的?"

"这是歇洛克·福尔摩斯的秘密。"我说。

他微微一笑。

"苦味酸是什么?"

"哦,是一种炸药。"

"是,我知道,但它还有别的用途,是不是?"

他点了点头。

"医学用途,治疗烧伤。好东西。"

我伸出手,他颇不情愿地将苦味酸交还给我。

"也许无关紧要,"我说,"但我发现的地方不同寻常。"

"你不愿意告诉我是什么地方吗?"

我的想法很幼稚,我就是不想告诉他。

他有他的秘密。那么,我也有我的秘密。

他没把全部的心事吐露给我,让我有些伤心。

26

那天晚上登上讲坛时，我的心情很奇怪。

教堂里反常地坐满了人。我无法相信霍伊斯要布道的消息吸引了这么多人。霍伊斯的布道乏味教条。如果传出消息说，我要代他布道，也不会吸引这些人。因为我的布道不仅乏味，还充满学究气。恐怕我无法将其归因于对宗教的信仰。

据我推断，每个来这儿的人都想看看有谁在，有可能的话，就等布道后在教堂的门廊里交换一下八卦新闻。

海多克也在教堂里，他可是稀客，还有劳伦斯·雷丁。令我惊奇的是，我在劳伦斯身旁看见了霍伊斯那张苍白紧张的脸。安妮·普罗瑟罗也来了，她通常会参加星期天的晚祷，但我没想到今天她会来。我竟然看见了莱蒂斯，真是令人吃惊。星期天上午必须去教堂做礼拜——在这一点上，普罗瑟罗上校非常固执，但我从未见过莱蒂斯参加晚礼拜。

格拉迪斯·克拉姆也在，在一群干瘪的老小姐的衬托下，她的年轻和健康相当刺眼。我想，那个姗姗来迟，溜进教堂，坐在教堂后面的模糊人影大概是莱斯特朗兹太太。

用不着我说，普赖斯·里德雷太太、哈特内尔小姐、韦瑟比小姐和马普尔小姐悉数到场。所有的村民都到了，几乎无人缺席。我不知道什么时候教堂曾经如此拥挤过。

人群真是奇怪的东西。那天晚上，教堂就像一个磁场，第一个感觉到它的影响的人是我自己。

一般说来，我会事先准备好布道稿。我的准备工作做得非常认真，但没有人比我更清楚其中的不足。

今晚，我必须即席布道。我俯视一张张扬起的面孔，脑子里突然有了一个疯狂的念头。我不再是上帝的牧羊人，而是成了一个演员。我面前坐着一群观众，我想感动他们，甚至，我感觉自己有能力感动他们。

我那天晚上的所作所为并不让我感到骄傲。我对情绪化的宗教复兴派精神全然不信。然而，那天晚上，我扮演了一个语无伦次、怒吼咆哮的福音传道者的角色。

我慢慢地宣讲。

> 我来本不是召义人悔改，乃是召罪人悔改。

我把这句话重复了两遍。我听到自己的声音，洪亮清脆，不像往日的伦纳德·克莱蒙特的声音。

我看见坐在前排的格里塞尔达吃惊地抬起头，丹尼斯也照着她的样子抬起头来。

我屏息凝神了片刻，然后，放任自己情绪激昂起来。

教堂里会众的情绪压抑到了极点，反而意味着可利用的时机已经成熟。于是我就这样做了。我劝告罪人悔改。我煽动自己的情绪，使自己陷入狂热状态，我一次又一次伸出谴责之手，重申这句话：

"我对你们说……"

每一次,教堂的不同角落里都会传出阵阵叹息和喘气声。

群众的情绪是多么奇怪而可怕的东西。

我用这样一句美丽而严厉的话来结束我的布道——也许这是整本《圣经》中最严厉的词语:

  今夜必要你的灵魂……

  这是一种奇怪的、短暂的着魔状态。回到牧师寓所后,我又成了那个暗淡的、含混的自我。我发现格里塞尔达面色苍白。她把手伸进我的臂弯里。

"伦,"她说,"你今晚很糟糕。我,我不喜欢这样。我从来没听你这样布道过。"

"我想你再也不会听到了。"说着,我疲倦地倒在沙发上。我很累。

"是什么让你那么做的?"

"一阵突如其来的疯狂。"

"哦,不会有什么特别的原因吧?"

"什么意思——特别的原因?"

"我想知道——仅此而已。你太出人意料了,伦。我好像从未真正了解过你。"

我们坐下来吃着冰冷的晚餐,玛丽出去了。

"门厅里有你一封信,"格里塞尔达说,"丹尼斯,去帮忙拿一下,好吗?"

一直默不作声的丹尼斯很听话。

我接过信,抱怨了一声。信的左上角写着:亲启。急件。

"这一定是马普尔小姐写的。只剩下她了。"

我的判断相当正确。

亲爱的克莱蒙特先生:
  我突然想到一两件事,非常想和你聊一聊。我觉得我们都应尽力帮忙查清这个神秘的惨案。如有可能,我将在九点半过去,敲你书房的窗户。也许,好心的格里塞尔达可以过来一趟,让我外甥开心起来。当然,如果丹尼斯先生愿意,他也可以来。如果我没有接到回信,我会先在家里等他们,然后在我说的那个时间过去。

你十分真诚的
简·马普尔

我将信递给格里塞尔达。

"哦,我们会去的!"她高兴地说,"星期日晚上正需要喝一两杯家酿的利口酒。我想,这是因为玛丽做的牛奶冻可怕得令人压抑,仿佛是从太平间里拿出来的东西。"

这件事似乎对丹尼斯没什么吸引力。

"对你们倒是挺好的,"他抱怨道,"你们可以谈论格调高雅的艺术和书籍。我总是像个十足的傻瓜一样坐在那里听你们说。"

"这对你有好处,"格里塞尔达平静地说,"这会让你知道自己的位置。况且,我不认为雷蒙德·韦斯特先生像他装出来的那样聪明到令人恐惧的程度。"

"几乎没有人那么聪明。"我说。

我很想知道马普尔小姐究竟要谈些什么。在所有的女教民中，我认为她是最聪颖的一个。这不仅仅是因为每件事都逃不过她的眼睛和耳朵，还因为她能从她所注意到的事实中做出很棒的推论，贴切得令人惊讶。

如果我什么时候打算开始行骗生涯的话，那么我惧怕的是马普尔小姐。

被格里塞尔达称做"取悦外甥的晚会"是九点刚过开始的。在等待马普尔小姐上门的工夫，我将与案件有关的事实画成一张表，借以自娱自乐。我尽量将这些事实按时间先后顺序排列。我不是个守时的人，但我是个有条理的人，我喜欢把东西有条不紊地记录下来。

正好九点半的时候，落地窗外传来轻轻的敲击声。我起身让马普尔小姐进来。

一条精美的设得兰披肩裹住她的头和肩，她显得那么苍老虚弱。她走进来，激动得有些语无伦次：

"让我来，你真好……亲爱的格里塞尔达真好……雷蒙德很欣赏她，他总是称她为完美的格勒兹……不，我不要脚凳。"

我把她的设得兰披肩搭在一把椅子上，然后转身又拉过来一把椅子，坐在客人对面。我们对视着，她的脸上突然露出一丝自嘲的微笑。

"你一定很奇怪为什么，为什么我会对这一切如此感兴趣。你很可能认为这不是女人该做的事。不，如果可以的话，我想解释一下。"

她沉默了片刻，面颊渐渐变成粉红色。

"你明白，"她终于开口了，"像我这样孤零零地生活在一个偏僻角落里的人，总得有点儿爱好。当然，我可以刺绣、读读《指南》和《福利》杂志、画点儿素描，但我的爱好，长年的爱好，是研究人性。人性是如此多种多样，非常令人着迷。当然，在一个小村庄，没有什么分心的事，我们有充分的机会去精通一样本领。于是，我开始将人分类，分得很明确，把他们当成花鸟一样，按照群组、种类和物种分成这类和那类。当然，有时候也会出错，但随着时间的推移，错会越来越少。然后在自己的身上做实验，找出一个小问题，比如说，精选的虾鳃曾让格里塞尔达开心不已。这是一个无足轻重的谜题，但在破解之前令人无法理解。再比如，更换止咳片，屠夫老婆的雨伞。最后一件事毫无意义，除非我们假设杂货商和药剂师妻子的行为不端，当然，结果事实确实如此。你知道，应用自己的判断，并发现自己是对的，是多么令人着迷的一件事。"

"我相信，你通常是对的。"我微笑着说。

"恐怕，这使得我有些自负。"马普尔小姐坦言道，"但我一直很想知道，如果有一天真碰上一桩大谜案，我是否还照样能解开。我是指，正确地破解。从逻辑上讲，应该是完全一样的。毕竟，一个可运转的小鱼雷模型和真正的鱼雷是一模一样的。"

"你的意思是，这完全是个相对性的问题，"我慢吞吞地说，"应该是——我承认从逻辑上讲是一样的，但我不知道是否果真如此。"

"肯定是一样的，"马普尔小姐说，"学校里所说的因素是相同的。有钱，有异性，呃，异性相吸——当然，还有怪异的举止，很多人都有点儿奇怪，不是吗？事实上，如果你进一步了解，就会发现大多数人都很奇怪。正常人有时会做出惊人之举，不正常的人有时却非常理智和普通。事实上，唯一的方法是将这个人和你认识或偶遇的其他人作比较。你会惊讶地发现，截然不同的类型少之又少。"

"你吓到我了,"我说,"我感觉自己被放在显微镜下面。"

"当然,我绝不会把这些话告诉梅尔切特上校——这个人太专横了,不是吗——还有可怜的斯莱克,怎么说呢,他像极了鞋店里的姑娘,一心想把漆皮鞋卖给你,因为店里有你的号码,却完全不理会你想要的是棕色的小牛皮。"

这段对斯莱克的描述妙极了。

"克莱蒙特先生,我相信,你对本案的了解绝不比斯莱克警督少。我想,如果我们可以合作……"

"我怀疑,"我说,"我想,我们每个人都暗自把自己想象成了歇洛克·福尔摩斯。"

接着,我把那天下午三位女士约见我的事告诉了她。我告诉她,安妮发现了一张脸部被砍烂的画像,告诉她克拉姆小姐在警察局的态度,还讲述了海多克医生鉴定了我拾到的那枚晶体。

"既然是我发现的,"我最后说,"我当然希望是重要的线索,但这也许与案件毫无关系。"

"最近,我从图书馆里借了很多美国的侦探故事来读,"马普尔小姐说,"希望对破案有所帮助。"

"书里有没有谈到苦味酸?"

"恐怕没有。不过,我记得读过一篇故事,说一个人中了苦味酸的毒,有人把羊毛脂当药膏涂在他身上。"

"可是这里没有人中毒,所以这也不成问题。"我说。

然后,我拿起我做的那个时间表,递给她。

"我试着尽可能清晰地概括本案的事实。"我说。

我的时间表

本月二十一日,星期四

上午12：30普罗瑟罗上校将约会时间从六点改为六点一刻。很可能一半的村民都听到了他说的话。

12：45有人最后看见手枪放在原来的地方。（但这一点比较可疑，因为阿彻太太先前说她记不清了。）

5：30（大约）——上校和普罗瑟罗夫人乘车离开教堂旧翼去村里。

5：30有人从教堂旧翼的北门房冒充别人给我打来电话。

6：15（或一两分钟前）——普罗瑟罗上校到达牧师寓所，被玛丽领进书房。

6：20普罗瑟罗太太沿后面那条小路走来，穿过花园，来到书房的窗前。未见到普罗瑟罗上校。

6：29电话从劳伦斯·雷丁的住所打到普赖斯·里德雷太太处（根据电话局的记录）。

6：30至6：35听见枪声。（假设电话时间准确。）劳伦斯·雷丁、安妮·普罗瑟罗和斯通博士的证词似乎说明时间要早一些，但普赖斯·里德雷太太也许说对了。

6：45劳伦斯·雷丁到达牧师寓所，发现尸体。

6：48我碰见劳伦斯·雷丁。

6：49我发现尸体。

6：55海多克验尸。

注：只有两个人没有6：30到6：35之间的不在现场证据。她们是克拉姆小姐和莱斯特朗兹太太。克拉姆小姐说她在古墓，但无法证实。不过把她排除在本案之外似乎是合情合理的，因为她似乎与此案毫无关联。六点过后，莱斯特朗兹太太离开海多克医生家去赴约。约会地点在哪儿？与何人约会？不太可能是和普罗瑟罗上校，因为他要和我会面。案发时，莱斯特朗兹太太确实

在案发现场附近，但无法确定她会有何作案动机。上校之死无法使她从中获益，况且我也不接受警督关于敲诈的推论。莱斯特朗兹不是那种女人。再者，她也不可能拿走劳伦斯·雷丁的手枪。

"非常清楚，"马普尔小姐点头表示赞同，"确实非常清楚。男士们总能做出如此出色的备忘录。"

"你同意我写的内容吗？"我问道。

"哦，是的。你做得很好。"

然后，我问了她一个我一直想问的问题。

"马普尔小姐，"我说，"你怀疑谁呢？你曾说过有七个人。"

"确实是这样，我是这么想的，"马普尔小姐心不在焉地说，"我期望每一个人都会怀疑不同的人。实际上，我们也明白他们有嫌疑。"

她没有问我怀疑谁。

"关键是，"她说，"每件事都必须给出解释，令人满意的解释。如果你的推测与每个事实吻合，哦，那么，就一定是正确的。但做到这一点极为困难。如果不是因为那张便条……"

"便条？"我惊讶地问。

"是啊，你一定记得，我告诉过你。那张便条一直困扰着我。莫名其妙，我就是觉得不对劲。"

"当然，"我说，"现在已经找到解释了。便条是在六点三十五分写的，写这张便条的是另一个人——凶手，凶手将六点二十分写在信头，是为了让大家误解。我想，这一点确定无疑了。"

"但即便如此，"马普尔小姐说，"还是不对劲。"

"为什么呢？"

"你听我说,"马普尔小姐急切地将身子凑过来,"我告诉过你,普罗瑟罗太太经过我的花园,走到窗前向内张望,她没有看见普罗瑟罗上校。"

"因为他正坐在写字台前写信。"我说。

"就是这里不对。当时是六点二十分。我们一致认为,他不会坐下来以后还说到六点半他就不再等了,那么他为什么会在那个时间坐在写字台前呢?"

"我从来没想过这个问题。"我慢慢地说。

"亲爱的克莱蒙特先生,我们再把这个案子从头过一遍。普罗瑟罗太太走到窗前,她认为房间里没有人——她一定是这么认为的,否则她绝不会去画室见雷丁先生,那样做不安全。既然她认为房间里没有人,那么,房间里一定声息皆无。这样就有三种可能,不是吗?"

"你的意思是⋯⋯"

"第一种可能是,普罗瑟罗上校已经死了,但我认为这种可能性不大。首先,他刚到五分钟,她或我都可能会听到枪声。其次,他是否在写字台前也是个难点。第二种可能当然是他正坐在写字台前写便条,但在这种情况下,肯定是一张完全不同的便条。便条上绝不会说他不能等了。至于第三种可能嘛——"

"是什么?"我问道。

"哦,第三种可能,当然就是,普罗瑟罗太太是对的,房间里真的没有人。"

"你是说,他被领进房间后又出去了,后来又回来了,是吗?"

"是的。"

"但他为什么这么做呢?"

马普尔小姐有些困惑地摊开手。

"这就意味着要从一个截然不同的角度看这个案子。"我说。

"我们经常不得不这么做——对任何事,你不这样认为吗?"

我没有回答。我在反复考虑马普尔小姐提出的那三种可能。

老太太轻轻叹了一口气,站起身来。

"我得回去了。很高兴能和你聊聊天,尽管不是很深入,对吗?"

"实话跟你说吧,"我为她取来披肩,说,"我觉得,整件事就像一个令人困惑的迷宫。"

"哦。我可不这么看。我想,总的来说,有一种假设几乎与每件事吻合。也就是说,如果你承认有巧合的话,我想,可以允许有一个巧合。当然,多于一个巧合就不可能了。"

"你真的是这么想的吗?我指的是这个理论?"我看着她问道。

"我承认,我的理论有一个瑕疵—— 一个无法忽略的事实。哦!如果那张便条是什么别的东西就好了。"

她摇头叹气,走到窗前,心不在焉地伸出手来,抚摸着架子上那棵垂头丧气的植物。

"你知道吗,亲爱的克莱蒙特先生,这个东西应该经常浇水。可怜的小家伙,它太缺水了。你家的女佣应该每天给它浇水。我猜,花草是由她照管的吧?"

"她照管什么都这样。"我说。

"暂时还是个生手。"马普尔小姐说。

"是啊。"我说,"而且,格里塞尔达坚决不同意解雇她。她认为一个完全没人想要的女佣才会留在我们身边。不过,那天玛丽提出要辞职。"

"是嘛。我还以为她很喜欢你们俩呢。"

"我没发现。"我说,"但事实上是莱蒂斯·普罗瑟罗惹恼了她。审讯结束后,玛丽的情绪有些不稳定,发现莱蒂斯在这儿,她们就斗了几句嘴。"

马普尔小姐"哦"了一声。她正要跨出门,突然停下脚步,做出一连串困惑的表情。

"哦,天哪!"她咕哝道,"我真傻。就是这么回事。完全有可能,一直如此。"

"请再说一遍好吗?"

她转过身来对着我,一脸的困惑。

"没什么。只是突然有了一个念头。我必须回家,把事情彻底想明白。你知道吗?我认为自己一直愚蠢透顶,简直不可思议。"

"我很难相信你是愚蠢的。"我讨好般地说。

我陪她走出书房,穿过草坪。

"你能告诉我突然想到了什么吗?"我问道。

"暂时还是不说了吧。你明白,我仍有可能弄错什么。但我不这么认为。我们已经到花园门口了,非常感谢你。请不要远送了。"

"那张便条还是绊脚石吗?"我问,她走出大门,我随手闩上了门。

她茫然地看着我。

"便条?哦!那当然不是真正的便条。我从来没觉得是。晚安,克莱蒙特先生。"

她快步走向那条回家的路,留下我盯着她的背影。

我不知道自己脑子里在想什么。

27

格里塞尔达和丹尼斯还没有回来。我意识到,最自然不过的事情是,和马普尔小姐一起过去,把他们接回家。她和我都完全被这个谜案吸引了,以至于忘记了这个世界上除了我们以外还有别人存在。

我站在门厅里,琢磨着要不要现在就去叫他们。这时,门铃响了。

我走到门口,发现邮箱里有一封信。我猜,这大概就是门铃响的原因,于是,我将信取了出来。

可是,门铃又响了。我慌忙将信塞进衣袋里,打开前门。

来者是梅尔切特上校。

"你好,克莱蒙特。我正好坐车从镇上回家,想顺道来拜访一下你,再和你喝上一杯。"

"我非常高兴,"我说,"到书房里来吧。"

他脱下皮外套,跟我进了书房。我取来威士忌、苏打水和两只杯子。梅尔切特站在壁炉前,双腿叉开,轻轻抚摸着浓密的胡须。

"我有一个消息要告诉你,克莱蒙特。最惊人的消息。不过,等一会儿再告诉你吧。你这儿的情况怎么样?那些老太太追查到什么线索了吗？"

"她们干得不赖，"我说，"总之，其中一个认为有眉目了。"

"我们的朋友马普尔小姐吧？"

"我们的朋友马普尔小姐。"

"她那样的女人总认为自己无所不知。"梅尔切特上校说。

他津津有味地啜饮着威士忌苏打。

"也许，我去询问是不必要的干预，"我说，"可能有人问过那个卖鱼的男孩了。我是说，如果凶手是从前门离开的，男孩可能会看到。"

"斯莱克确实问过他，"梅尔切特说，"但男孩说他没有碰到任何人。他也不大可能看见。凶手不会刚好引起他的注意。你家门口有许多遮蔽物。他一定会先看看路上是否有人。男孩要去牧师寓所、海多克家、普赖斯·里德雷太太家。要避开他很容易。"

"是啊，"我说，"我想也是。"

"另一方面，"梅尔切特继续说，"如果碰巧是阿彻这个无赖干的，如果小弗雷德·杰克逊看见他在附近，我很怀疑弗雷德会泄密。阿彻可是他的表哥。"

"你真的怀疑阿彻吗？"

"哦，你知道，老普罗瑟罗狠狠地教训过阿彻。他们之间的仇恨由来已久。仁慈不是普罗瑟罗的优点。"

"对，"我说，"他是个冷酷无情的人。"

"我想说的是，"梅尔切特说，"待人宽容如待己。当然，法律是法律，罪证不足的情况下也可以假定人家无罪吧，这么做也没什么坏处。但普罗瑟罗就是做不到。"

"他还以此为荣呢。"我说。

沉默了一会儿，我问：

"你答应告诉我的那个'惊人的消息'是什么?"

"哦,确实骇人听闻。你知道普罗瑟罗遇害时没写完的那封信吗?"

"知道。"

"我们请来了一位专家,鉴定'六点二十分'这几个字是不是别人加上去的。当然,我们还送去了普罗瑟罗的笔迹样品。你猜结果是什么?那封信根本不是普罗瑟罗写的。"

"你是说那封信是伪造的?"

"伪造的。他们认为,'六点二十分'出自另一个人之手,但他们也不是非常肯定。信头是用不同的墨水写的,但信本身就是伪造品。普罗瑟罗根本没写信。"

"他们确定吗?"

"专家嘛,一向都很肯定的。你知道专家什么样!哦!但他们确定无疑。"

"难以置信。"我说。接着,突然想起一件往事。

"哎呀,"我说,"我想起来了,那个时候普罗瑟罗太太说过,那根本不像她丈夫的笔迹,但我没有理会。"

"真的吗?"

"我认为又是女人说的傻话,认为如果这个世界上有一件事是千真万确的,那就是纸条是普罗瑟罗写的。"

我们对视了一眼。

"真奇怪,"我慢吞吞地说,"马普尔小姐今晚还说,那张便条不对劲。"

"这个女人真讨厌!就算人是她杀的,她也不可能知道得更多了。"

这时,电话响了。电话铃声会让人产生古怪的心理反应。铃声一直响,给人一种不祥之感。

我走过去拿起电话。

"这里是牧师寓所,"我说,"你是谁?"

电话线那头传来一个奇怪而尖细的、歇斯底里的声音:

"我想忏悔,"那个声音说,"上帝啊,我想忏悔。"

"喂,"我说,"喂。听着,你把我的电话切断了。刚才那个电话号码是多少?"

一个软弱无力的声音说,不知道,还说抱歉打扰我了。

我放下电话,转过身面对梅尔切特。

"你曾经说过,如果再有人自首你会发疯的。"

"怎么回事?"

"有人想忏悔……电话局把电话挂断了。"

梅尔切特冲过去,抓起话筒。

"我要和他们讲话。"

"请吧,"我说,"你的话也许有些效果。这事交给你了。我得出去一下。我好像知道那个声音是谁的。"

28

我匆匆走在村里的街上。现在是夜里十一点，星期日晚上十一点，整个圣玛丽米德村应当一片死寂。然而，我看见一幢房子的二楼发出微光，知道霍伊斯还没睡下，我停下脚步，按响门铃。

似乎过了很久，霍伊斯的女房东萨德勒太太吃力地松开两道门闩、一根链锁，转动钥匙，疑心重重地盯着我。

"哎呀，是牧师！"她喊道。

"晚上好，"我说，"我想见霍伊斯先生。我看见他窗口的灯光，估计他还醒着。"

"也许吧。我给他送完晚饭后就没有见过他。他整个晚上都很安静——没有人来看他，他也没出门。"

我点点头，从她身边走过，快步走上楼梯。霍伊斯在二楼有一间卧室和客厅。

我走进客厅。霍伊斯正平躺在一张长椅子上睡觉。我进门并未惊醒他。他身旁放着一只空药盒和半杯水。

他左脚边的地板上有一张有字的皱巴巴的纸，我把那张纸捡起来，展开。

上面写道："亲爱的克莱蒙特——"

我把这封信读了一遍,惊叫了一声。然后,我向霍伊斯俯下身,仔细打量着他。

接着,我把手伸向他肘边的电话。我给出了牧师寓所的号码,梅尔切特一定还在追查刚才那个电话,电话局告诉我号码占线。我叫他们给我回电话,便放下话筒。

我把手伸进口袋,取出刚才拾起来的那张纸条又看了一眼。然后,我又拿出在邮筒里发现的那封还没打开的信。

信眼熟得很。信封上的笔迹和那天下午送来的匿名信出自同一人之手。

我撕开信。

我读了一遍、两遍,还是弄不清信里写的内容。

我正要读第三遍,电话响了。我像做梦一样拿起话筒:

"喂?"

"喂。"

"是你吗,梅尔切特?"

"是我,你在哪儿?我查到了那个电话。号码是——"

"我知道那个号码。"

"哦!好啊。就是你现在用的这个电话吗?"

"是的。"

"忏悔的事怎么样了?"

"忏悔了。"

"你是说,你找到凶手了?"

这时我经受着一生中最强烈的诱惑。我看着霍伊斯,看着那张揉皱的信纸,看着匿名的潦草字体,看着上面写有"智天使"的空药盒,想起了一次闲谈。

我尽了最大的努力。

"我,我不知道,"我说,"你最好过来一趟。"

我把地址告诉了他。

我坐在霍伊斯对面的椅子上,思考起来。

我有整整两分钟的时间来做这件事。

两分钟后,梅尔切特就会到了。

我拿出匿名信,读了第三遍。

读完,我闭上眼睛思考着……

29

我不知在那里坐了多久,我想,其实也就几分钟的时间,却仿佛过了亿万年。这时,我听见门开了,我扭过头去,见梅尔切特进了房间。

他盯着在椅子上熟睡的霍伊斯,然后转向我。

"这是怎么回事,克莱蒙特?到底是什么意思?"

我从手中的两封信中挑出一封,递给他。他低声念了出来。

亲爱的克莱蒙特:

  我不得不告诉你一件非常令人不悦的事。最后,我还是认为写下来好一些,我们晚些时候可以讨论这件事。此事与最近发生的挪用公款一事有关。我很遗憾地告诉你,我对自己已经发现了犯人是谁这件事确信无疑。不得不指控教堂的牧师令我很痛苦,但我也痛苦地知道,我的职责是非常清楚的。必须惩一儆百,而且……

他看着我,面露疑惑。信写到这里,字迹开始变得潦草得无法辨认,显然,死亡抓住了写信人的手。

梅尔切特深深地吸了一口气,然后看向霍伊斯。

"这么说,这就是谜底。一个我们从未考虑过的人。悔恨驱使他忏悔!"

"他近来的举止非常古怪。"我说。

突然,梅尔切特尖叫着大步走向那个熟睡的人。抓住他的肩膀摇晃他,一开始只是轻轻地摇,然后越来越用力。

"他没睡觉!他服毒了!这是怎么回事?"

他的目光扫向那个空药盒。他把药盒拿起来。

"难道他……"

"我想是的,"我说,"有一天,他把这些盒子拿给我看。他告诉我,医生已经警告他切莫用药过量。这就是他摆脱困境的办法,可怜的家伙。也许这是最好的出路。我们无权评判他。"

但是,梅尔切特首先是本郡的警长。吸引我的理由对他而言毫无意义。他抓到了凶手,他想绞死这个罪犯。

他一下子跨到电话机旁,不耐烦地上下猛摇电话,直到对方回答为止。他问了海多克的号码,然后站在那里,默默地等着,耳朵贴着话筒,眼睛盯着椅子上那个瘫软的人。

"喂,喂,喂,是海多克家吗?医生能马上到主街来一趟吗?霍伊斯先生。急事……你说什么……什么号码是多少?……哦,对不起。"

他挂断电话,气得直冒烟。

"接错,接错,总是接错!这关系到一个人的生命。喂!你给我接的号码错了……对,别浪费时间,请接三九,是九,不是五。"

又是一阵焦躁的等待,但这一次短些。

"喂,是你吗,海多克?我是梅尔切特。立刻到主街十九号来,好吗?霍伊斯服药过量了。马上来,伙计,人命关天!"

他挂断电话，不耐烦地在房间里来回踱步。

"你为什么没有马上叫医生来，克莱蒙特，我不理解。你肯定是三心二意。"

幸好梅尔切特从未想到，任何人都可能对他一贯坚持的行为有不同的想法。我一言不发，他继续说道：

"你在哪儿发现的这封信？"

"揉皱了，扔在地板上，揉皱了，从他手中掉在那儿的。"

"太精彩了。那个老女人是对的，我们发现的便条不对劲。真奇怪她是怎么想明白的。这家伙真蠢，竟然没有销毁这张便条。他也不想一想，留着它是你能想到的最具毁灭性的证据！"

"人性中充满了自相矛盾。"

"如果不是这样，我们可能一个凶手也抓不到！他们迟早会做蠢事。你看起来身体很不舒服，克莱蒙特。我想，这是最令你震惊的事吧？"

"是这样。就像我说的，这一段时间，霍伊斯的行为很古怪，但我从没想到……"

"谁想得到呢？喂，好像有汽车的声音，"他走到窗旁，推起窗子探出身，"来了，是海多克。"

片刻后，医生走进房间。

梅尔切特简明扼要地解释了情况。

海多克不是一个喜欢表露情感的人。他只是挑了挑眉毛，点了点头，大步走到他的病人跟前。摸了他的脉搏，翻开病人的眼皮，专注地看着他的眼睛。

然后，他转向梅尔切特。

"想救活他，把他送上绞刑架吗？"他问道，"你知道，他快要死了。总之，气若游丝。我怀疑能否让他醒过来。"

"尽一切所能吧。"

"好的。"

他忙着在他带来的药箱中找东西。他准备好皮下注射剂,在霍伊斯的胳膊上扎了一针。然后站起身来。

"最好把他送到马奇贝纳姆去,送到那里的医院去。帮我把他抬上车。"

我们俩都搭了把手。海多克坐进驾驶座,临行前,他扭过头说了一句话。

"你知道吗,梅尔切特,你不能绞死他了。"

"你的意思是,他无法恢复健康了?"

"也许会,也许不会。我不是这个意思。我的意思是,即使他活过来,哦,这个可怜鬼也不会为他的行为负责。我会为此作证的。"

"他那么说是什么意思?"我们再次上楼时,梅尔切特问道。

我解释说,霍伊斯得了嗜睡性脑炎。

"昏睡病,是不是?如今的人无论干了什么肮脏的事,总能给自己找出一个好理由。你不同意我的说法吗?"

"科学教会了我们许多东西。"

"该死的科学,请你原谅,克莱蒙特,但我讨厌这些软弱的特质。我是个简单的人。好了,我想我们最好还是四处看看吧。"

但这时有人打断了我们,事情完全出乎意料。门开了,马普尔小姐走进了房间。

她面色绯红,神色有些紧张,似乎也意识到了我们的困惑和慌张。

"非常抱歉,真的非常抱歉,打扰了你们美好的夜晚,梅尔切特上校。真的非常对不起,但听说霍伊斯先生病了,我觉得必须过来一趟,看看能做些什么。"

她不说话了。梅尔切特看她的目光中流露出些许厌恶。

"你可真好,马普尔小姐,"他冷冰冰地说,"不过,不必麻烦你了。对了,你是怎么知道的?"

这也是我一直渴望问的问题:

"电话,"马普尔小姐解释说,"他们太粗心,接错了电话,不是吗?你先和我说的话,以为我是海多克医生。我的号码是三五。"

"原来如此!"我喊道。

马普尔小姐总是能为她的全知全能找到合情合理的解释。

"所以,"她继续说,"我就过来看看我能否帮上什么忙。"

"你真是太好了,"梅尔切特又重复了一遍,这次他的语气更冷淡了,"不过,没什么可做的。海多克已经把他送到医院去了。"

"真送去医院了?哦,这下可以彻底松一口气了。我很高兴听到你这么说。他在那儿会很安全的。你说'没什么可做的'不是指没什么可为他做的吧?你的意思不是他不会恢复了吧?"

"这很难说。"我说。

马普尔小姐看向那个药盒。

"我想,他是服药过量了,是不是?"她说。

我想,梅尔切特赞成保持沉默。如果是在其他情况下,我可能也会赞成。但和马普尔小姐讨论案子的情景仍历历在目,所以我无法苟同,尽管我得承认,她的迅速出现和急切的好奇心让我有些反感。

"你最好看看这个。"我说着,将普罗瑟罗未写完的信递给她。

她接过信,表情毫不惊讶。

"你已经推断出会有这样的结果,是不是?"我问道。

"是——的,确实如此。克莱蒙特先生,我能否冒昧地问一句,今晚你为什么到这儿来?这一点令我困惑。你和梅尔切特上校在一起,我完全没有料到。"

我解释了电话的事,说我听出那是霍伊斯的声音。马普尔小姐若有所思地点着头。

"非常有趣。简直是天意——如果我可以用这个词。是的,你来得正是时候。"

"来干什么正是时候?"我尖刻地问道。

马普尔小姐露出惊讶的表情。

"当然是来救霍伊斯的命。"

"你不认为,"我说,"霍伊斯醒不过来更好吗?对他来说更好,对每个人来说也更好。现在我们知道了真相,而且……"

我停了下来,因为马普尔小姐的表现很奇特,她使劲地点头,我一下乱了头绪,忘了自己在说什么。

"当然,"她说,"当然了!他就是要你这么想!你认为你了解了真相,认为这是对大家最好的结果。哦,是的,一切都对得上号——信、服药过量、可怜的霍伊斯先生的精神状态、还有他的忏悔,一切都吻合,但还是不对劲……"

我们盯着她。

"这就是我为什么高兴霍伊斯很安全,在医院里,就没有人能伤害他。他醒来后会告诉你们真相的。"

"真相?"

"是的。真相是,他从未碰过普罗瑟罗上校的一根头发。"

"可是那个电话呢?"我问道,"信,服药过量。一切再清楚不过了。"

"这正中他的下怀。哦,他太聪明了!留着那封信,像这样利用这封信确实聪明至极。"

"你说的'他'指的是谁?"我问道。

"是指凶手。"马普尔小姐说。

她很平静地补充道:

"我是指劳伦斯·雷丁先生……"

30

我们盯着她。我真的认为,有那么一刻,我们真相信她疯了。她的指控十分荒谬。

第一个开口的是梅尔切特上校,他的语气亲切和蔼,但带有某种怜悯和宽容。

"这很荒唐,马普尔小姐,"他说,"我们已经完全解除了雷丁的嫌疑。"

"当然,"马普尔小姐说,"他的目的达到了。"

"正相反,"梅尔切特上校语气冷淡,"他尽全力指控自己犯罪。"

"是的,"马普尔小姐说,"他让我们所有人都那样认为——我自己,还有其他人。亲爱的克莱蒙特先生,你还记得吧,当我听到雷丁供认时,大吃一惊。这扰乱了我的所有想法,让我以为他是无辜的——在那之前,我一直确信他有罪。"

"那么,你怀疑的是劳伦斯·雷丁?"

"我知道,在书里面,总是那个最不可能的人犯罪。但我发现这条规则并不适用于现实生活。显而易见的事常常就是真实的。尽管我很喜欢普罗瑟罗太太,还是不可避免地得出这样一个结论:她完全受雷丁先生摆布,对他言听计从。当然,他不是那种会和一个身无分文的女人私奔的年轻人。从他的角度看，必须除掉普罗瑟罗上校，于是就这么做了。雷丁先生是一个迷人但没有道德感的年轻人。"

梅尔切特上校已经不耐烦地哼了一阵子。现在，他突然说话了：

"胡说，全是胡说！到六点四十五分为止，我们都知道雷丁在做什么，而海多克肯定地说，普罗瑟罗不可能是在那时被杀的。你是不是认为自己比医生还要高明。或者你在暗示海多克故意撒谎？天知道是为什么！"

"我认为，海多克医生的证词诚实可信。他是一个非常正直的人。当然了，真正杀害普罗瑟罗上校的是普罗瑟罗太太，不是雷丁先生。"

我们又一次瞪着她。马普尔小姐整理了一下她的三角形蕾丝披肩，把披在肩膀上的轻软的围巾撩到身后。然后开始以这个世界上最自然的方式，以一种老小姐的古板腔调发表温柔的演说，其中包含最令人惊骇的言论。

"直到现在我都认为说出来是不合适的。自己的信念，即使坚定到相信是事实，也不等同于证据。除非可以给出一个解释，符合所有事实（正如我今晚对克莱蒙特先生所说的那样），只有确定无疑才能说出来。我自己的解释尚不全面，还有一些不足，但就在我要离开克莱蒙特先生的书房时，我注意到落地窗旁边花盆中的棕榈树，哎呀，凑齐了，一清二楚了！"

"疯了，真是疯了。"梅尔切特在我耳边嘀咕。

然而，马普尔小姐平静地对我们微笑，继续用文雅的淑女腔调说：

"我相信我的推理，我很抱歉，非常抱歉。他们俩我都喜欢。

但你了解人性。首先，当他们俩用最愚蠢的方式供认自己有罪时，呃，我真是松了一口气。我想错了。于是，我开始考虑其他有动机可能想除掉罗瑟罗上校的人。"

"七个嫌疑人！"我嘟囔道。

她对我微笑着。

"是的，确实。有阿彻。不大可能，但灌满一肚子酒后（点火就着）就说不准了。当然，还有你们家的玛丽。她与阿彻交往很长时间了，性情古怪。她有作案动机和机会，哎呀，当时只有她一个人在家！阿彻太太可以轻松地从雷丁先生那儿拿到手枪，交给他们中间的一个人。接下来，当然就是莱蒂斯。她想要自由和钱，才能随心所欲。我知道很多案子，案中美丽优雅的姑娘往往没有道德禁忌，不过，先生们从不相信她们会这样。"

我心里抽搐了一下。

"还有那个网球拍。"马普尔小姐继续说。

"网球拍？"

"对，普赖斯·里德雷太太家的克拉拉，她看见掉在牧师寓所门口草地上的那只网球拍。丹尼斯先生从网球聚会上回来的时间似乎比他说的要早。十六岁的男孩易动感情，而且情绪不稳定——不管出于什么动机，无论是为了莱蒂斯，还是为了你，都有可能。然后，当然还有可怜的霍伊斯先生和你——当然不是你们俩，就像律师说的那样，反正，不是他，就是你。"

"我？"我惊呼道。

"哦，是的。我向你道歉，我真的不认为是你干的，可是，出了丢失钱款的问题。不是你，就是霍伊斯，反正有一个人是有罪的，而且普赖斯·里德雷太太到处说责任在你，主要是因为你极力反对就此事做任何形式的调查。当然，我自己认为是霍伊斯先生拿的,他总是让我想起我提到的那个不幸的风琴师。尽管如此,还是没有十足的把握。"

"人性就是这样。"我严肃地总结道。

"完全正确。接下来,当然,还有亲爱的格里塞尔达。"

"克莱蒙特太太和本案完全无关,"梅尔切特打断他的话,"她是坐六点五十分的火车回来的。"

"那是她的一面之词,"马普尔小姐反驳道,"决不能听信。那天晚上,六点五十分那班火车晚了半个小时。但是,七点一刻的时候,我亲眼看见她去教堂旧翼了。所以,可以推断,她肯定是坐更早的火车回来的。确实有人看见她了,也许你知道?"

她用探寻的目光看着我。

她目光中的吸引力迫使我交出最后一封匿名信,我刚刚打开的那封信。信中详细地讲述了案发那天六点二十分,有人从后窗看见格里塞尔达从劳伦斯·雷丁家离开。

当时我什么也没说,即便心中笼罩着可怕的疑云时,我也只字未提过。我做过一个噩梦,劳伦斯和格里塞尔达之间有过私情,这件事传到普罗瑟罗耳朵里,他决定让我知道真相。于是,格里塞尔达不顾一切,偷来手枪,让普罗瑟罗永远地闭上了嘴。我说过,这只是一场噩梦,但这场噩梦持续了漫长的几分钟,看起来是如此真实。

我不知道,马普尔小姐是否在暗示这一切。很有可能是这样。没有什么事能瞒过她。

她轻轻点了一下头,把匿名信还给我。

"整个村子都传遍了,"她说,"确实很可疑,不是吗?尤其是阿彻太太在审讯时发誓说,她中午离开时,手枪还在小屋里。"

她停了一分钟,又继续说:

"不过，我离题太远了。我想说的是，我相信这是我的义务，把我对这个谜案的解释告诉你们，供你们参考。如果你们不相信，哦，那我也尽力了。即便如此，在我说出真相之前，我曾经以为有十足把握的事差点叫可怜的霍伊斯先生丢了性命。"

她又停了下来，再次开口后，她说话的口吻变了，不再那么满怀歉意，而是更加坚定。

"这就是我对案情的解释。星期四下午之前，犯罪的每一个细节都已经精心设计过了。首先，劳伦斯·雷丁去拜访牧师，那时他知道牧师外出了。他随身带着手枪，把枪藏在落地窗旁边架子上的花盆里。牧师进门时，劳伦斯解释这次来访的目的是想告诉牧师，他决定离开这个地方。五点三十分，劳伦斯·雷丁从北门给牧师打电话，而且故意装出女人的声音。（不要忘了，他是一个多么出色的业余演员。）

"普罗瑟罗太太与她丈夫刚出发到村子里去。有一件事很奇怪（不过，碰巧没有人往那方面想），普罗瑟罗太太没带包，对一个女人来说，确实是一件不同寻常的事。快到六点二十分时，她路过我的花园，停下来和我聊天，以便让我注意到她没带武器，而且她表现得一切如常。你们明白了吧，他们知道我是一个善于观察的人。她绕过墙角来到书房窗前。可怜的上校正坐在写字台前给你写信。我们都知道，他耳朵聋。她从花盆里拿出早就放在那儿的手枪，走到他身后，射穿了他的脑袋，然后丢下枪，闪电般跑出去，去了花园的画室。几乎每个人都会发誓说，她不可能有作案的时间！"

"但枪声是怎么回事？"上校表示反对，"你没听到枪声吗？"

"有枪声，我相信这是一种名为马克西姆消音器的新发明。这是我从侦探小说中了解到的。我怀疑女佣克拉拉听到的那声喷嚓可能就是枪声。不过，没关系。雷丁先生在画室门口迎接普罗瑟罗太太。他们一起走进去，哦，人性就是这样，恐怕他们意识到我会一直等他们出来，否则不会离开花园！"

我从未像此刻这样喜欢马普尔小姐，她能够以幽默的态度对待自己的弱点。

"他们出来时表现得非常欢快而又自然。事实上，他们在这里犯了一个错误。因为，如果他们真的道了别，像他们伪装的那样，应该是另外一个样子。你们明白了吧，这就是他们的弱点。他们不敢流露出任何惊慌不安。在接下来的十分钟里，他们仔细地为自己提供所谓不在现场的证据。最后，雷丁先生去了牧师寓所，并壮着胆子待到晚得不能再晚才离开。他很可能从远处看见你从小路走来，并精确地估算了时间。他拿走了手枪和消音器，留下那封伪造的信，信上的时间是用不同的墨水书写的，显然笔迹也不同。伪造信被识破时，就像是有人企图拙劣地暗示安妮·普罗瑟罗有罪。

"他把那封伪造的信放在桌子上时，发现了普罗瑟罗上校亲笔写的信。这是他意料之外的。作为一个非常聪明的年轻人，明白这封信将来可能会派上用场，他就把信拿走了，他把钟的指针拨到这封信上所写的时间，他知道这个钟总是快一刻钟。同一个目的，企图让大家怀疑普罗瑟罗太太。然后，他就离开了。他在门外碰到你，装出一副心神错乱的样子。正如我所说的那样，他确实聪明绝顶。一个杀人凶手应该怎样极力表现呢？当然是装作若无其事。雷丁先生偏偏不这么做。他丢掉消音器，荒谬地拿着手枪跑到警察局去自首，结果大家都上了他的当。"

马普尔小姐对案情的讲述颇具魅力。她的口气如此肯定，以至于我们俩都认为只能用这种方式作案，不可能有别的方式。

"树林里的枪声又是怎么回事?"我问道,"这就是你今晚提到的巧合吗?"

"哎呀,不是!"马普尔小姐急忙摇头,"绝不是巧合,根本不是巧合。让人们听到枪声是绝对必要的,要不然,大家会继续怀疑普罗瑟罗太太。雷丁先生到底是怎么安排的,我不太清楚,但我知道,如果把重物砸在苦味酸上,它就会爆炸。亲爱的牧师,你一定记得,你在树林里遇到雷丁先生时,他手中拿着一块大石头。后来,你就在那里捡到了那块晶体。男人们真是善于谋划。他把石头悬在晶体上,然后点燃定时信管,或者导火线。大约二十分钟后导火线才能烧到头,因此,爆炸将在六点半左右发生。这时,他和普罗瑟罗太太已经走出了画室,出现在众人的视野中了。这是一个非常安全的装置,后来人们能在那里发现什么呢?不过是一块大石头!但即使是块石头,他都会想办法搬走,恰好,这个时候你出现了。"

"我相信你是对的!"我喊道,我想起那天劳伦斯看到我时吃了一惊。当时,好像很自然,可是现在回想起来……

马普尔小姐似乎读懂了我的心思,因为她机敏地点了点头。

"是的,"她说,"在那个时候碰上你一定使他非常震惊。但他巧妙地岔开了话题,假装要把这块石头送到我的假山花园来,只是——"马普尔小姐的语气突然变得很坚决,"我的花园需要的不是这种石头!这就又把我拉回了正轨!"

在这段时间内,梅尔切特上校一直精神恍惚地坐在那里,此刻,他显露出一丝苏醒的迹象。他哼了一两声鼻子,迷惑地擤了擤鼻涕,然后说:

"确实如此!嘿,确实如此!"

除此之外,他没有表态。我想,他和我一样,对马普尔小姐这个结论是如此有逻辑而印象深刻。但目前他还不愿意承认这一点。

相反,他伸手拿起那封揉皱的信,大声喊道:

"非常好。但你怎么解释霍伊斯这个家伙的情况呢?哎呀,他打来电话要坦白。"

"是的,这就是天意。毫无疑问是牧师的布道起了作用。你知道,亲爱的克莱蒙特先生,你的布道非常精彩。霍伊斯先生一定深深地被打动了。他再也不能忍受了,感觉必须坦白侵吞教堂基金的事。"

"什么?"

"是的,那就是天意,救了他一命。(我希望,我也相信他得救了——海多克医生那么聪明。)在我看来,雷丁先生保留了这封信(这么做很危险,但愿他把信藏在某个安全的地方了),等待时机,直到他确定这封信是写给谁的。他很快就搞清楚了,那个人是霍伊斯先生。我听说,昨天晚上,他来到霍伊斯先生家,在这里待了很长时间。我怀疑,他那个时候用自己带来的药盒把霍伊斯先生的掉了包,又把这封信偷偷塞进霍伊斯的睡袍里。这个可怜的年轻人可能会在完全不知情的情况下吞了致命的胶囊。霍伊斯死后,警察就会搜查他的东西,发现这封信,这样大家就会妄下结论,说他杀死了普罗瑟罗上校,然后畏罪自杀。据我猜想,今晚,霍伊斯先生在吞下致命的胶囊后,一定发现了这封信。在这种无序的状态下,他一定觉得这件事很不可思议,加上牧师的布道,这一定会促使他将真相全盘托出。"

"确实,"梅尔切特说,"确实!太了不起了!我,我,一个字也不相信。"

他从未说过如此令人无法信服的话。他自己一定也听出了这

一点,因为他继续说道:

"你能解释一下另一个电话是怎么回事吗?就是从雷丁先生的小屋打给普赖斯·里德雷太太家的那个电话?"

"啊!"马普尔小姐说,"那个才是我所说的巧合。那个电话是亲爱的格里塞尔达打的——只有她和丹尼斯知道,我想——他们听到了普赖斯·里德雷太太散布的有关牧师的谣言,就想出了这个方法来封住她的嘴(太幼稚了)。巧合之处在于,打电话的时间与林中那声伪造的枪响重叠了。这不禁让人们相信二者一定有关联。"

我突然想起来,每个人谈到那声枪响时,都说和平常的枪声"不一样"。他们说的是对的。然而,很难解释究竟有何不同。

梅尔切特上校清了清喉咙。

"你的谜底似乎是合理的,马普尔小姐,"他说,"不过,你得容许我指出一点,那就是,没有一丝一毫的证据。"

"我知道,"马普尔小姐说,"但你相信这是真的,不是吗?"

沉默片刻后,上校勉强地说:

"是的,我相信。真该死,只能是这样,但还是没有证据,一点儿都没有。"

马普尔小姐咳嗽了一声。

"所以,我想,既然如此,也许——"

"什么?"

"可以设下一个小小的圈套。"

31

梅尔切特和我都瞪着她。

"一个圈套?什么样的圈套?"

马普尔小姐有些缺乏自信,但很明显,她已经周密地计划好了。

"假设给雷丁先生打个电话,警告他一下。"

梅尔切特上校笑了。

"'全露馅了,逃吧!'老招数,马普尔小姐。倒是经常奏效!不过,我想,雷丁太狡猾了,用这个方法抓不到他。"

"必须用某种特别的方法。我很明白这一点,"马普尔小姐说,"我建议,仅仅是建议,找个对这些问题持与众不同观点的人来警告他。海多克医生的话会让任何一个人认为,他可能会从不同寻常的角度来看待谋杀这类事。如果他暗示有人,比如,萨德勒太太,或者她的一个孩子,碰巧看见雷丁换胶囊。哦,当然了,如果雷丁先生是无辜的,这句话就对他毫无意义,但如果他不是——"

"如果他不是呢?"

"那么,他就可能做些蠢事。"

"然后自投罗网。这是有可能的。这个想法很妙,马普尔小姐。但是，海多克会同意这么做吗？像你说的，他的观点……"

马普尔小姐欢快地打断他的话。

"哦，这只是理论！理论和实际截然不同，不是吗？不管怎么说，他来了，我们可以问他。"

我想，海多克看见马普尔小姐和我们在一起时非常吃惊。他看上去那么疲惫而憔悴。

"死里逃生，"他说，"简直是死里逃生啊。不过，他会挺过来的。挽救病人的性命是医生的职责，我救了他的命。但是，如果我没成功，我也一样高兴。"

"如果你听了我们要告诉你的话，"梅尔切特说，"你的想法就会不一样了。"

他简单扼要地把马普尔小姐的推论摆在他面前，并用她最后提出的建议作为结束语。

这时，我们幸运地明白了马普尔小姐所谓的理论与实际的差别究竟指的是什么。

海多克的观点似乎彻底改变了。我想，他希望劳伦斯·雷丁的脑袋被钉在墙上。我猜想，并非普罗瑟罗上校的遇害激起了他的愤恨，而是因为那人对不幸的霍伊斯发起了攻击。

"该死的恶棍！"海多克说，"该死的恶棍！可怜的霍伊斯。他有母亲和一个妹妹。她们要一辈子背负着杀人犯的母亲和妹妹的恶名，你们想一想，她们的精神会有多痛苦！多么怯懦卑鄙的诡计！"

出于原始的愤怒，当你义愤填膺时，就请代我向一个完完全全的人道主义者致敬。

"如果这是真的，"他说，"就包在我身上。这个家伙不该活着。居然欺负毫无还手能力的霍伊斯！"

任何可怜鬼都可以指望海多克同情他们。

他急切地和梅尔切特商量细节，马普尔小姐则起身告辞，我坚持要送她回家。

"你真是太好了，克莱蒙特先生，"当我们沿着冷清的街道走回去时，马普尔小姐说，"天哪！十二点多了。希望雷蒙德已经睡了，不要等着我。"

"他应当陪你来的。"我说。

"我没告诉他我要来。"马普尔小姐说。

想起雷蒙德·韦斯特对本案所做的微妙的心理分析，我突然笑了。

"如果你的推理是正确的，这一点我连一分钟都没有怀疑过，"我说，"和你外甥相比，你可就能占上风了。"

马普尔小姐也露出了微笑——一种宠溺的笑。

"我记得我的曾祖母范妮曾经说过一句话。我那时十六岁，我觉得这句话愚蠢至极。"

"她说什么了？"我问道。

"她过去常说：'年轻人认为老年人是傻子，但老年人知道年轻人才是傻子！'"

32

无须多言,马普尔小姐的计划成功了。劳伦斯·雷丁并不无辜,向他暗示有人看见他调换了胶囊,确实导致他"做了蠢事"。这就是做贼心虚。

他当然会受到特别对待。我猜他的第一反应是逃跑。但他得考虑他的同谋。他不能不辞而别,又不敢等到早晨。于是,那天晚上他去了教堂旧翼,梅尔切特上校手下的两名得力干将跟在他后面。他向安妮·普罗瑟罗的窗户扔石头,吵醒了她,紧急的几句低语之后,她下楼来和他说话。毫无疑问,他们认为在外面比在里面安全些,因为莱蒂斯可能醒着。但这样一来,两名警官正好听到了他们的全部谈话内容。整件事真相大白了。马普尔小姐料到了每一件事。

人人都知道要审讯劳伦斯·雷丁和安妮·普罗瑟罗。我只想提一句,功劳都记在斯莱克警督身上了,是他的热情和智谋最终将罪犯捉拿归案。当然,他们对马普尔小姐的贡献只字未提。想到居然会有这等事,她必定惊骇不已。

审讯前,莱蒂斯来看我。她依旧如幽灵幻影般从落地窗飘进来。她告诉我,她一直相信她的继母就是同谋。寻找那顶丢失的黄色贝雷帽无非是为搜查书房找的借口。她抱着一线希望,希望找到警察忽略的东西。

"你瞧,"她用梦一般的声音说,"他们不像我那么恨她。仇恨会让事情变得容易些。"

结果她失望而归,于是故意把安妮的耳环丢在写字台旁。

"既然我知道是她干的,这又有什么关系呢?无论什么办法,只要抓到她就行。她已经杀死了他。"

我轻轻地叹了一口气。某些东西莱蒂斯永远也看不见。在某些方面来讲,她在道德上是个色盲。

"你有什么打算,莱蒂斯?"我问道。

"等……等这一切都结束后,我就出国。"她迟疑了一下,然后继续说,"和我母亲一起出国。"

我吃惊地抬起头。

她点了点头。

"你没猜到吗?莱斯特朗兹太太是我母亲。她,快死了,你知道。她想见我,于是就化名来到这里。海多克医生帮了她。他是她的老朋友了,他曾经很迷恋她——你能看出来!从某种意义上说,他依然如此。我相信,男人总是为我母亲疯狂。即使是现在,她还是那么迷人。总之,海多克医生尽全力帮助她。她之所以用了假名,是不想听这里的人说恶心的闲话。她那天晚上去见父亲,告诉他,她快死了,她一直渴望看我一眼。父亲简直是个畜生!他说,她已经失去了所有的权利,还说我以为她死了——好像我相信过那个谎话似的!父亲这种男人只能看到他鼻尖前面一英寸的地方!

"但母亲不是那种轻易屈服的人。她只是认为,先见父亲才是得体的做法,但当她的请求被父亲粗鲁地拒绝后,她捎给我一张便条。于是我提前离开网球聚会,六点一刻的时候在小路尽头和她碰了面。我们只是匆匆打了一个照面,并约定下次见面的时间。我们是在六点半以前分手的。后来我害怕警方怀疑她是杀害父亲的凶手。毕竟,她对他心怀怨恨。这就是我在阁楼上找到她的画像,并把它砍坏的原因。我怕警察会四处打听,找到那张画像并认出她。海多克医生也吓得要命。我认为他可能真的以为是她干的!母亲是一个不顾一切的人,做事不计后果。"

她停了下来。

"很奇怪。她和我都是如此在乎对方。我和父亲就不是。但是母亲,哦,不管怎么说,我要和她出国。我要和她在一起,直到最后……"

她站起身来,我握住她的手。"上帝保佑你们,"我说,"希望,有一天,你会非常幸福,莱蒂斯。"

"会的。"她想微笑,但没笑出来,"目前为止,还没有那么幸福,不是吗?哦,好了,这也没什么关系。再见了,克莱蒙特先生。你一直对我很好,你和格里塞尔达。"

格里塞尔达!

我不得不向格里塞尔达承认,那封匿名信一开始令我很生气,她先是大笑,接着训斥了我一顿。

"不过,"她说,"我今后会非常清醒,会敬畏上帝,就像清教徒前辈那样。"

我看不出格里塞尔达哪里像清教徒。

她继续说:"你瞧,伦,有一种东西一成不变地影响着我的生活,它也走进了你的生活,但对你而言,它将会带给你返老还童的影响,至少我希望如此!等我们真的有了自己的孩子,你就不能叫我亲爱的孩子了。伦,我决定从现在开始做一名真正的'贤妻良母'(就像书里说的那样),我要当一名家庭主妇。我买了两本书，一本是关于家事的，一本是关于母爱的，如果这都不能把我变成一个典范，真不知还有什么能做到。这两本书简直太好笑了，不是有意的，你知道，特别是那本关于养孩子的书。"

"你没买一本关于怎么服侍丈夫的书吗？"我问道，我突然有些忧虑，将她拉入怀中。

"不需要，"格里塞尔达说，"我是个好妻子。我深深地爱着你。你还想要什么呢？"

"不要什么了。"我说。

"你能不能说，就说一次也好，说你疯狂地爱着我？"

"格里塞尔达，"我说，"我喜欢你！我爱慕你！我情不自禁地、无可救药地、不像个牧师地对你如痴如狂！"

我妻子心满意足地深深叹了一口气。

接着，她突然推开了我。"真烦人！马普尔小姐来了。别让她起疑心，好吗？我可不想每个人都给我靠垫，催促我把脚放平休息。你就告诉她我去高尔夫球场了。这样她就不会追查我的行踪了。这是真的，我把我那件黄色的套头毛衣落在那里了，我要把它取回来。"

马普尔小姐来到窗前，充满歉意地停下脚步，说要见格里塞尔达。

"格里塞尔达，"我说，"她去高尔夫球场了。"

忧虑之情跃入马普尔小姐的眼睛。

"哦，不过，这无疑是，"她说，"很不明智的——现在。"

说完，她的脸红了，宛如一个美好的、老派的淑女甚至是少女。

为了掩饰这一刻的尴尬，我们迅速将话题转到普罗瑟罗的案子上，还谈到"斯通博士"，其实他是一个著名的盗贼，有好几个不同的名字。顺便说一句，克拉姆小姐洗刷了任何有可能是共犯的嫌疑。最后，她承认是她把箱子提到树林里去的，但她这么做完全是出于善意。斯通博士告诉她，他怕和他竞争的其他考古学家不惜一切手段窃取他的资料，并达到败坏他名誉的目的。显然，这个姑娘轻信了他的花言巧语。据村民们讲，她正在老光棍的队伍里踅摸一个需要秘书的真货。

谈话期间，我十分纳闷马普尔小姐是怎么发现我们最新的秘密的。但不一会儿，马普尔小姐就主动谨慎地提供了一个线索。

"我希望亲爱的格里塞尔达不要过于劳累，"她喃喃道，然后谨慎地沉默了一会儿，"昨天我在马奇贝纳姆的书店——"

可怜的格里塞尔达，那本关于母爱的书坏了事！

"我不知道，马普尔小姐，"我突然说，"如果你杀了人，是不是永远不会被查出来？"

"多么可怕的想法，"马普尔小姐吃惊地说，"我希望我永远不会做这种邪恶的事。"

"但人性就是这样啊。"我喃喃道。

马普尔小姐用老太太的大笑承认她明白了其中的讽刺。

"你真淘气，克莱蒙特先生，"她站起身来，"当然啦，你心情很好。"

她在窗前停下脚步。

"请向格里塞尔达转达我的爱，你告诉她，任何小秘密在我这里都是安全的。"

马普尔小姐真是一个可爱的人……

The Murder at the Vicarage
Copyright © 1930 Agatha Christie Limited. All rights reserved.
Letter for Chinese Reader, New Star Edition by Mathew Prichard © 2013 Mathew Prichard.
Translation © 2023 arranged by New Star Press, Agatha Christie Limited. All rights reserved.
www.agathachristie.com
The Marple icon is a trademark, and AGATHA CHRISTIE, Marple, *Agatha Christie*® and the AC Monogram Logo are registered trade marks of Agatha Christie Limited in the UK and elsewhere. All rights reserved.
Published by agreement with ACL.
Simplified Chinese edition copyright: 2023 New Star Press Co., Ltd.

图书在版编目（CIP）数据

寓所谜案 /（英）阿加莎·克里斯蒂著；赵文伟译 . — 北京：新星出版社，2023.6
（阿加莎·克里斯蒂侦探小说全集：精装典藏版）
ISBN 978-7-5133-4914-7

Ⅰ. ①寓… Ⅱ. ①阿… ②赵… Ⅲ. ①侦探小说－英国－现代 Ⅳ. ① I561.45

中国国家版本馆 CIP 数据核字 (2023) 第 054947 号

午夜文库
谢刚 主持